村 子

李进祥 著

黄河出版传媒集团
阳光出版社

图书在版编目（CIP）数据

村子 / 李进祥著. -- 银川：阳光出版社，2021.11
ISBN 978-7-5525-6153-1

Ⅰ.①村… Ⅱ.①李… Ⅲ.①长篇小说-中国-当代 Ⅳ.①I247.5

中国版本图书馆CIP数据核字（2021）第239785号

村 子

李进祥 著

责任编辑	赵维娟 胡 鹏
封面设计	赵 倩
责任印制	岳建宁

出版发行

出 版 人	薛文斌
地　　址	宁夏银川市北京东路139号出版大厦（750001）
网　　址	http://www.ygchbs.com
网上书店	http://shop129132959.taobao.com
电子信箱	yangguangchubanshe@163.com
邮购电话	0951-5014139
经　　销	全国新华书店
印刷装订	山东新华印务有限公司
印刷委托书号	（宁）0022163

开　　本	787mm×1092mm　1/32
印　　张	11.75
字　　数	230千字
版　　次	2021年11月第1版
印　　次	2022年8月第1次印刷
书　　号	ISBN 978-7-5525-6153-1
定　　价	49.00元

版权所有　翻印必究

目 录

1. 六指 / 001

2. 长虫 / 008

3. 绵羊 / 016

4. 油灯 / 024

5. 瓜蔓 / 032

6. 放羊人 / 041

7. 旧书 / 053

8. 苍狗 / 060

9. 日记 / 071

10. 刘伶 / 082

11. 上坟 / 095

12. 点灯 / 102

13. 鹁鸽 / 104

14. 鹞鹰 / 114

15. 粮食 / 125

16. 三代药 / 134

17. 破烂 / 143

18. 玩具 / 155

19. 假人 / 163

20. 老吴 / 171

21. 娃娃 / 182

22. 周逸飞 / 193

23. 白云 / 203

24. 苍狗 / 216

25. 恨猴 / 221

26. 薪火 / 235

27. 榆树 / 249

28. 电影 / 258

29. 火禁 / 268

30. 鱼儿 / 278

31. 大雨 / 289

32. 苦布 / 299

33. 死狗 / 307

34. 做梦 / 316

35. 狐精 / 319

36. 铜钱 / 332

37. 苍狗 / 340

38. 陶罐 / 350

39. 浴火 / 363

1. 六指

有人吗？六指站在村口，对着空无一人的村庄，叫了一声。六指的叫声怯怯的，就像到别人家门前叫门一样。没人应声。他又小声叫，有人吗？还是没有回应。

有人吗？他大声喊。

有人吗？崖娃娃也跟着喊，喊了两三遍。没有人应声。

村里没有人了？他没想到会是这样。

村子也完全变样了，像是遭了灾，受了诅咒了。依着山势散居的几十户人家，房顶子、门窗全拆掉了，砖墙土墙也倒塌了，窑洞黑洞洞的，像张着大嘴，喊不出声来。

> 我妈就一辈子张着嘴，说不出话来。我妈是个哑巴。

村子比哑巴还哑，没有一点儿声息。拆掉了屋顶门窗，那些房子显得更加低矮，简直不像是人住的地方，倒像是小娃娃丢弃的破玩具。村子周围的山头也变低了，山坡上的地里没有长着粮食，变得乏沓沓的，没有一点儿生气。地界也模糊了，几乎和荒山连成一片。看来是有些日子没人耕种了。

村里人都搬走了。为啥？去了哪里？六指不知道。六指很多年没有回来过了。有多少年了？心里算算，三十六年了。六指对数字很敏感。三十六年前，他走出去的时候，村里有三十八户人家，二百一十七口人，一百八十六只羊，六十二头驴马牲口，二十九条狗，还有七十三棵树。树大多是沙枣树，还有几棵榆树、柳树、枣树。果树很少，这地方干旱，活不成。最大的一棵是榆树，就在村子中间。据说活了有几百年了，枝干虬曲得有些夸张，脚踝突出得很厉害，脚趾头伸出有七八米长，霸道地扣住一方泥土，威严得叫人害怕。

大树上吊着黑鹰。黑鹰不是鹰，是一个人。黑鹰吊在树上，身子是蜷着的，就像是一只死了的鹰。

六指一直害怕看到那棵大树，但那棵大树一直就长在他心里。

六指向村子望了望，没看到那棵大树，其他的树也大多不见了。人和羊、狗，还有驴马牲口，都长着脚，走了。树又没脚，不会走，它们咋也不见了？六指有些疑心走错路了，这不是原来的村子。

他站在村口，有些不知所措。

忽然窜出一条狗，悻悻地叫着，向他跑过来，快到跟前了，刹住脚，疑惑地看了看，突然变了脸色，低声地吼着，一副随时要向他扑过来的样子。狗是农村常见的那种土狗，黑背子黄梢毛，模样也不凶。可能是谁家搬走的时候丢下的，也可能是狗到山上转悠去了，等它回来，主人家已经搬走了。狗不知道搬迁的事，就守在村子里，等着主人回来。

六指在村头，喊了几声，它可能以为是主人回来了，才兴奋地跑过来，发现是陌生人，才又露出凶相。六指仔细看着，想认出那是谁家的狗，却认不出来。在村里，时间长了，家里养的牲畜，沾上了人的气息，模样都像那家人了。谁家的牛羊鸡狗，都能认出来。六指出去这些年了，这狗是谁家的，也认不出来了。六指想想，咋可能认出来呢？狗最多活十几年，当年的狗早没了，这狗应该是当年那些狗的孙子了。

狗孙子当然也认不出来他，眼神中有一种陌生和警惕。六指不怕狗。六指小时候放羊，养过跟羊狗。他要到村里每家每户吃饭，熟悉每家每户的狗。见了陌生的狗，他也会跟它打招呼。他向狗笑了一下，招了一下手。那狗不仅没有向他走过来，反倒往后退，边退边呼呼地低吼，长白的牙也露出来了，显得很凶。

可能是长时间没见到人，它脸上有些野性了，眼睛里也有了红丝。六指小时候听说，狗变野了，比狼还厉害，吃人呢，不一下咬死人，就吸人的血。六指有些害怕，他这几年胆子越来越小，啥都怕。

他赶紧抽身往回走。那条狗远远地随着他，把他送出村子，才站住了，汪汪地叫着，不知是挽留，还是驱赶。

走了一段，六指迈不动腿了。他有些饿了，乏了。主要是，后背有一股力量，牵扯着他。六指不知道那股力量的来由，他只知道就是那股力量牵扯着他，回到村子来的。村子不像原来的村子了,也没人了,可周围的山,还是那些山。六指小时候放羊,每个山头都熟悉。周围的山头还是老模样,几乎没有变。山不老,也不走。

这里肯定就是村子。

村子是村子的名字。六指那时候就觉得村名挺奇怪的,不知道啥意思,不知道为啥起这样个名字。起人名、地名,一般都是有原因的。比如自己,手上有六根手指,就叫六指。不光是一只手上长了六根手指,左手六指,右手六指,左脚也六指,只有右脚和别人一样,是五根指头。村子叫村子,也一定有个原因的。问村里人,他们压根儿就没想过这个问题,疑惑地眨巴着眼睛。问村里最老的人,也说不知道,说是老祖先留下的名字,一直沿用着。

村名还在,村子却死了。没有人,村子就剩下个空壳,长虫蜕下的皮一样。长虫蜕下皮来,大多会回身吃掉。六指也决定转身回村。

走到村口,还是没有人,那条狗也不见了。这样最好,六指怕狗,更怕人。六指小心地往村里走。村街上到处是砖头瓦块,浮土也积了厚厚的一层。草却疯长起来,村街上、小路旁、墙根下、场院里,全长满了。草似乎是想把一切都盖住,把一切秘密都隐藏起来。六指总是害怕藏在后面的东西。比如说,草丛里忽然窜出一条蛇、一只野兔,塌院子里突然走出一个人、跑出一条狗来。这些还不要紧,还有藏得更深的一些东西。

六指慢慢走到村子中间，没有狗，没有人，那棵大榆树也不见了。

黑鹰吊在大树上。黑鹰是六指的父亲。黑鹰吊在树上，身子是蜷着的，就像是一只死了的鹰。六指有一回在山上放羊，就看到一只鹰从天上栽下来，死了。身子蜷着，已经死硬了。鹰不知是飞着飞着，在半空中就死了，还是栽下来摔死了。有些东西，悄无声息地就生出来了，又无声无息地就死了，简直叫人想不通。

人也是一样。黑鹰看着是挂在树上的，但浑身上下都是伤。连六指都能看出来，黑鹰是被人弄死的，不是上吊死的。是谁弄死了他，六指不知道。

埋了黑鹰，村里人一个个到六指家，安慰六指，末了说，你大是个好人。还有的说，我和你大一起耍大的。牛旦说，你大算是我姑舅哥呢。虎子说，我这几天没在家，浪了趟亲戚，今儿才回来，你看这就……六指听着眼前的话，想着话背后的意思。母亲是哑巴，嘴里咿咿呀呀，手上比画比画，表示我能明白意思。六指后来在别人家吃饭，会看别人的脸色，听别人说话也总是能听出话背后的意思来。那些人说的意思就是，弄死你大的，不是我。到底是谁，六指也看不出来。越看不出来，六指越感到害怕。

我越来越害怕，就逃出村子。

这些年，他一直害怕着。想忘掉，却不行，就藏起来了。现在回来了，这些又都出来了。他记着的东西跟眼前看到的不一样，和实际的情况也不一样。比如，父亲黑鹰明明是埋掉了，他却感觉还是吊在大榆树上，一直到现在还吊着。

黑鹰没有吊在树上，大榆树都没有了，是给锯掉了，只剩下一截秃桩，还有伸出去的根脚。根脚比过去还粗大，还霸道。六指不想多看。

他想先找到自己的家。他家在村子的最北头，离村子还有一段距离，与村子隔着一块坟地。尽管村子变了，路也变了，他还是很快找到了。房子没拆，窑洞没塌，门窗也还在。村里人把自家的东西搬走了，就把六指家的留下了。

两间土房子，还是原来的样子，只是老了些。窗户上的玻璃碎了，留下一些碎碴子。六指害怕看到玻璃碴口，害怕看到尖锐的东西。好在这些玻璃碴口脏污了，看着不再尖锐。房门还在，没锁，虚掩着。六指感觉就像是昨天出去，今天回来了。他轻轻地推开门，门吱扭地响了一声，像一个生病的老人呻唤了一声。六指迟疑了一下，刚想跨门槛进去。忽然，轰隆一声，屋顶子就塌下来了。

六指跳开，退后几步看着。房子没有整个倒塌，只是屋顶子塌下来了。两间草房子在那里站了几十年，风吹雨打的，都没塌。好像专门等着他来，要在他面前塌掉，要他亲手推倒。六指轻轻推门，那点力量，房子就塌了。

也许是他们设计好的,就等着我来推门。要是多跨一步进去,房顶子塌下来,就把我砸死了。这样砸死了,顺便埋掉了,谁也不知道。

房顶子塌下来,腾起一股尘土,尘土铺开来,又聚起来,飘到半空中,散开了。六指呛得打了个喷嚏。他赶紧掩住口鼻,怕再打出喷嚏来,把房子的墙,或者是窑洞,给惊塌了。

窑洞没有塌。山体上挖出来的窑洞,结实着呢。土炕也还在,只是积了厚厚的一层尘土,还有鸟粪,看不出原来的样子了。他往里一走,就闻到一股潮湿的鸟粪味,紧接着,几只鸟儿扑棱棱地从他头顶夺门飞出。鸟儿们没有飞远,有的盘飞在半空中,有的落在窑头上,叽叽喳喳地冲着他叫骂,骂他侵犯了它们的家。窑洞里面也是一阵阵的叽叽声,里面应该是小鸟。窑洞看来真成了它们的家了。

六指站在门口,有些不知所措。鸟儿们还在不依不饶地叫骂着。六指看着它们,心里说,这是我的家。但他没法跟鸟儿们说清楚,任由着它们叫骂。有几只鸟儿看到六指没有伤害它们的意思,叫骂的声调慢下来、低下来了,站在窑顶上观望着。但有两只鸟儿,看到六指这样,反倒来了劲儿,飞到他头顶上,用鸟屎攻击他。六指头脸上、身上落了好几泡鸟屎。他边擦边想,人懦弱了,连鸟儿都欺负。

正擦着想着,六指忽然感到后背一紧,回头一看,那条狗又出现了。这一回，它没有扑过来，也没有低吼吠叫，看了看他，人一样蹲坐下来。六指不知人心，却懂狗性。狗做出这样的动作，表示一种放松，也是让对方放松。看来，这条狗还是狗，没有变成狼。狗眼睛里的光也柔和了许多，有警惕，但更多的是一种想认识六指的渴望。就像是到了外面，看到一个同样肤色面貌的人，想搭话，又有些提防。人总是需要个伴儿，狗也是。看来，这条狗是想把他当作伴儿。六指也觉得，这条狗很有可能就是他在这里的一个伴儿。这样一想，他就仔细打量着狗，狗背上是黑毛，肚子上是黄毛，看着有些眼熟，像过去村里谁家的狗，就是想不起来。村里的狗，一般都有名字，没名字的，就叫张家的狗，李家的狗，牛旦家的狗，三虎家的狗，也算是名字。这条狗不知是谁家丢下的，没法叫。六指想给它起个名字，心里忽然冒出两个字来，苍狗。就叫它苍狗吧。

2. 长虫

房子塌了，六指只能收拾窑洞来住。被褥还在，卷在炕上，但完全朽了，一动，成了一堆灰，还有几件旧衣服，一提起来就碎了。好在毛毡和席子还没有完全朽烂，只是落满了灰土、鸟屎。六指用草扎了个笤帚，把炕上的破布灰土都扫干净了；把地上的尘土、鸟粪，还有碎蛋壳、死鸟儿啥的，也清扫干净了。屋顶上的鸟窝他没有动。窑洞里面成了鸟儿的家，有鸽子窝、马燕窝、麻雀窝，还有呱啦鸡窝。窝里有些鸟蛋，有的已经孵出了小鸟儿。

他收拾着，大鸟儿们惊得乱飞乱叫，小鸟儿们吓得不敢出声。六指心里说，这是我的家，也算是你们的家。我住着，你们也住着，你们不要伤我，我也不害你们。说是这样说，六指还是动了心思的。饿得不行，他想着掏点鸟蛋吃，还有小鸟儿，烤熟了，也是好吃的。他记得小时候，就掏鸟蛋吃，还抓呱啦鸡、麻雀啥的，烤了吃。那会儿缺吃的，人都饿，掏鸟蛋、烤小鸟吃，没人说。到后来，情况好些了，没那么饿了，谁要是还掏鸟蛋、抓鸟儿吃，村里的老人会骂的。但这会儿，村里一个人都没有，没有人知道，没有人骂他，可六指还是忍住了。

清扫到窑洞里面，六指发现了一条蛇。村里人把蛇叫长虫。长虫是毒物儿，打死了没人说。长虫大概是进来找鸟蛋、小鸟儿吃。窑洞里面暗，六指没有看见。可能是手里的笤帚惊扰了长虫，长虫一下子昂起头，吐出紫红的芯子，差点就咬到了他。六指被吓到了，抓住笤帚，朝长虫头上一顿乱打。一会儿，长虫不动了。六指小时候就怕长虫，也恨长虫，见到了，就往死里打。打长虫要打头，抓长虫要抓七寸。六指不敢抓，就打。把长虫打死了，要从尾巴上提起来。长虫命大，一下子打不死，有的假死，真死了还有可能缓过来。要是从头上抓，长虫缓过来，就咬人。从尾巴上提起来，抖几下，长虫的骨架子散了，没劲儿了，就咬不上人。六指抓起长虫尾巴，把死长虫提出去，扔在院子里。这才看清,好大的一条麻皮长虫,三尺多长,三指多粗,肉乎乎的。六指忽然想,长虫肉也是肉,能填饱肚子呢。

长虫生着,没法吃。烤了吃,还是煮熟了吃呢?六指想。没东西吃的时候,想着有口吃的就行了,有了吃的,又想着怎么吃才好。人都这样,六指也一样。他这会儿又饿又渴,就想着汤汤水水地吃一碗。

六指当年走的时候,啥东西都没带。家里实际上也没啥东西,就几床被子,几件旧衣服,还有锅碗筷子。这些年,村里人大概是嫌他们家晦气,也没动,屋里的东西都在,锅碗也在。一口铁锅,生满了红锈,几只破碗,积满了垢垄。六指搬出铁锅来,找了几块瓦片,把锅上的铁锈擦掉了。好在铁锈还没有把锅锈透,擦干净了,还能用。

有了锅碗,没有水,还要去找水。村里人一般都用水窖积水,这会儿不知道谁家的水窖里有水。有水,也没法弄上来。只能找泉。六指放了多年的羊,知道村子周围有三眼泉。北沟里一眼,水量大些,但水咸,羊都不喝,渴得厉害了,喝几口,咸得直摇头。人更没法喝,只能挑来洗锅刷碗啥的。南边沟里有一眼,水量小,雨水多的年景,还出点水,旱年就枯了。东面山背后有一股水,是甜水,但离村子太远,要翻过一座山,路不好走,背一桶水,要用半天时间。遇到旱年,水窖里积不上水,村里人就到东山沟里去背水。

六指这会儿着急,不想跑那么远的路。北沟离得最近,水咸点也行。没有东西盛水,六指就直接端着铁锅去北沟。

北沟几乎还是老样子,只是沟深了些,两边的黄土崖头塌下来了些。泉水也还淌着,只是比过去更细瘦了。水边稀稀落落长着些草,六指能认出来,是水蓬草、骆驼蓬、苦蒿草,那些草耐盐碱,能在咸水边活着,但吸了过多的咸水,它们也变成了咸苦的,看着水嫩,羊却不吃。那些草也有用处,烧成灰,能做出碱来。做出的碱疙瘩像石头一样,敲下一块来,泡水化开了,做饭做馍馍用,比小苏打好。六指这会儿想起手擀面、烙馍馍的香味来。

这样一想,六指更觉得饿得厉害,也渴得难受。他赶紧掬起一捧水来,喝了几大口。泉水比过去更苦咸,酒一样辣嗓子。这些年,六指已经淡忘了那种苦咸的味道。这会儿喝起来,难以下咽。但他强忍着,喝完一捧,又掬起一捧来喝了,越喝越觉得那苦味很亲切。喝饱了,他看着水,水里有个人也在看着他。水里的人是个疯子,披头散发,脸上也脏兮兮的。他有些吃惊,水里的人也一脸吃惊。他睁大眼睛,水里的人也睁大眼睛。他动动鼻子扭扭嘴,水里的人也动动鼻子扭扭嘴。过了好半天,他才意识到,水里的人就是自己。好些天都没照过镜子了,他没想到自己会变成那个样子。

他洗了洗脸,洗了洗头发,再看,感觉水里的人还不是自己的样子。自己到底啥样,他也想不起来。他把自己的样子忘掉了。但吃饭的事却忘不掉,喝了些水,六指感觉更饿了,肚子咕咕响，像有条长虫在肚子里钻来钻去。他想到了扔在院子里的死长虫。他把铁锅洗了洗，盛了一锅水，端起来往回走。

铁锅端在手里不稳，路又不好走，回到家，水洒掉一大半，只剩下小半锅水。他把锅放到灶台上，捡了些干柴木棍进来。干柴木棍好找，有塌下来的房顶子，但没有火。他摸遍了身上，没有火柴、打火机啥的。他不抽烟，身上没有那些东西。他几乎本能地想到了钻木取火。小时候到山上去放羊，身上总是带着火柴，冬天点柴草烤火，夏天秋天点火烤洋芋吃。有时候风大，火柴擦完了，火还点不着，就想办法，用两根干木头互相摩擦取火。小时候学会的东西，一辈子都忘不掉。这会儿，六指就找了两根木棒，使劲地摩擦。一会儿，木头热了。再摩一会儿，有细烟飘起来了。烟越来越浓，吹开烟，又吹了几口，木头上有了火星。煨了点干柴，再使劲地吹，火苗子出来了。

灶台几十年没用了，可能是烟道塌了，堵死了，烟走不开，冒了一屋子，熏得六指直淌眼泪，也熏得鸟儿们乱叫。鸟儿们一直叫着，六指不管它们。他这会儿就想着吃饱肚子。火起来了，开始烧水了，他赶忙出去拿死长虫。

死长虫不见了。

长虫明明就在窑洞旁边，六指出去的时候，还特意把它放到阴凉处，怕给晒臭了。这会儿却不见了踪影。难道它真的缓过来，跑掉了？六指小时候听村里人讲过，长虫有三条命呢，轻易打不死，要把头打烂、眼睛打瞎了才行。不然的话，到晚上，三星当空的时候，长虫就复活了。有人没把长虫头眼打烂，而是把长虫砍成三截儿。三星当空的时候，长虫的三截身子互相找着，连在一起，都复活了。复活了的长虫厉害得很，再想打都打不死了。还有一点，复活的长虫会找人报仇。打了它的人跑到哪里，长虫就跟到哪里，直到把人咬死或者缠死。村里有个人，晚上睡觉的时候，还好好的，早上起来就死了。家里人一看，脖子上缠着一条长虫。长虫看到人，松开身子，爬走了。再看被长虫缠死的人，脖子都给烧焦了。复活的长虫，有了神力。所以，村里人说，打长虫一定要打死。村里人总是有些奇奇怪怪的道理。

他们弄死黑鹰，大概也是这个原因，怕他报仇？

他们想着弄死我，是怕我给黑鹰报仇？

六指不知道。六指只记得出去找水的时候，看着那条死长虫，软塌塌地趴在那里。他本来想着在死长虫头上踩上几脚，把它的头和眼睛踩烂了，但又没忍心下脚。也还想着要煮了吃呢，踩脏踩烂了不好吃。也不怕它复活，一会儿就吃了，等不到三星当空的时候。

就这么一阵儿时间，长虫却不见了。莫不是真的复活了？真的复活了，它要是回来寻仇的话，那该咋办？长虫悄无声息地趴在暗处，找又找不到，防又防不住，半夜进来咬上一口，就活不成了。六指怕死，怕被人弄死，也怕被别的啥弄死。许多人都跟踪他，盯梢他，想着弄死他。要是被长虫缠住了，活活地勒死、烧死，想起来更瘆人。最重要的，要是那条长虫真复活的话，他在村子里就住不下去了，只能跑得远远的。长虫没脚，跑不远。人跑到远处，跑到城里，它就追不上，找不见了。可六指不知道能跑到哪里去。

  他们那些人，也在追着我。跑到哪里，他们就跟到哪里。好不容易跑到村里来，才把他们甩掉了。

六指这次回来，本来就打算在村里住下去。没想到的是，村子搬空了，村里人都不见了，只剩下一条狗。

他想起了那条狗，苍狗。村里没有其他人，能吃死长虫的，就是他和苍狗。肯定是它。它前面刚来过，没有走远，就在附近溜着。趁着六指出去找水的空子，把长虫叼走，吃掉。再想想，长虫真要复活的话，要等到晚上，三星当空的时候，这会儿天还亮着，它不可能复活。肯定是苍狗！

苍狗偷走了他的吃的，六指有些气愤。他出去，到院子周围去找。院子周围很开阔，看不见苍狗的踪迹。他们家本来就在村子最北头，离羊圈近，离村里人家远。这些年，村子向北扩大了些，最近的几户人家，快连到他们家了。可不知为啥，又都搬走了。没人最好，一个人住下来，他心里安稳些。只是没有吃的。好不容易打了一条长虫,还叫狗给偷走了。

六指只好回来,但不死心,又在院子里找。塌了房顶的墙角处,一群鸟儿在聒噪、尖叫。六指过去看,有两只花喜鹊,还有三四只黑乌鸦,乌鸦的嘴是红的。喜鹊和乌鸦边叫着边叼食着啥东西。几只鸽子、呱啦鸡啥的,在一边起哄,拍着翅膀尖叫。六指仔细看,地上躺着的,就是那条死长虫。乌鸦和喜鹊叼食死长虫,已经把长虫头吃光了,长虫身子也叼烂了。这些鸟儿,平时怕长虫,这会儿长虫死了,它们就不怕了。六指知道,乌鸦和喜鹊吃腐肉,从空中飞过,闻到死长虫的味道,就来了,拖到背阴处吃。叫六指想不到的是,鸽子、呱啦鸡又不吃肉,它们也兴奋地叫着,撵过去,啄上几嘴。死长虫的身子一动,它们又被吓得跳飞到远处。看了半天,六指才明白,鸽子和呱啦鸡,不是为了吃肉,而是为了报仇。长虫平日里吃它们的蛋、它们的孩子,这会儿它们趁机报仇。

六指看着心里有些不舒服。

看着死长虫被鸟儿们叼成那样,也没法吃了,就叫它们弄去吧。叫鸟儿们吃掉了,长虫到了鸟儿肚子里,消化了,就不可能复活了。

他出去到山坡上,找了些苦苦菜、黄花菜来,在锅里焯了一下,填饱了肚子。野菜拿咸水焯了,就像加了盐,很好吃。六指爱吃野菜,生吃都行。

六指小时候,还吃过几年草。

3. 绵羊

小时候，六指以为他自己是一只羊。

他不穿衣服，经常光着身子。不会说话，就会学羊叫，还时常跟着羊群到野地里去吃草。羊吃草快，囫囵咽下去，等闲了，再反刍嚼碎。他的嘴巴和牙齿很显然跟羊不一样，吃进去的草一时嚼不碎，也咽不下，嘴角流着绿糊糊的草汁。村里一群小娃娃，就跑去看他趴在草丛里吃草的样子。他们看着他笑，还朝他扔土块石子。六指被打疼了，哭叫起来，娃娃们更加兴奋地大笑、起哄。旁边吃草的羊，不知道这些娃娃在干啥，疑惑地看上几眼，又低下头吃草去了。人与人之间的事，它们不管。六指的父亲也不管。

六指的父亲叫黑鹰，是个羊把式，远远地坐在一个山疙瘩上，偷偷看书，或者一个人想啥。阴着脸，一点儿表情都没有。他本来叫黑英，大概是经常阴着脸，村里人就叫他黑鹰。他真像一只黑鹰一样，蹴在山疙瘩上。当然不是找兔子，找猎物，是为了看到散跑在四处的羊，当然也能看到六指吃草，还能看到娃娃们欺负六指。但他既不阻止六指吃草，也不阻止娃娃们欺负六指，好像六指不是他的儿子，本来就是一只羊。恰恰相反，娃娃们真要是欺负羊的话，他立马会啪啪地甩着羊鞭跑过来。他放的是生产队的羊，出了问题的话，他要负责任。死了、丢了、伤了、瘦了，他都担不起。所以，他命一样护着那些羊。他甩着羊鞭跑过去，也不会打娃娃们，只是吓唬娃娃们走开就行了。就是吓唬，也不敢使劲。要是把谁家的娃娃吓出点毛病，他也担不起。他跑过来，在远处的时候，手里的羊鞭高举着，眼里的光冷硬着，可到跟前，他眼睛里的光就软下来了，就像手里的羊鞭梢子一样。这些娃娃，最会摸人的脾性，看到他那样，就没了忌惮，继续欺负吃草的六指。

倒是六指的母亲，不知从哪里知道了，跑过来，赶开娃娃们，抱起六指，把他嘴里的草掏出来，把他嘴上的绿糊糊擦掉，抱他回去。六指舍不得离开羊群，也舍不得草，不愿回去，在他母亲的怀里挣扎着，两腿乱蹬着。他母亲朝他屁股上拍了几巴掌，他才哭叫着回去了。他平时不说话，学羊叫，但哭的时候，还是人声。这说明，他实际上还是人，只是自己把自己当成羊了。

一个把自己当成羊的人，最能激起娃娃们的兴趣了。娃娃们并没有跑远，随在后面看着，笑着。六指的母亲也不下死劲追赶娃娃们，最多也就回头吓唬吓唬。六指的母亲是哑巴，不会骂人，只是咿咿呀呀地乱喊。

六指打小生活在羊圈里，是在羊群里长大的。他家就在羊圈旁边，离村子远，襁褓里时，除了父母，六指很少见过人。父亲黑鹰不说话，母亲没言语。六指听到最多的是羊叫声，自然就学会了羊叫。会爬了，会走了，他就到了羊群里，看大羊吃草，看羊羔吃奶，他也学会了，和小羊羔一起钻到大羊肚子下面去吃奶。

他不是哑巴母亲生的,他母亲当然就没有奶水,他一直都喝的是羊奶,对羊奶的味道很熟悉。那些羊呢,对他的味道也很熟悉,都把他当成个小羊羔了,让他吃奶。小羊羔吃饱了,蹦蹦跳跳地撒欢子,开心地咩咩叫。六指也跟着蹦蹦跳跳地撒欢子,咩咩叫。当然了,六指的动作肯定没有小羊羔轻灵,叫声也没有小羊羔清亮,但还是学着跳、学着叫,他肯定是把自己当成一只小羊羔了。长大一点,母亲下地干活了,他就随着父亲混在羊群里。羊吃草,他就跟着吃草;羊饮水,他跟着饮水。父亲黑鹰最初也许阻止过,但看到他改不了,也就不管了。

这样一来,我就成了一只羊。

村里人说,六指那是病,生来就是个怪胎、瓜子。还有的说,六指是被羊的魂灵儿附体了。六指一直在羊圈里,小娃娃魂灵儿不全,羊被宰了,或者是死了,魂灵儿就在羊群里飘着,正好落在六指身上,就附着他了。村里人这样说,很显然是没多少道理的。但村里人就是这样,一些说不清的事,总是找个玄虚的解释。

六指真要是一只羊的话,他就是这个世上活得最长的羊了。他五十三岁了。没有哪只羊,能活五十多年。一般的羊,养个一年多,就宰了,或者卖了。还有的羊羔,一个多月,四十天,就宰了卖了。那么小的羊羔,宰了卖了,细想有些残忍,但人都觉得，羊本来就是造来给人吃的，千百年来，一直都是这样，也习惯了，人们很少会想这些。人们想的是羊羔的肉鲜嫩，皮毛又值钱，算下来，跟大羊的价差不多。羊羔既然值钱，谁还愿意搭上草料、人工，养大了再卖呢？人都会算账。也不能把羊羔都宰了卖了，那样就断了种了，还必须留下些，养大了，做种羊。种羊有公有母，母的多，公的少。一群羊一百多只，绝大多数是母羊，有两三只公羊就行了。公羊只用来配种，不下羊羔，多了没用，母羊才下羊羔。母羊下过五六个羊羔，也得赶紧宰了卖了，养的时间再长的话，就老了，不能下羊羔，肉也柴了。公羊要养得时间稍长一些，原因是，公羊三四年才能配种，七八年配种最好，但最长也不过十年。公羊也叫羝羊、羝胡、骚胡，肉不好吃，有腥臊味，一般养羊的自己不吃，卖给屠户。屠户宰了，冒充羯羊卖，最终还是叫人吃了。也就是说，人喂养的羊，不是宰了，就是卖了，一般都活不到天年。

六指七岁那年，第一次看到宰羊。父亲黑鹰放的是生产队的羊，每年到秋天，公社要统购一次，挑长得肥壮的，交给公家，公家给生产队一些钱。老弱病残的，留在羊群里不行，怕过不了冬，生产队里就宰了，分给各家各户。交给公家的，被赶走了，六指有些伤心，但看着那些羊好好地走了，六指以为它们只是去了哪里。生产队宰羊，他也一直没见过。母亲在的话，就会把他抱进屋里去，或者掀开衣裳襟子，把他的头蒙住，不让他看见。

那一回，还不到秋天统购羊的时候，公社的主任来了，村长要宰一只羊招待。村长领着人到羊圈里来，叫父亲黑鹰挑了一只羊羔。黑头，白眼窝，粉红的口鼻，九道弯的皮毛，还没长出羊角来。六指最喜欢它，时常跟它玩，和它抵头。村长抓过羊羔，看了看，浑身摸了摸，满意地笑了。村长很少笑。

村长就那样笑着，把羊羔腿子抓住，一下子就放倒了。羊羔挣扎着。村长把羊羔四条腿交叉了，攥在一起。跟着村长来的人，掏出一把刀子来，摁住羊羔的头，一刀子下去，羊羔的脖子上就开始冒血，羊羔只咩出半声，半截叫声断在脖子里了，身子使劲地扭着。村长和那个人摁着。一会儿，羊羔脖子里的血不流了，身子也不动了。村长脸上的笑意还没有散尽。

那天，母亲下地干活去了，父亲没有拉开我，我就看到了他们宰羊。那以后，我就不敢再跟着羊吃草了，不敢当羊了。我怕有一天，也叫他们当羊给宰了。

母亲也发现了六指的变化，专门把他带到村里，带到地头上去，让他随着村里的大人娃娃说话。六指那时候还不大会说话，只会叫妈，说出吃、喝等简单的词句来。村里的大人，不多和他说话，最多怜惜地看上他一眼。村里的娃娃更直接，叫他瓜子，叫他六爪爪，还有的把他叫羊咩咩。他可能是和羊在一起的时间长了，的确有些像羊。模样当然不可能像，感觉像，尤其是眼睛，他的眼睛又大又圆，湿漉漉、空茫茫的，就像绵羊的眼睛。

现在五十多岁了，六指还是那副模样，眼睛还是圆圆的，空茫茫的，就像绵羊的眼睛，只是眼睛里没有了湿气，眼圈周围也多了几层灰青的褶子，像是干涸了的湖泊。偶尔在玻璃上、镜子里看到自己的模样，他都觉得看到的是一只羊。他心里也时常觉得，自己就是一只羊。即使最成功的时候，别人把他老板、经理地叫着，走到哪里都有一群人捧着，把他当神一样敬着、怕着，他还是觉得自己就是一只羊。

> 我装出人的模样来，他们还是看出来了。有些人，很多人，都谋着要宰了我。我只能跑。

六指跑回村里来，完全是出于本能，就像羊羔受惊了，钻进母羊的肚子底下。他本来也没想着常住下去，看到村里没人了，他才决定住下来。

住在窑洞里，和鸟儿们一起。鸟儿们最初不欢迎，叫骂他，驱赶他。过了几天，就习惯了，自顾自地飞出飞进，衔了草泥进来垒窝，叼来虫子喂养小鸟。连那些小鸟也不再惊得乱叫，鸟蛋也安静地待在窝里等着孵化。

吃的问题也好解决。山坡上到处都是野菜，苦苦菜、黄花菜、沙葱、蒿头子，那些野菜六指都认识，随便出去就能找到一把。撂荒的田里还有散长的麦子、豌豆、萝卜、白菜，不知是遗落的种子长出来的，还是从旧年的根脉发出来的。豌豆已经结上豆角，麦子刚刚抽穗。这些他都不敢随便吃，要留着做种子，明年种下去，就是一大片。沙枣树正在开花，小米一样的碎花，看着不咋样，味道却很香，远远都能闻到，大半个村子都香了。他还发现了一棵西瓜苗，扯出一尺长的瓜蔓，打了几朵黄的花苞，有可能结出几个大西瓜呢。有粮食、有蔬菜瓜果，他就能长期住下去了。这地方干旱，但土地宽广，稍有点雨水，养活他一个人，还是绰绰有余的。

就是缺用的东西。六指到村里各家各户去找，人搬走了，总会遗落下些东西。有的人家，搬得细致，房顶子、门窗都拆了，家具、铺盖、粮食，能用的都搬走了，连柴草都拉走了。六指知道，穷人家，啥东西都看得贵重。有的人家就搬得马虎，旧门窗、断椽子都扔下了，旧衣服、烂被子也没拿。六指知道，这样的人家，大多是条件稍好些的。不光与家庭条件有关，与年龄也有关。老年人总是惜东西，啥都不想丢。年轻人就不一样，丢掉旧的，是想要新的，总想着能过上更好的日子。

村里人也不是一次就搬走的，有的人家早些年就搬走了，院子已经塌得不成样子了。也有的是前几年搬走的，院子里草也长了很多。剩下的是去年或是前年一起搬走的，可能是政府集体组织的搬迁。六指听说有个生态移民搬迁，大概就是：有的人家搬得从容，啥都井井有条的；有的人家搬得匆忙，看出来惶惶急急的。有些人家舍不得走，还想着回来，主房子拆了，但还有些偏房没拆，院墙也还好好的，大门用旧门板堵上了，怕有人进去，有野物儿进去。有些人家把房墙都推倒了，压根儿就不想再回来了。

六指找着看着，想辨认出这是谁家，那是谁家。几十年过去了，村里发生了很大的变化。他走的时候，村里有三十八户人家，二百一十七口人，现在留下的院子有四十九户。没有人，房子也拆了，很难辨认出是谁家来。有些人家还住在过去的老院子里，只是盖了新房子，能认出来。有些人家重新换了院落，盖了房子，就不好认了。有些是年轻人，分家新盖的房子，更不好辨认。他走的时候刚生下的孩子，现在都三十七八岁了。有些老年人，怕是早就没了。

他找到了两把旧铁锹，几把扫帚，三个水桶，一个压瘪的铝锅，几个瓷缸子、瓷碗，还有一些坛坛罐罐。这些都能用得上，他就拿回去了。他还找到几件旧衣服，两床旧被子，一个床垫，两块席子，还有一些零零碎碎的东西，也拿回去了。除此，他还找见几个玉米棒子，半袋麦子，一包菜籽，半坛子香油，也拿回去了。

能用的，他就拿回去，用不上的，拿回去先放着，说不定哪天也用得上呢。

也有用不上的。在一户人家的墙角处，六指发现了一个相框，装着一张婚纱照。六指走的时候，那会儿村里还不兴婚纱照，应该是后来才有的。婚纱照上的男女都很年轻，六指都没见过。男的穿着西装，女的穿着婚纱，都化了妆，照片也修过，与人的本来模样有些区别，见过的也很难认出来。六指仔细地看着，看男的像谁家的人，女的像谁家的人。一个家族的人，总是有些相似特征，有些相像之处的。观麻衣相，有时就能看出是谁家的人。男的高鼻梁、深眼窝、连眉毛，有些像马家的人，到底是谁家的儿子，还是孙子，六指不知道。女的应该是外村的，村里四五个姓，不是本家，就是亲戚，很少通婚，娶媳妇一般都娶外村的。女的面容清秀，脸上带着笑意，眉眼中却有些哀怨。

六指一下子就想到了荞麦。荞麦的眼眼中就有这样的神色。

六指仔细看，长相不像。仔细想想，年龄也不对。再说了，荞麦嫁到外村去了，照片咋可能在村子里。人像人的多了，心里有愁怨的女人也多了。

婚纱照有二尺长，一尺多宽，很显然是结婚的时候，挂在新房墙上的。这样的照片，一般都很看重，即使是结婚时间长了，不再挂在墙上，也会摘下来收藏好了。搬家的时候，也不会随便丢掉。这家人这么不小心，把婚纱照都丢了。也许是女人死了？两口子离婚了？谁知道呢！

六指把相框上的尘土擦干净了，拿回去，摆在屋里。别人的相片，摆在屋里，六指自己也不知道是为啥。

4. 油灯

吃的用的都有了，就是有些孤。

一个人住在废弃的村子里，最初几天，六指感觉非常安静。不光是环境，还有他的内心。好些日子没有做噩梦了，噩梦曾经严重地困扰着他。梦中总是有人在盯着他，他跑到哪里，那些人就跟到哪里。有认识的人，不认识的人，过去的人，现在的人，死了的人，活着的人，那些人并没有抓他，没有打他，只是盯着他看。

每一双眼睛都不怀好意。那些眼睛从眼眶里凸出来，伸出来，有些伸出一尺来长。那些眼珠子比长虫吐出的芯子还叫人害怕。

六指拼命地想躲开那些眼睛，就是不行。他明明跑到一个没人的地方，四面都是高墙，气刚喘定了，心刚安下来，四面墙上却又出现了人的脸、人的眼睛。开始看着像画上去的一样，接着就动起来，活起来，伸出来。

六指总是被那些眼睛吓醒。醒来了，手还在浑身乱刨，好像那些眼睛粘在他身上了，能从身上刨下一大堆眼睛来。

住到村子里以来，六指一直睡得很安稳，再没做过那些梦。

最初几天，天一擦黑，月亮就出来了，星星也出来了。六指一抬头，就看到了它们，简直有些吃惊，有些意想不到。好些年没有见过月亮了。有多少年了？三十多年了。三十多年，他一直生活在城市中，没有见过月亮。也许是见过了，只是没有注意到，城市的灯火遮蔽了月亮。看到月亮，六指感觉很亲切。

月光照着，窑洞里也亮堂堂的，干活、睡觉都没有问题，睡觉也踏实，一觉睡到天亮，没有梦。六指觉得，自己不做噩梦，可能也与月亮有关，月亮把他的心照亮了。

过了几天，天黑了，月亮却不见出来。月亮要到半夜才出来。没有月亮照着，黑暗从山头上铺下来，把整个村子都罩住了。星星照常出来，光很微弱，能闪进人的眼睛里，却撕不破黑暗。六指的眼睛也撕不破黑暗。黑暗不光把他住的窑洞、院子罩住，也把整个村子完全罩住了。那些拆掉顶子的房子影影绰绰的，就像有人在那里，感觉村里人都还在，都不睡觉，就在暗处看着他。

暗处看过来的眼睛更叫人害怕。

六指待在屋里，啥也看不见，听到远山里有啥在叫着，听到村里有人在说话，听到鸟儿们叽叽咕咕地密谋着些啥。

六指听过一个故事，说是一个圣贤被追杀，藏进一个山洞里。眼看追兵快到了，蜘蛛赶紧在洞口拉起了一些蛛网，鸽子也飞到洞口，假装悠闲地整理羽毛。追兵看到这样，认为洞里没人，于是跑到别处去了。还有一个故事，说洪水滔天的时候，一个圣贤把万物都集中在一艘大船上。过了七七四十九天，圣人从大船上放出一只鸽子，让它去看看洪水的情况。鸽子衔回一截橄榄枝，圣人知道洪水退去，陆地出现，万物有了希望。

鸟儿们既然能救人，当然也能害人。

鸟儿们看着胆小，有点风吹草动就惊得乱飞乱叫，可它们也有可怕的地方。它们用鸟粪袭击人，它们连死长虫都吃。一群鸟儿竟吃掉了那么大一条长虫！过了两天，六指到房墙后面去看，长虫叫鸟儿们吃得只剩下一截骨架。长虫的骨架白森森的，看着叫人心惊。

虽然他眼看着那条长虫被鸟儿们分食干净了，只剩下一截白白的骨架，但六指还是有些担心，怕它真在三星当空的时候复活了。眼见的不一定就是真实的。表面上看，长虫吃鸟蛋，吃小鸟，鸟儿们又吃死长虫，但它们毕竟都是异类，与人隔着心，它们之间通着气的。在对付人的时候，鸟儿们也许跟长虫是一伙儿的。到了三星当空的时候，鸟儿们把吃下去的长虫肉吐出来，或者是长虫的肉从鸟儿们的嗉囊中跑出来，集中到一起，回到那截白白的骨架上，长虫就复活了，开始扭动身子，蜿蜒着爬起来，爬到窑洞里来。六指确实在窑洞里又发现了一条长虫。与前面打死的那条不一样，这条要细一些，长一些，纹路也不一样，那条是灰纹的，这条是绿纹的。虽然看着不像，也不一定就不是那条复活的。人都经常换模样，不要说长虫了。长虫隔一段时间，就要蜕一次皮，换一次模样。复活的长虫有神力，换个模样，还不是小事。

六指没再敢打死绿长虫，看着它一溜烟儿钻进一个小洞里去了。钻进小洞里，它当然随时会爬出来。白天六指注意着，它爬出来，六指能看见，但到晚上，屋里黑黑的，啥也看不见，它要是爬到炕上来，缠住他的脖子，咋办？

  我怕不是没有道理。

还有那条狗。在村里住下这些天,那条苍狗每天都过来两回,早晚各一次,钟点也错不了多少。

六指养过狗,知道狗的习性。狗不嫌家穷,谁家养的狗,饱也好、饿也好,打也好,骂也好,一般都不会跑。主人家往它身上递刀子,它也要往主人跟前跑。不像猫,养着养着,说不见就不见了。也许是自顾自地玩去了,也许是跟着叫春的猫跑掉了,也许是跟着别的野猫转去了。在外面游荡些日子,有的又回来了,趴到热炕头上打呼噜,啥事都没发生一样,见了主人,没有一点儿惭愧的意思。有的就成了别人家的猫,见了原来的主人喵都不喵一声。还有的干脆不回来了,谁知道去了哪里。狗不一样,一般都寸步不离地守着家门。其实家里啥也没有,用不着守的。狗食盆子里也空空的,狗都舔过三四回了。狗饿得不行,悄悄溜出去,在外面找吃的。外面能有些啥吃的,那年头,连人吃的东西都没有,狗只能找些脏东西吃。当着主人的面羞愧,就在外面偷着吃。吃饱吃不饱的,天一擦黑,就都回来了。狗不怕黑,是怕主人家晚上害怕。一晚上,主人家睡觉,狗就守夜,听到点动静,就汪汪地叫几声。有时啥动静也没有,狗也要叫几声,给主人家打声儿,是说它在呢。有条狗在,偷偷翻墙的人不敢来,偷偷来抓鸡的野狐子也不敢来。还有的狗,在主人睡觉的时候,干出惊天动地的大事来呢。

六指家养的一条跟羊狗,有一天早上起来,浑身是血,趴在羊圈门口呜呜地叫着。见到人,显得很委屈。父亲黑鹰去查看,以为是跟哪里的狗咬仗了。查来查去,却是狼。那年头还有狼,半夜来抓羊,被狗发现了,死命地护着,狼连一只羊也没抓去。狗受了重伤,差点死了。父亲黑鹰悉心照顾着,才活了下来。父亲黑鹰看着一直冷着个脸,见人不说话,对羊对狗却好得很。

六指也觉得,羊和狗都比人好。

对这条狗,六指却怀着戒心。苍狗不知是谁家落下的、扔下的,还是哪里跑来的野狗。对不知道底细的,不管是人,还是狗,六指都怀着戒心。

要是村里谁家落下的,说明就不是一条好狗。狗不是人,不会有故土难离的心思。村里人搬走了,按"狗理"说,主人家哪怕是到天边上,狗也应该随到天边上。主人家走了,苍狗却落下了,看来这条狗平时就不顾家,是条浪狗。即使主人家走得匆忙,没有带上狗。狗鼻子灵,闻着主人的气味,也该去找。六指将人心比狗心,觉得这样的狗不好。

要是被主人家故意扔下的,更不好了。那一定是狗有问题,主人家嫌弃,早就不想要了,乘着搬家的机会,把它扔下了。还有可能是,主人家搬到城里去,它也跟着过去。主人家在城里住上了楼房,城里住楼房的人都养那种巴儿狗、卷毛狗和洋狗,谁还养活一条大笨狗呢?它就被主人家赶出来了。也许是被城里人赶出来了;也许是城里太吵闹了,它住不习惯;也许是受了城里那些狗的欺侮,伤了自尊,它才回来了,和自己一样。

这样一想,六指又对那条狗有了些同情,替它开脱。大概是主人家走了，蹦蹦车上拉着一家人和舍不得处理掉的一些家什，冒了几股黑烟，留下一股柴油味出了村子，苍狗就顺着人味、黑烟和柴油味跑出了村子，一直跑到城里。城里油烟味重，人味也杂，苍狗闻不出来了，只能回来。住在村子里，等着主人回来。狗的生命中也有些舍弃不掉的东西，这和人没有两样。

六指也动过收养苍狗的心思。一个人在这样一个废弃的荒村住着，总是有些孤单，收养一条狗，也是个伴儿。但看到苍狗的模样，六指又犹豫了。苍狗的模样让他想到了村长家的那条狗，想起了村长。村长家的那条狗，也是这样的毛色，黑背子，肚子上有黄梢子，像狼一样。村长家的那条狗不可能活到现在，但也许苍狗与他家的那条狗是有血缘关系的，是那条狗的后代，是孙子辈还是重孙辈，他算不清了。狗比人老得快，辈分也翻得快。村长家的那条狗几乎是他的影子，村长走到哪里，狗就跟到哪里。狗似乎受了村长的影响，也是一脸的威严，也是爱在村里转悠，啥事都想管的样子。六指那时候最害怕村长家的狗。

对苍狗，六指也一直怀着戒心。苍狗到他院子里来，有时候，六指看到了。苍狗低着头，拖着尾巴，显得很顺从、很放松。这儿闻闻，那儿嗅嗅的，假装找食吃，眼睛却时不时地看着他，眼神中也没有恶意。有时候，六指在屋里，没看到苍狗，但能听到它进出院子时和在院子里找食吃的声音。被人养过的狗，总是习惯在主人家里找食吃。苍狗现在没人喂养，但习惯还是改不了。没人喂养，六指不知道它吃些啥。六指可以吃野菜，狗又不能吃。村里没有狗能吃的东西，它大概是到山上找吃的。山上有黄鼠、野兔，还有其他的野物儿。吃饱了，就回村子里来住。它可能就住在村子里，住在谁家院子里，也许就是原主人家的院子里。苍狗独自在村子里住了很长时间，也应该很孤，所以，就到六指的院子里来，每天早上出门打食的时候顺便来一次，晚上回家时也顺路来一次。

一天擦黑，苍狗来过了，叫了几声，走了。六指出去看，没看到苍狗，却在窑洞门口看到了一只死兔子。兔子头上血肉模糊，很显然是被咬死的。被咬死的兔子不可能自己跑到他门口来，很显然是苍狗送来的。六指心里一动，一惊。苍狗给他送兔子，明显是一种善意。这样的善意，六指很少从人身上体会到，生意上的那些人不用说了，就是在家人、朋友身上也很少能体会到。有时候也有，但背后总会藏着些坑。栽到坑里次数多了，六指再也不相信了。

苍狗送来兔子，背后也可能有坑。六指没敢拿那只兔子，他向周围看，村子周围黑了，看不到苍狗的影子。也许苍狗就藏在哪里看着他，只要他一拿上兔子，就栽进苍狗的坑里了。六指忽然觉得，黑暗中有一双绿绿的眼睛。不光是一双，这儿一双，那儿一双，到处都是绿绿的眼睛。

我对黑夜和眼睛有着很大的恐惧。

要是有个灯,哪怕是油灯也好。六指记得,小时候,一直用的是油灯。做油灯很简单,找一个墨水瓶、一个麻钱子,搓一截棉花捻子,穿进麻钱子眼中,盖到墨水瓶上,就是个油灯了。灯油一般都用的是煤油、柴油。煤油好些,烟少,火苗亮。柴油烟大,火苗也暗。买不上煤油、柴油,就用香油。香油稠,用墨水瓶、麻钱子做的油灯不行,吸不上来。得找一个小碗,倒点香油,搓一截棉花捻子,搭在碗沿上,点着了,也能照亮。

六指想到了那半坛香油。香油早就辣了,吃不成了,但点灯应该没问题。六指找了个小瓷碗,从旧被子里掏出点棉花,搓了个灯捻,倒了点香油,把灶火里煨着的火吹着了,拿根木棍点上灯。油灯燃起来,把半个屋子照亮了。

有了这点灯光,六指一下感觉踏实了,能在村子里长期住下去了。

5. 瓜蔓

六指用铁锹翻出了一块地来。土地撂荒的时间不长,很容易就翻出一块来。他先把找到的一把菜籽撒进去。小白菜不挑季,长得快,地皮子潮湿,就能发芽,下一场雨,就绿油油长出一大片来。种出的菜,比野草好吃,也不用费心去找。他还种了一块玉米。种玉米的季节过了,现在种下去有些晚了,但六指还是种了点。霜冻来晚一点的话,也许能收上呢。就是收不上,种上了，长起来了，村里也就有些人气。玉米长得高，比人还高，看着也有些人的样子。

　　他把先前发现的麦子、豌豆、萝卜啥的，也小心地保护着。等黄了，收下来，明年种下去，就是一大片。还有那棵西瓜苗，几天不见，扯出了很长的瓜蔓，结了几颗绿绿的西瓜。西瓜长得快，头一天还指头肚儿大，过一天去，就核桃大了，再过两天，就拳头大小了。这样长着，不出一个月，就能长成大西瓜。瓜蔓四处乱扯着，按理说，有些侧枝的瓜蔓要掐掉，只留下一条主蔓，结上的瓜也只留一两个，那样瓜才能长得大，长得甜。但六指一根瓜蔓也不想掐，一个小瓜也舍不得揪掉。就让它们随意地长着，长成啥样是啥样吧。瓜蔓周围有些草，影响西瓜生长。六指拔掉了一些，想想，又停住手。都拔掉了，这株西瓜苗就会被人发现了。村里没有人，但有鸟儿，鸟儿们要是发现了，也会啄着吃。黄鼠、野兔啥的，也有可能偷吃。还有獾猪子，最爱偷吃瓜了。獾猪子鼻子灵，一片地里，哪个瓜熟了，最早知道的就是獾猪子，早熟的瓜都被獾猪子偷吃了。为了防止獾猪子偷吃，人晚上专门要到瓜地里看守。听到瓜秧子唰唰地响了，肯定就是獾猪子来偷瓜了。提着铁锹撵过去，把它赶走。也只能是赶走，獾猪子看着不大，比猫大不了多少，但模样像猪狗一样，身子圆滚滚的，凶得很，不怕人。赶得紧了，它还返回身，露出长牙，向人边叫着边扑过来，尤其小娃娃，它一点儿都不怕。必须拿上铁锹啥的，才能把它赶走。獾猪子的尖牙非常厉害，能把铁锹都咬出个窟窿眼儿来，要是被它咬上一口，骨头都能咬碎了。

六指忽然想起小时候的那些事来。他手上、脚上长着六根指头，村里的娃娃都把他当怪物，都欺负他，不跟他玩。他也不喜欢跟村里的娃娃玩，还是喜欢到羊群里去。羊群里的山羊绵羊还都认他，不嫌弃他，不欺负他。他就和那些羊一起玩。时间长了，他学会了羊叫，可不会说人话，村里的娃娃更不愿跟他玩了。

长大了些，会说话了，他也想跟村里的娃娃一起玩，可他们还是不跟他玩。在村街上，娃娃们一起踢毽子、跳房子；在村头的大树下，他们一起抓子儿、抓羊骨拐；在地头上，他们挑草、铲苦苦菜、挖黄花菜。他只能眼巴巴地看着。只有一个人不嫌弃他，就是荞麦。荞麦是哑巴母亲的远房妹妹，比他小半岁，但算上是他姨妈。虽说沾着点亲，但因为父亲黑鹰，亲戚都不咋相认。荞麦跟他玩，肯定还有别的原因，他不知道。荞麦跟他抓子儿，他手上多一根指头，抓不紧小石头。荞麦跟他解花花板，他手上多余的指头碍事，线绳很快就绕乱了。荞麦不嫌弃他，一遍又一遍地教他。他学不会，荞麦就拉过他的手去看。他手上多余的指头长在小拇指的下面，短短的一截，跟其他指头不一样，骨头没连着，是软的，蚕一样。荞麦摸着那点小指头，笑着问他，疼吗？他摇头说，不疼。其实，多余的那点指头，稍稍碰一下就疼，而越是疼的地方越容易受到触碰。

就是没有触碰，我的手指头也一直都疼着。现在还疼着。

荞麦嫁人的那天，他的指头尤其疼得厉害。他差点用牙把那点多余的指头咬下来了。

很多事一下子就涌出来，很多人的模样一下子都清晰地出现了。有父母家人，有街坊邻居，还有小时候欺负他的那些小娃娃。那些娃娃，现在也都五十多岁了。女的，早都嫁出去了，像黄花菜薹上结的毛絮种子，风一吹，飘到各山各洼了。为人妻，为人母的，有些也许都当奶奶了。男的，也都娶妻生子了，也许都当爷爷了。六指走后，再没有回来，个别的还见过一两次，大多数再没见过。六指现在回来了，他们又不知搬到哪里去了。这一搬，怕是更难见到了。还有一些老人，已经去世了，睡在土里，更是见不上了。

六指觉得，自己跑回来，也有想见到村里那些人的意思。可是现在，那些人不知搬到哪里去了，村子也拆了，好像一切都没有了。他心里空空的，眼泪却从眼眶里往出走，哭声也从心底里往上翻，他压不住，哽咽起来。

我一直都想找个没人的地方大放悲声地哭一场。

六指一直都怕人。在村里的时候，他就害怕。后来跑出去了，到了城里，见到的都是陌生人，他还是有些害怕。慢慢地，见得人多了，稍稍好了些。这几年，老毛病又犯了，比以前更厉害。他觉得，朋友们在算计他，妻子儿女在算计他，周围的所有人都在算计他，算计他的钱，算计他的财产。

妻子吴芊芊一直都嫌弃他，嫌弃他长着六根指头，嫌弃他是农村人，嫌弃他浑身脏。吴芊芊是城里人，实际上是郊区的，后来城市扩大了，才成了城里人，但吴芊芊比城里人还嫌弃农村人。吴芊芊爱干净，不光是爱干净，简直有洁癖。吴芊芊给他说的最多的话就是，洗手去，洗澡去。他洗过手了，洗过澡了，吴芊芊还是嫌弃他。他靠近吴芊芊，吴芊芊就说他身上有股味道。他远远地坐着，吴芊芊就盯着他的手看，看他手上的那根小指头，眼神中有一种嫌恶。吴芊芊尽管嫌弃他，但还是和他结婚，就是为了钱。婚后没有和他离婚，也是因为他的钱。他干的活儿脏，人脏，但钱不脏。吴芊芊爱钱，吴芊芊爱钱胜过爱人，包括他，包括父母，包括儿女，包括情人。六指一直怀疑吴芊芊有情人，但从没有抓住过。有一个人，叫周逸飞，也许就是吴芊芊的情人。早些年，他不在家的时候，周逸飞时常来家里，和吴芊芊说话。他在家的时候，周逸飞也来家里，和他们说话。周逸飞是吴芊芊的初恋情人，吴芊芊没有嫁给他，还是因为钱。周逸飞长得好，穿得好，身上一尘不染的，但家里穷，没念成书，工作不好。后来，厂子倒闭，连不好的工作也丢了。丢了工作后，周逸飞啥也不想干，啥也不会干，就在家里吃闲饭。老婆不跟他过了，跟别人走了，留下他一个。吴芊芊就把他找过来,当管家。

周逸飞爱干净,心细,管家还行,啥事都能操心好。最关键的是,他听话。吴芊芊说啥他听啥,对吴芊芊忠心耿耿。对六指也好,指啥干啥,态度又不卑不亢的。见了他,不叫老爷、老板啥的,就叫他刘志。在城里,六指的名字叫刘志。六指要说有朋友的话,只有一个,那就是周逸飞。只有周逸飞还能跟他说说话,聊聊天。但六指又觉得他跟吴芊芊有事,只是没抓住任何证据。他在六指面前,也没有表现出心虚,脸上也看不出羞愧的意思。他神情漠然,好像一切都无所谓。他丢了工作,妻子又跑了,但形象一点儿都没有改变,还是那样穿得一尘不染的,走路、说话,还是那样得体、文雅,尤其是上了些年纪,更显出一种儒雅来,就像个大学教授啥的。其实,他是个怯懦的人,没读过多少书,他的外表和内里有着很大的反差。村里有句老话说,不龇牙的狗才是咬人的狗。这样的人更叫人捉摸不透,更可怕。说不定哪一天,他就会给你下狠手。

六指谁都不信,唯一相信的是儿子。儿子刘伶长得像六指,小个子,大眼睛,圆脸盘,就像一只绵羊。儿子话少,性格怯懦,也像一只绵羊。六指不喜欢儿子,觉得儿子长得太像绵羊,太像自己了。儿子的面相长得像他,但手上没有长着六根指头,左手右手上都没有。刚生下来时,六指就仔细地看了,两只手上没有,左脚上也没有,但右脚上有。六指右脚上没有,儿子右脚上却有,好像是给他补齐了。脚上有六指,别人一般看不出来。这一点，六指还觉得心安些。但儿子的手也是隐藏的，儿子经常袖着手，似乎是怕手被人看见。冬天袖着手，大夏天也把手藏进袖口里。小时候袖着手，长大了还袖着手。他不跟人说话，小时候，一个人悄悄蹲在一个角落里，玩他的玩具。那些玩具都是六指厂子里生产的，有毛熊、洋娃娃，还有电动玩具，他拿回来给儿子玩。儿子尤其喜欢绵羊玩具。长大后，他就玩手机，迷上了手机游戏。把手机藏到怀里，能玩一整天。儿子这样，六指也不喜欢。

吴芊芊也不喜欢儿子，大约也是觉得儿子太像六指了。吴芊芊对儿子很严厉，总是大声呵斥他。稍有差池，张口就骂。儿子垂下头，听着她骂。吴芊芊人长得单瘦、苗条，骂人的声音却很大，很尖利，像用玻璃碴一下一下地刺人。刺的频率也很高，吴芊芊嘴唇薄，动得快，像刀片子一样。她还有个瓜子脸，尖下巴，下巴尖得厉害，也像刀子一样。尤其上了年纪，她不但一点儿都没胖，反而脸更瘦了，下巴更长了，说话的声音也更尖了。她尖声呵斥儿子，六指觉得实际上是在呵斥他。儿子和他长得太像了，吴芊芊不高兴。

女儿刘俐长得不像六指，面相不像，手脚上也没有多出指头来。刘伶、刘俐都是吴芊芊给起的名字，大概是希望儿子女儿聪明伶俐，不要像六指一样。但这样的希望在儿子身上落空了，却在女儿身上实现了。刘俐长得灵巧，大模样有点像吴芊芊，细长眼睛，瓜子脸，但没有吴芊芊那样的尖下巴。下巴有点像周逸飞，眉眼处也有点像。六指就有些怀疑女儿不是他的，是周逸飞的。周逸飞对刘俐格外照顾，像是对待自己的女儿。刘俐也特别依恋周逸飞，嘴里周叔周叔地喊着，心里也许把周逸飞当成了父亲。对六指，她却是一副不屑的神情。六指知道，她从心眼里看不起自己这个父亲。跟六指说话的时候，她总是冷嘲热讽的。她说话、骂人不像吴芊芊那样尖利，声调不高，说得也不快，却句句有刺。那些刺都包在棉花里，看不见，却比刀子更扎人。女儿刘俐对他说的最多的话就是，你有病呀！这几个字也许是孩子们的口头禅，很多孩子都这样说，但从刘俐口里说出来，六指就觉得特别扎心。六指从小就忌讳人说他有病。这几年，刘俐的话更直接了，刘俐说，你有病，要看呢。女儿是学医的，她这样说，就像是医生给病人说，就显得很权威，显得没有任何问题。她张罗着要把六指送医院，不是普通的医院，是精神病医院。刘俐一遍一遍地说，家里人也跟着说他有病，要送他到精神病院去。六指很反感，六指说，我没病。

我没病，六指反复地说，他们反而更加认定他有病。妻子吴芊芊、管家周逸飞、女儿，还有女婿，合伙要把他送到精神病院去。尤其是女婿李翻身，表现得更积极。李翻身本来是农村人，上大学来到城里，和女儿是大学同学。他有个很农村的名字，长得也很像个农村人。六指不喜欢城里人，按说应该喜欢女婿才对，但就是不喜欢，总觉得他心里藏着些啥。李翻身看着憨厚，可总是不正眼看人，眼神中透出一种狡黠。六指不喜欢，但女儿刘俐喜欢，六指没办法，只能同意他们结婚。六指觉得，李翻身实际上也不喜欢刘俐，看着对刘俐言听计从的，但眼神里没有喜欢的意思。他跟刘俐结婚，肯定也是冲着六指的家产来的。刘俐说六指有病，李翻身应声附和，还积极找同学，联系医院。女儿是学医的，李翻身也是学医的。两个医生说他有病，他没病也成了有病了。其实，女儿刘俐学的是整形，女婿李翻身学的是中医推拿。女儿刘俐要学医，要学整形，说是现在整形最挣钱。但六指觉得，女儿刘俐学整形，潜意识里，就是想着把他多余的指头切掉。李翻身学中医推拿，倒是和他的名字很合得上。他每天给病人推拿，替病人翻身，把病人翻过来翻过去的，他自己却没有翻身。他很显然是把自己翻身的希望寄托在刘俐身上，寄托在六指身上。把六指送到精神病院，他就能自然地占有六指的家产和厂子。

女婿是外人，女儿大概也是外人。还有吴芊芊和周逸飞，他们看着没啥事，也许是在等着，等六指进了精神病院，或者死了，他们就名正言顺地在一起。六指唯一指望的是儿子，想着把家产、厂子都给儿子。儿子却对这些不感兴趣，除了手机、游戏，他对一切都不感兴趣，包括女人。他不找对象，不结婚。妹妹都结婚了，他还是一个人。他在家里，好像又不在家里。他在那里，好像又不在那里。他生活在他的世界，一个虚拟的世界里。他很少说话，当然了，他说了也没人听。他们合伙要把六指送到精神病院去，儿子也不说话，只是睁大绵羊一样的眼睛,湿漉漉地看着六指。眼睛里不知是疑惑,还是恐惧。儿子靠不住,反倒叫六指担心。

  我担心他们把我送到精神病院,下一个就是我儿子刘伶。

六指小心提防着,他们还是算计成功了。抢了他的厂子,占了他的家产,夺走了他的一切。这还不行,还都想着要除掉他。他没办法,只能逃走。他把手机扔了,把身份证扔了。这样一来,他们就联系不上,也找不到他了。

6. 放羊人

在村里住下有些天了,六指没有见过一个人。
六指害怕家人,害怕朋友,害怕所有人。但这些天,六指老是想到人。不是哪一个人,就是人,站着走着会说话的人。六指这是见不得人,离不得人。
六指希望见到一个人,哪怕是远远地看一眼,可是没有。站着的,除了那些没有拆掉的房子和墙,就是留下的没给锯掉的树。大榆树给锯掉了,只剩下一个秃树桩,还有霸在地上的那些树根。不知是谁把大榆树给锯掉了,也不知是为啥锯掉的。树锯掉了,却把树根留下了。树根挖不出来,挖出来也没啥用,只能烧柴。

留下的树根还活着。树桩的旁边生出一棵小苗来，小苗已经有二尺多高了。树干只有手指头粗细，直直地往上长，还没有发开枝子。树叶也不大，小桃子形，不太绿，还发黄，像小鸟嘴角的那种黄。新生命看着，总是叫人心生怜惜。六指忍不住伸手一摸，却被扎了一下。榆树上没有刺，但树叶上有很细小的毛刺，看着像小女孩脸上的汗毛一样软，但却扎人。这么大点小树苗，已经学会扎人了，六指有点想不到。六指想，这棵小树苗是从老树桩上长出来的，有那么粗的树桩，那么大的根养着，这棵小苗没几年就会长成一棵大树，跟原来的大榆树一样高，一样粗。

大树上吊着黑鹰。

六指一下子想到黑鹰吊在大树上的样子。大榆树上不光吊过黑鹰，还吊过别的人。大多是女人。日子苦，生活穷，在家里又受了气，有些女人想不开了，就寻死。村里没有水塘，又找不到毒药啥的，只能选择上吊。六指记得，村里好几个女人，蛋蛋他妈、存子媳妇，还有一个女知青，都吊死在大榆树上。

六指觉得，不应该再有那样一棵大树了。六指想把小树苗拔掉，但看着它那么细小，又有些不忍心。犹豫了半天，才抓住，拔了一下。不知是使的劲儿不够大，还是小树苗太韧了，没有拔掉，只揪掉树头，捋下几片叶子。六指手心里都是绿树汁，明明是绿色的，六指却感觉像血一样，看着很不舒服。小树苗看着也不成样子了，耷拉着头，像被宰了一刀却挣脱了的公鸡。六指没有再下手，随它去，死了就死了，能活就活着吧。

沙枣树不成材，砍下来没有用，就留下了。沙枣树们自顾自地活着，甚至比有人的时候还活得好。树上的花落了，结上了米粒大的沙枣，绿底子，上面包着一层银白的皮，小珍珠一样。等沙枣长大了，那层银白的皮就散开了，星星点点的，像女娃娃脸上的雀斑。这地方女娃娃脸上都有雀斑，荞麦脸上也有几颗。家里大人说，那是吃了沙枣。说女娃娃吃了沙枣，脸上就长雀斑，明显是吓唬人的。是不让揪着吃沙枣，怕女娃娃嘴太馋了，人笑话呢。其实是这地方风头高，水土不好，人脸上就长了雀斑，根本不是吃了沙枣的事。男人脸上晒得更黑，看不出来，女人脸上看着就明显些。那个女知青也揪沙枣吃，但脸还是白的，没有长雀斑。没有雀斑的脸，就是好看。村里人都说她好看，六指也觉得她好看。只是，好看的女人总是命不好。跟树一样，好看的，结果子的，成材的，都被砍掉了，沙枣树不好看，却活下来了。

还有几棵歪歪扭扭的老柳树，一棵桃树，一棵小枣树，也都活着。树活着，站着，却不会说话。活着的还有鸽子、麻雀、呱啦鸡、兔子、老鼠、毛毛虫啥的，它们会叫，互相之间叽叽吱吱地说话，却不会说人话。

我还是希望听到人话。

哪怕是沾了点人气的，比如说是牛、羊、鸡，还有狗。苍狗就在村里，还抓了兔子给他送来，明显是一种示好，但六指还是不想接纳它。六指总觉得，它身上带着一股野气，眼神中还有一种说不出的气息。一人一狗，都住在废弃的村子里，互相之间是个伴儿了，但还是互相提防着。尤其是在晚上，六指一方面感觉到有苍狗在，心里没有那样孤。另一方面，又怕苍狗趁着黑夜袭击他。畜生毕竟是畜生，夜里最容易爆发野性。天亮了，苍狗出去找食去了，六指的心里反倒安稳些。

这些天，天快亮的时候，六指隐隐约约听到过几声鸡叫，从东山那边传过来。有鸡叫，说明还有人在。东山那边有个村子，叫鸦儿沟。

荞麦就嫁到了鸦儿沟。

村子和鸦儿沟之间，只隔着一座山，但却分属两个县、两个省。山脊梁上有一道老墙，据说是秦始皇修的长城，两个村、两个县、两个省就是以长城为界的。鸦儿沟在长城里面，村子在长城外面。鸦儿沟人信神，村子人信鬼，互相骂仗的时候，鸦儿沟人说村子人是野人，村子人说鸦儿沟人是蛮子。一道土墙，把区县隔开了，也把人心隔开了。长城塌得不成样子了，但作为分界线，还是很有作用的。老墙东边的土地、草场，属于鸦儿沟，老墙西边的属于村子。只有一块地，在老墙东边，却属于村子。那一块地叫铜钱台，是一块山坡地，有一百多亩。叫铜钱台，是因为每当下过大雨，那块地上就有铜钱现出来，这儿一个，那儿一个的。捡了来，可以做羊毛毽子，穿上捻子做油灯盖子。还有一种说法是，那块地是黑鹰的父亲花五十吊铜钱买来的。那块地本来是鸦儿沟人的，但有一年，卖给了黑鹰的父亲。

黑鹰的父亲，算上是六指的爷爷，过去是地主，有几百亩土地。几百亩土地听着很多，但实际上山地多，平地少，又都是旱地。雨水好些，亩产也就百十斤，遇到旱年，收不上多少。说是地主，也就日子能过，手头宽裕点。钱也不敢乱花，一个铜钱一个铜钱地攒着。手里攒了几十吊钱，他就把铜钱台那块地买下了。他哪里想到，过了一年多，他的土地都给分掉了。

辛苦半辈子，攒下些土地，给分掉了，他气炸了，大闹了一场，还说出诅咒的话来。他那样做，反倒激起了众怒，绑了他批斗。他还挣扎着叫骂，村里人又给他身上捆了几道皮绳。皮绳勒得太紧，把他的腰勒残了。

土地分了，人也残疾了，但划成分的时候，还是给划了地主，他气出了大病，不久就去世了。那时候，六指五六岁，刚记事。六指记得他是一个白胡子老汉，腰蜷得厉害，拄着个拐棍走路，脸一直朝着黄土，身子抬不起来，周围有人他也看不见，扭起头来才能看人。

好在去世之前，他给儿子黑鹰娶了媳妇。娶的村里马德仓的哑巴女儿。那种时候，一般人家的姑娘，不会嫁给他家的。马德仓分了他家的土地，有个诅咒在那里，是心里一个病。把女儿许配给黑鹰，算是解了诅咒，两清了。马德仓想不到的是，过了几年，合作化了，土地又都归了集体。早知道这样，也就没必要为了解个诅咒，把女儿许配给他家了。

铜钱台那块地，当年分给了村子村的人，合作化的时候，当然又归了村子大队。这样一来，鸦儿沟人不答应了，想要回去。说解放了，一切都要重新开始，以前的买卖，现在不能算数。村子村的人说，做过的买卖，走过的路，不管哪朝哪代都得算数。双方互不相让，都在种那块地。村子人犁了，鸦儿沟人也犁一遍。村子人种上了，鸦儿沟人过几天也种一遍。麦子豆子糜子谷子混长在一起，到收的时候，村子人和鸦儿沟人也混在一起抢收。这样一来，就起了冲突，两个村的人互相打起来。先是小范围的，你一拳我一脚的，打个鼻青脸肿也就是了。后来就成了大规模的冲突，双方几十个人上阵，锄头、镰刀也上了。再后来，两头村上组织人，铁锨、铁叉、镢头都备齐了对打，还用上了矛子、土枪，打伤打死了不少人，两个村的人结下了冤仇。

两个村本来临近，互相娶媳妇嫁女儿，结了多层的姻亲，但这样一来，成了仇家，亲戚也断了交往。两个村的人冷静下来细细一想，这一切都是黑鹰的父亲造成的，要不是他买下那块地，就不会出现后来的事。这样一想，就把毒中到黑鹰父亲的身上。黑鹰的父亲很快就死了，黑鹰就担起了罪责。有个啥，都把黑鹰推到台上去，批斗他。平日里，也要找些问题来，骂骂他。

村长安排黑鹰放羊。放羊实际上也是一种惩罚，叫他每天只和羊打交道，不和村里人打交道。村长是村上的头人，就像羊群里的头羊一样,谁都得听他的。村长这样安排,黑鹰就放羊。平日不和村里人打交道,不咋说话,跟人没有口角,谁都拿他没有办法。他放羊也小心,不让羊死了、丢了,村里人也找不出他的事来。

　　黑鹰尽管留心着,还是出了事。事就出在头羊身上。羊群里的头羊,不光在发情的时候占有母羊,平日里也管着羊群。头羊走到哪里,羊群就跟到哪里。有经验的羊把式,就看好头羊,把头羊盯住了,其他羊也跑不远。要是盯不住头羊,防不住就出事。有一回,黑鹰赶着羊群去山沟里饮水。那是冬天,泉水结冰了。黑鹰凿开一个冰眼,头羊第一个到冰眼边去喝水,其他羊跟在后面等着。一大群羊,一个冰眼喝水太慢。黑鹰就再凿一个冰眼。他正凿着冰眼,却发现羊群里的羊一个接一个往冰眼里跳。原来是头羊不小心滑了一下,掉进冰眼里了。其他羊以为头羊是跳下去的,都跟着往冰眼里跳。黑鹰赶忙跑过去,把跳进冰眼里的羊一只只往出拉。他拉出一只,后面的羊又跳下一只,拦都拦不住。直到把头羊拉出来,其他的羊才不往下跳了。跳进冰眼里的羊,使劲挣扎,不好往上拉,有几只淹死了。拉上来的,全身湿透了,很快结了冰,又冻死了几只。

　　死了好几只羊,村里人就开会批斗黑鹰。给黑鹰头上戴个高帽子,脖子上挂个木牌子,木牌子上写着黑字。六指那时候还不识字,不知道上面写的是啥。黑鹰是识字的,他应该能看出上面写的是啥。他垂着头,目光就落在牌子上。他看着牌子,一句话也不说。村里人呢，有很多其实也知道羊就是那样，头羊要是跳下山崖，一群羊都跟着往下跳，怨不得黑鹰。但人们平日里吃不饱，穿不暖，心里有着一些愁苦和怨气，需要个机会发泄出来，喊几句口号，骂几句，啐两口唾沫，心里也就舒畅些，继续过自己的苦日子。

黑鹰还得继续放他的羊。挨了批斗，黑鹰一句怨言也没有，见了人也更恭顺。村里人就觉得他是装的，装羊。黑鹰的长相也像羊，瘦脸、尖下巴，留着点小胡子，看着像个山羊。他既是羊把式，又是羊群里的一员。六指那时也跟在羊群里，父子俩一个山羊，一个绵羊，就像天生是放羊的。

黑鹰进了监狱后，六指就接着放羊。在山头上放羊，他经常能看到鸦儿沟，村里谁家烟囱冒烟了，能看见，谁家鸡狗牛羊叫了，也能听见。

鸦儿沟那边有鸡叫声，说明村里还有人。六指爬到山头上去，想看看鸦儿沟有没有人。

爬了一截，六指就感到气喘吁吁的。想当年放羊的时候，爬山就跟走平地一样，下沟上崖的，也不是啥事，山羊能爬上去的地方，他就能爬上去。这一转眼，就老了，爬不动了。主要也是在城里几十年，再没爬过山。爬到半山腰，六指觉得头发晕，腿发软，只能坐下来歇一歇。忽然，他发现远处山坡上有一只羊。他以为是眼花了，揉揉眼看，确实是一只羊，接着看到了第二只，第三只，有十几只羊。六指对羊有一种天然的亲近感，看到羊，他非常高兴。一下子忘记了疲劳，站起来，向羊那边爬过去。羊一边低头走着吃草，一边观察着周围的动静。六指快到跟前了，几只羊停下脚步，抬起头，望着他。六指还想往羊跟前走，羊却受了惊，扭身跑远了。到远处，回身看着他，眼神中满是陌生和戒备。六指记得小时候，他到羊群里，那些羊都把他当成羊，对他很亲近。长大后，他放羊，那些羊见了他，也没有一点儿的戒备。没想到，这些羊却并不认他。

  我一直把自己当成一只羊，那些羊却把我当成了人。

六指有些失落。他试着拔了点青草，举在手里，咩咩地学着羊的叫声，想把羊吸引过来。几只羊看了看他手里的草，又看了看他，疑惧地往后退。六指往前走几步，几只羊就往后退几步。六指有些伤心，好像见到了亲人，亲人却不认他。他执着地拿着草，往羊跟前走，希望羊能认出他来。羊却一直往后退。转过一个山拐，眼前出现一个人，是个二十多岁的小伙子，高颧骨，宽脸膛，鹰钩鼻。六指记得鸦儿沟人大多长这样。

小伙子说，你想干啥？

六指说，不干啥。

小伙子说，不干啥手里拿着草。

六指说，我想喂羊。

小伙子说，喂羊？是想偷羊吧。

六指说，不是不是。

小伙子说，不是！我看你就想偷羊呢！

六指说，我不偷，我就看看。

小伙子说，看看，羊有啥好看的！你是哪里人？

六指说，我是，是，村子的。

小伙子说，扯谎！村子人都搬走了，早就没人了。

六指说，我真是村子人。

小伙子说，村子人，我咋没见过。你叫啥名字？

六指说，我叫六指。

小伙子说，六指？没听说过。

六指说，我是叫六指，就是村子人。

小伙子说，看着都不像。你到底是干啥的？五六十岁的人了，跑来偷羊！

六指说，我没偷。我就是看看，我也放过羊。

小伙子说，这方圆几个村放羊的我都见过，咋没见过你？

六指说，我三十多年前就在这山上放羊。

小伙子说，三十多年前，我还没出生呢。

六指说，就是，你哪里见我去。你是鸦儿沟人吧？

小伙子说，就是。你知道鸦儿沟？

见到个人，与自己又没有一点儿关系，六指觉得很好，想跟他多说几句话。

六指说，就隔着一道老墙，咋不知道。

小伙子说，你还知道老墙，这么说，你真是村子人？

六指说，当然了。你跑到老墙这边放羊，越界了。

小伙子说，村子人都搬走了，没人了。

六指说，我还在呢。

小伙子说，不是都搬走了吗，你咋又回来了？

六指说，我没搬。

小伙子说，你还住在村里？

六指说，就是。

小伙子说，你们一家人？

六指说，就我一个人。

小伙子说，你一个人？孤死了，不害怕吗？

六指说，害怕啥。

小伙子说，人都搬走了，狼就来了。前几天，我家的几只羊被啥给咬了。村里的老人看了，说是狼咬的。你一个人住在村里，要小心着呢。

六指说，有狼了？不可能吧。周围村子也都搬了？

小伙子说，都搬了。

六指说，你们鸦儿沟咋没搬？

小伙子说，隔着省呢，政策不一样。村里人也都快走光了，剩下不多几户了。乡上下了通知，说也要移民呢，这季子粮食收了，就都搬走了。

六指问，也要搬了？都搬了就没人了，就找不到了。后半句实际上是六指自言自语。

小伙子听到了，问，你要找谁？

六指说，鸦儿沟有个叫荞麦的，还在吗？

小伙子问，荞麦？女的？谁家的女子？

六指说，不是谁家的女子。是村子人，三十六年前，嫁到鸦儿沟的。

小伙子说，那会儿的事，我不知道。

小伙子又说，两个村子挨着，可为了铜钱台那块地，打了几十年的仗，互相不通婚。除非有问题的女子，为了惩罚，才嫁给对方村子。

六指说，就是。

荞麦嫁到鸦儿沟，就是一种惩罚。

小伙子说，我有个大妈，听说就是村子的。

六指问，她还在吗？好着吗？

小伙子说，好是好着呢。不在村里了，跟着儿子，搬到城里去了。前年就搬走了。

六指有些失望。

六指又问，她是不是叫荞麦？

小伙子说，我不知道。长辈的小名不能问，我们见了就叫大妈。

六指沉默了。

小伙子说,为那么一块地,打了几十年的仗,你们上一辈人,不知咋想的?

六指说,那是上上辈子人的事了。

小伙子问,那块地下面真埋着铜钱?

六指说,不知道。那会儿,下过雨,地里就有铜钱出来。

小伙子说,就是的。我们小时候那会儿还有呢!拾上耍呢。没当个宝贝,乱扔了。这几年,铜钱值钱了,都跑去捡,也捡不上了,就往下挖。都说地下面埋着铜钱呢,两个村的人都偷着挖。挖了好些天,也没挖出来个啥,倒把地给挖了些大坑。为了挖宝,又打了好几次架,两个村的人打,同村的人也互相打,差点出了人命。

六指说,都是钱害的,人和人,都成了仇家了。

小伙子笑了笑说,这么说来,我们也还是仇家呢。

六指一想,可不是吗?好不容易见到了一个人,还是仇家。

虽说是仇家,但小伙子听说六指一个人住在村里,吃的是野菜啥的,赶紧把身上带的干粮给他,还说要给他送点米面油盐啥的。

7. 旧书

这些天,第一次见到人,第一次跟人说话,第一次吃到干粮。六指感觉,人的面目还是可亲的,和人说话还是愉快的,人吃的粮食还是香甜的。他希望再见到那个小伙子，和他说说话。他又爬到山坡上去，没看到羊，也没见到人。他爬到山顶上，四处看，还是没有看到。只有那道老墙，还是那样老，长虫褪下的皮一样，趴在山顶上。过了好几天，羊群都没有出现，小伙子也没有出现，当然也不可能给他送米面油盐啥的。六指有些失望，感觉小伙子不守信用。六指在心里找原因，也许是小伙子到别的山上放羊去了，也许是小伙子有病了，也许是小伙子外出打工去了，也许鸦儿沟人也突然都搬走了。他替小伙子找了几十种理由，但却压不住一个念头：任何人都靠不住。

任何人都不能相信。

古人传下来的话，也不能相信。

六指看到，山脊梁上的那道老墙，比过去更低了，更破旧了，几个墙墩子也都坍塌了。村里人说，老墙是秦始皇修的，叫孟姜女给哭塌了。秦始皇修老墙，是要圈一个大院子，一个国家的人，都住在这个大院子里，世世代代住下去。所以，老墙修得又高又结实。有石头的地方，用石头砌，没石头的地方，就用蒸熟的土来筑。修老墙，用了几十万的民工，修了几十年。民工都是各地征来的，吃住都在工地上，好些年都不能回家。有一个民工，叫七两，据说跑起来全身就七两重，轻得像燕子一样，脚掌上长着几根毛，是飞毛，能日行千里，夜行八百。每天晚上，都跑回去，与妻子家人团聚，第二天一大早又赶回工地。他妻子叫孟姜女，是个贤惠女人，疼惜丈夫。丈夫太劳累，睡着了，她就给丈夫泡脚洗脚剪指甲。看到丈夫脚掌上有几根毛，她不知道那是飞毛，也给剪掉了。七两第二天清早醒来，想飞起来往工地上赶，却飞不起来了。七两大吃一惊，一看，脚掌上的飞毛没有了。他问妻子，才知道叫妻子给剪掉了。七两顾不上抱怨妻子，赶忙往工地上跑。七两虽然身子轻巧，但脚掌上没有飞毛，他走路就和普通人一样了，跑了一个月才赶到工地上。秦始皇的律法很严，耽误了时间，就要被杀头。七两说啥不顶用，就被杀了，尸体埋进城墙里。

孟姜女等了些天，不见丈夫七两回去，就跑到工地上来找。工友们告诉她，七两误了工时，被砍头了。孟姜女哭着问尸体在哪里。工友们说，被筑进墙里面了。孟姜女在城墙边上，一遍一遍地喊，一寸一寸地找。那么高，那么长的城墙，咋能找到呢？孟姜女越想越后悔，越找越伤心，哀声大哭。修长城的人，听见孟姜女的哭声，也伤心了，流下眼泪来。忽然间，七百里的城墙倒塌了，丈夫七两的尸体出来了。

老人们说，孟姜女哭倒的就是村子东山上的这一段老墙。六指那时候深信不疑。到后来，走出村子，到了城里，慢慢才知道，那些都是传说，是不可信的。

村里还传说，这里曾经是毛野人住的地方。毛野人本来住在北边苦寒的地方，吃生肉，穿羊皮。他们听说这里人吃得好，穿得好，住的地方好，就想着抢占这里人的地盘。毛野人身材高大，面相凶恶，红毛绿眼睛，又都骑着高头大马，打仗厉害，想着很容易就把这里人的地盘儿占了。但这里的人看着瘦小，却聪明有计谋，最终还是把毛野人打败了。毛野人心眼实，打不过就投降。毛野人投降后，就给安置到村子这一带。一辈一辈，传到现在，几千年了。这一带的人，有一些深眼窝高鼻梁的，还有一些红胡子绿眼睛的，都说是毛野人的后代。

村子人不承认自己是毛野人的后代，说鸦儿沟人才是毛野人的后代。鸦儿沟人却说，村子人是毛野人的后代。鸦儿沟人还说，村子人是老墙外面的，本来就是野人。两个村的人，因为那道老墙，还有那块地，结下了世仇，就互相骂对方是野人。两边的人互相骂着，却没有任何证据。还有好多的传说，也都没有证据。这样的事，都是口传的，当然不能相信。

写在纸上的，也有些叫人不能相信。

六指在拆掉的小学校里找到了一些书。小学校拆掉了，却把一些书留下了，埋在废墟里。人搬走了，学校搬走了，却把书扔下，过去就不上学，不看书了吗？六指觉得有些可惜，就挖开砖块柴草，把那些书刨出来。经过土埋、雨水泡的，有些书已经烂成一堆了，书上的字迹也模糊了。有些压在中间的，还好一些。六指仔细地整理出来，把书上的土拍干净了，把卷了的地方捋平整了。整出两大摞来，抱到他住的窑洞里。有大书，有小人书，还有些学生课本、作业本啥的。

闲下来，六指就翻看那些书。

有一本厚书，书名是《〈论语〉批注》，北京大学哲学系一九七〇级工农兵学员编写的，中华书局印刷的。封面上的字，除了"论语"是黑色的，其他都是红色的，看着叫人心里有些心惊。六指喜欢看书，喜欢书上的那些字，但他一直都有些害怕红色的字。好在书里面的字都是黑色的，有些是古文，很多字不认识，很多话看不懂。好在后面有注释、有翻译。

六指翻开第一页：

学而篇第一

1.1子曰："学而时习之，不亦说乎！有朋自远方来，不亦乐乎！人不知而不愠，不亦君子乎！"

下面是注释，后面是译文。

孔子说："学了礼、乐、《诗》、《书》，又经常复习它，不也是令人高兴的吗！有志同道合的人从远方来，不也是令人快乐的吗！人家不了解我，我也不怨恨，不也是君子吗！"

六指知道孔丘，据说是两千多年前的人了，比老墙还老，比修老墙的秦始皇，比那些毛野人还早。那时候的人，骨头早就化成土了。

六指又随手翻开一页。

1.4曾子曰:"吾日三省吾身,为人谋而不忠乎?与朋友交而不信乎?传不习乎?"

[译文]曾子说:"我每天再三反省自己:为上层统治者出主意做事情,有没有不忠的地方呢?与朋友交往,有没有不讲信用的地方呢?老师所传授的东西,是否复习了呢?"

他又翻了几页,看到一段。

1.5孟懿子问孝。子曰:"无违。"樊迟御,子告之曰:"孟孙问孝于我,我对曰:'无违'。"樊迟曰:"何谓也?"子曰:"生,事之以礼;死,葬之以礼,祭之以礼。"

[译文]孟懿子问什么是孝,孔子说:"(孝就是)不要违背(周礼)。"后来樊迟给孔子赶马车,孔子告诉他说:"孟孙氏向我问孝。我回答他说,(孝就是)不要违背(周礼)。樊迟问:"不要违背(周礼)是什么意思呢?"孔子说:"(父母)活着的时候,按周礼侍奉他们;(父母)死了,按周礼埋葬他们,按周礼祭祝他们。"

这一段，六指看明白了，是说父母活着的时候，要侍奉他们；父母死了，要安葬他们，祭祀他们。这样才算是孝。六指想到父亲黑鹰和母亲哑巴。虽然他们不是自己的亲生父母，但抓养了他。他们活着的时候，没有尽到一点儿孝心，他们死了，也从来都没有祭奠过。六指心里有些惭愧。还有自己的亲生父母，见都没见过，也不知道他们是谁？还在吗？在哪里？

连父母都有可能是假的。

对自己的身世，六指听说过一些。他是黑鹰在放羊路上捡到的。

黑鹰赶着羊去山上，半路上发现一个包袱。应该说是羊先发现的，几只羊围着一个包袱，嗅来嗅去的，不走开。黑鹰过去赶开羊，就发现了一个包袱，包袱里面是个孩子。孩子刚出生不久，眼睛都没有睁开。黑鹰找了找，周围没人，就把孩子抱回家。这才发现，孩子手脚上的指头跟别人不一样，左手上六根，右手上六根，左脚上也是六根，只有右脚上是五根。

黑鹰打问了好些天，村里谁家都说没有丢娃娃。托鸦儿沟的羊把式问，鸦儿沟村也没有人家丢娃娃。黑鹰没办法，只能把孩子交给哑巴婆姨养着。

村里人说，可能是谁家生了娃娃，看到长着六根指头，是个怪胎，怕招来邪祟，就扔了。可村子就这么大，谁家女人肚子大了，都能看见。那一段时间，没见谁家女人怀娃娃。村里还有人说，可能是鸦儿沟人生的怪胎，故意扔到村口来。说这样的怪胎，会把邪祟带到村子来。

村里人叫黑鹰和哑巴把六指扔掉，不能养着。黑鹰不说话，哑巴婆姨听不见村里人的话，还是把六指养大了。哑巴婆姨没有生孩子，没有奶水，就用羊奶喂着六指。最初是挤下羊奶给他喂，六指稍大一点，会爬了，会走了，就和小羊羔一起，挤在母羊肚子下面吃奶。羊羔吃奶，是跪着的，六指也跪着。六指吃奶，母羊一点儿都不嫌弃，还用嘴嗅着他的小屁股，把他当成了羊羔。六指知道，是羊发现了他，又喂养了他。但他不知道，是谁生了他。

我也许就是羊生的。

羊当然不可能生出个人来。稍大些，六指还听到一些传说。村里有个姑娘，和货郎子好上了，怀了娃，生下来，不敢留着，就扔掉了。还有人说，村里来的一个女知青，怀了娃，生下来扔掉了。女子没结婚，生下娃娃来，这样的娃娃叫私娃子，当然不敢留着，只能扔掉。六指觉得，哪怕是私娃子也好，至少知道自己是人生的。可这样的说法无凭无据，也没法叫人相信。

8. 苍狗

是谁生的并不重要，重要的还是要活下去。

这些天，六指一直吃的是清水煮野菜，有时候也生吃，像小时候一样，像羊一样。没有盐，他就从北沟里端来些咸水，在太阳下晒。水晒干了，盆子底下就会结一层白白的盐晶。过去村里人买不起盐，就这样晒盐。这样晒出来的盐不好吃，有点发苦，但做饭拌菜都能用，六指也没觉得有啥不好。这些年在城里，油腻的东西吃多了，正好清清肠子。现在的城里人都讲究养生，提倡吃素，吃青菜、野菜。妻子吴芊芊就特别注重养生减肥。她本来就瘦，根本用不着减肥，但隔上几天，她就说自己胖了。这样的话当然不是给六指说，而是给周逸飞说。她说，逸飞，给厨房说一下，少买点肉，做菜少放点油，你看我这几天又胖了。周逸飞看她一眼，说，太太一点儿也不胖。在家里，吴芊芊让周逸飞，还有保姆、厨子都称她太太。吴芊芊说，还说不胖，我这腿都粗得没样子了。说着，左伸一下腿，右伸一下腿。吴芊芊这样，有显摆自己长腿的意思。吴芊芊有一双细长笔直的腿。年轻的时候，这一双长腿，使她显得很高挑，亭亭玉立的，穿衣服好看，走路也有气质，这曾是她最大的资本。后来上了年纪，虽然肚子上有了些赘肉，屁股也塌了，但有一双长腿支着，依然显得身材很好。从背影上猛看上去，还像个姑娘一样，惹得男人们总要多看她几眼，也惹得女人们妒忌。对此，她引以为傲，也使劲地保持着。

周逸飞当然知道这些，点头说，我这就给厨房说。周逸飞实际上也不说，他知道，吴芊芊只是嘴上说说，实际上还是喜欢吃点肉，吃点有味的。他对吴芊芊非常了解。还是一样地吃，过几天，周逸飞说，太太这两天看着苗条多了。吴芊芊兴奋地说，是吗？扭扭身子，伸伸腿，上下打量一下，又说，真的哎，是瘦了。

六指看了，心里说，麻秆一样，有啥好的。六指不喜欢太瘦的女人，尤其像吴芊芊这样，腿像麻秆，脸像个锥子的女人。他觉得，女人还是胖些好。

六指是农村人，他总觉得农村女人才像个女人。六指也觉得，农村人吃饭才像吃饭。六指饭量好，吃饭快，三扒两咽的，一碗饭就吃了。周逸飞就安排厨房把饭菜稍做多些，盘子也大一些。盘子大些，看着盛在里面的菜就少些。周逸飞总是在吴芊芊和六指之间找到平衡。就是这样，饭菜端上来，吴芊芊还是说，逸飞，这满碟子满碗的，你是把我当农村人喂呀！吴芊芊这样说，有些讥讽六指的意思，但也不全是。主要还是为她自己，她怕过得不像城里人，让人笑话。

出生在郊区，这是吴芊芊永远的一个心病。这些年，她一直怕别人看出她是郊区人、乡下人，她完全按照城里人的标准来生活，甚至比城里人更像城里人。城里流行跳交谊舞，她就去跳交谊舞，六指不去，她就跟周逸飞去。城里流行跳健身操，她就跳健身操，流行瑜伽，她就练瑜伽。城里流行喝绿豆汤，她就喝绿豆汤，流行不吃晚饭，她就不吃晚饭。尤其是后来，六指的厂子越办越大，挣的钱越来越多，她就去吃西餐、进会所啥的，还养狗。当然不是农村那种土狗，全是洋狗。长毛的，卷毛的，没毛的。吴芊芊把那些狗抱在怀里，看着做出很亲热的样子，嘴里也"狗狗、狗狗"地唤着，但她只是在做样子，心里实际上并不喜欢，六指能看出来。六指也不喜欢那些矮小的宠物狗。六指还是喜欢那种大的，能跟羊群的狗，像苍狗一样的。

苍狗还在村里，每天都来六指家两趟，早上一趟，晚上一趟。苍狗像个有责任心的家长一样，起早贪黑的。六指没啥事，睡得早，起得晚，有时候看不到它，但他能感觉到。有时候看到了，六指也不大理睬它。六指心里还存着戒心。苍狗似乎也看出来了，但它好像并不气馁，像个单恋的女子一样，还是每天都来，眼神和身子越来越柔顺，看不出任何野性的东西，也没有任何想伤害六指的意思。隔上些天，它还衔来一只兔子。兔子不是它吃剩的，是它专门给六指的。不是半拉，而是一整只，头上、脖子上有咬死的痕迹，其他地方都完好无损。它可能也知道，人会嫌弃它咬过的。这样聪明的狗，真是少见，简直就和人一样，会揣摩人的心思。但正因为太过聪明了，六指反而更加提防。

苍狗最初给他送来兔子，六指不吃。六指觉得，那是一个陷阱，一个阴谋。这样的陷阱和阴谋，六指经见的多了。小时候在村里，他就受欺负，受欺骗。后来到了城里，经受的欺骗和欺负就更多了。稍不留神，就踏进陷阱，掉进一个阴谋之中。当然了，那些阴谋和陷阱都是人设置的,不是狗。六指不相信人,也不敢轻易相信一条狗。狗身上沾了人气,也就学会了人的毛病。苍狗很显然也是人养过的狗,虽说现在遗落在村里,没有主人,过着半野的日子,但它身上还是明显有些人气。它做出柔顺的样子,还送野兔来,明显是想讨好六指,想和他在一起。它自己过得好好的,没人管束着,自由自在的,能抓野兔、黄鼠啥的,不为吃喝发愁,为啥还要巴结人呢?巴结人的,总是怀着不可告人的目的。这样的话,对人适用,对狗也一样。

苍狗身上,还有着野性。它身上的毛色,就有了一种野的光。六指过去看电视,爱看动物世界。野外生活的狮子、老虎、豹子、野狗,身上的毛色跟动物园的不一样,看着干净、整洁,有活气儿,毛梢子上闪耀着一种光,野的光。动物园里的动物,养得多好,洗得多干净,毛色上只会有柔顺的光,却没有野的光。还有眼神,苍狗看着六指的时候,眼神是和顺的,但它眼睛的里面,眼神的根儿那里,还有着一种野的光,像风中的油灯一样,火苗一闪一闪的。它毛色中的光,要是慢慢浸透到身子里面,眼睛里的光,要是慢慢扩散到心里,它就会野性大发的。野性发作了,它就和狼一样了。再说了,它本来就是狼。人驯化了,养在家里,成了狗。现在人丢弃了它,它也许就又变回狼去了。狗变回狼,可能比狼更狠毒,更野性。

苍狗这会儿还没有完全变回去,身上还有狗气、人气。人气加上野气,更叫六指觉得无法接受它。六指不想和它接近,它送来的兔子，六指也不吃。他把野兔扔出去，扔到院子外面。过了两天，想起来去看，却不见了。也许是苍狗看他不要，自己叼回去吃了，也许是其他野物儿吃了。

六指发现竟然是乌鸦和喜鹊吃的。他刚来的时候，发现鸟儿吃掉了长虫，心里就很吃惊，以为是长虫经常偷吃鸟蛋，偷吃小鸟，鸟儿们仇恨它，才吃了它。就像人说的，恨不得要把对方扒皮吃肉。实际上，鸟儿跟人不一样，根本不是因为仇恨，兔子是吃草的，又没吃过它们的鸟蛋、小鸟，也没碍着它们啥事，跟它们没有仇恨，它们照样吃兔子肉。它们吃粮食草籽，也吃肉，尤其是喜鹊，表面上看着笨拙、和善，喳喳叫着，人都以为是报喜的，哪里想到，它那是想吃肉。谁家里过喜事，往往会宰羊宰鸡，总会有些鸡肠子羊鞭子之类的东西被扔掉，有些肉屑碎骨头啥的，它就是冲着那些肉才喳喳叫的。

没有碎肉的时候，它也喳喳地乱叫。村里有个传说，说有个圣贤躲避追杀，藏在一处树洞里，喜鹊看到了，喳喳地叫，引起了追兵的注意。上天就惩罚了喜鹊，让它从嘴里吐蛋。喜鹊蛋虽小，但从嘴里吐出来，还是很难的，据说吐一颗蛋，憋得它眼睛里要滴出血来。嘴里吐蛋，眼睛滴血，这样的事，谁都没有见过，大概就是个传说。喜鹊蛋倒是见过，村里的小娃娃爬到树上，从喜鹊窝里掏出蛋来，烧了吃。喜鹊就站在树梢上喳喳地叫骂，屁股一撅一撅的，显得很气愤。

它的孩子它知道疼的，别人的孩子它就不疼了。喜鹊会偷吃小鸡。刚孵出来的小鸡，好奇心强，这儿瞧瞧，那儿看看的，走着走着就离开了母鸡的视线。喜鹊在墙头上、树枝上看着，发现母鸡不注意，就会扑下来，叼着小鸡就飞了。

乌鸦一直被当成不祥的鸟，会招灾引祸。它长得不好看，叫声也粗嘎嘎的，当然没人喜欢了。所以乌鸦一般都在野地里找食吃，不敢到村子里来。现在，村里没人了，它们才大着胆子到村里来了。

原来有人的时候，野物儿少，现在人走了，野物儿又多了。村子里，还有周围的山上，有了许多野物儿。人搬走了，麻雀、鸽子、喜鹊、乌鸦这些鸟儿没人惊扰，越来越多，随意地乱飞，有的就在搬空的人家里做窝，六指的窑洞里就有好几窝鸟儿。鸟儿多了，鹰隼也就多了，在半空中盘旋着，瞅准机会，扑下来，就抓住一只鸽子、麻雀或者兔子。兔子吃草，野草多了，兔子也就多了，一个个吃得胖乎乎的。兔子繁殖很快，一个多月就生一窝，一窝五六只。小兔子长到半年，又会生小兔子。这才几年时间，到处都是兔子。难怪苍狗随便就能抓到兔子吃，还给六指送。吃兔子的不光有鹰隼、苍狗，还有野狐子、狼。六指看到过野狐子。野狐子胆小，俯下身子，一溜烟就跑过去了，一身火红的毛。没看到狼，但晚上隐隐约约听到狼的叫声。六指小时候，随着父亲黑鹰放羊，听过狼的叫声，也见到过被狼咬死的羊，但没见过狼。狼咬死羊，看着很残忍。鹰隼抓鸽子，看着更残忍。还有苍狗，也抓兔子、黄鼠吃，六指也觉得残忍。

但仔细想想，世间的万物，互相都有关联，互相辖制着。鸽子、麻雀太多了，就有鹰隼；兔子、黄鼠太多了，就有野狐子、狼。一种物儿，要是没有啥吃的话，再过些年，漫山遍野都是了。

这样一想，六指就觉得苍狗抓兔子，是应该的；苍狗给他送兔子，也是应该的。苍狗送兔子来，六指就剥了皮毛，收拾好，煮了吃。清水煮的，没有盐，没有调料，但吃起来，还是觉得很香。好长时间没吃过肉了。尤其是回到村子里以来，一直都吃的是野菜，最初还觉得行，但吃得时间长了，还是不行。还是想吃点米面，吃点肉。毕竟是人，这一点，没法改变。

我害怕人，讨厌人，但自己就是人。

人，都一样，都怕过苦日子，都想着吃好穿好，也都会给自己找借口。苍狗再送来兔子，六指就心安理得地吃了。看到苍狗，他的态度也改变了。先是有了眼神的交流，接着说了话。他喊——苍狗。苍狗似乎明白了是在喊它，低声呜咽着应了。苍狗似乎等这一天等了很长时间了，听到六指叫它，显得非常激动，俯下身子，摇着尾巴，浑身也不住地扭动着，有点像吴芊芊养的那些宠物狗做出的撒娇的姿态。六指没想到苍狗会做出这样的姿态来，他有点讨厌。他本来打算伸手抚摸一下苍狗的，但看到它那样的姿态，伸出的手在半空中停住了。狗毕竟是狗，苍狗并没有看出六指心情的变化，还在努力地做出讨好的姿态来,眼睛也一直瞅着他。苍狗的眼睛这会儿澄澈透明,眼神里没有一丝儿野性,满含着一种交流的渴望。六指心里一动,但很快,一股莫名的厌烦又升上来。为了不让苍狗看出来,他扭过头去,朝苍狗挥了下手,意思是你走吧。苍狗犹豫了一下,才像得了赦令一样,扭身跑出去了。

过了一会儿,苍狗又跑回来了,嘴里叼着一只兔子。苍狗并没有理解六指的意思,或者它明白了六指的意思,才抓了只兔子,继续来讨好六指。这一回,苍狗并没有远远地把兔子放在大门边,而是径直地送到六指脚边。放下兔子,苍狗的眼神中有一种邀功的意思,有一种小孩子给大人做了一件事的那种得意。他自认为已经得到认可了,可以与六指亲近了,它甚至用身子蹭了一下六指的腿,仰起头希望六指抚摸它。六指还是没有抚摸它,也没有做出任何亲热的举动。苍狗似乎感觉到了,知趣地走了。

苍狗走后,六指看那只兔子。兔子是白色的,头上有血,血还没有完全凝结,很红,白底衬着,很鲜艳。兔子死了,眼睛没闭上,眼睛也是红色的。白兔子一般都是红眼睛。这样的白兔子,一般都是家兔。野兔大多是灰色的,没见过有白色的。也许是变种了,也许是谁家搬走的时候,把家养的兔子给忘掉了,没抓走。留在这里,家兔也变成野兔了。只是家养的时间长了,兔子不善于奔跑了,更容易被苍狗抓住。

苍狗找吃的并不困难,它只是太孤了,才找六指。六指也孤，慢慢接受了苍狗。一人一狗，结成了伴儿。有个伴儿，更容易在这个废弃的村子里生活下去。六指和苍狗，还没有到形影不离的地步。白天，六指出去找野菜，侍弄他种的小白菜、萝卜、玉米啥的，苍狗也出去找吃的。到了晚上，六指回到窑洞里，点上油灯看书，苍狗就在院子里趴着。苍狗自己搬过来了。有苍狗在院子里守着，六指感觉踏实多了。村子里没有人，也没有外人来，但还是要提防着。尤其是晚上，村子里，还有周围的山上，总有些奇奇怪怪的声音。有时像是谁家在吵架，女人在哭，哭声拉得很长，很悲。有时有夜猫子在叫，乌鸦在叫，好像还有狼的叫声，很瘆。听到这样的叫声，苍狗也叫上几声，像是一种宣示，又像是一种回应。苍狗有时候还寻着那样的声音，撵出老远去，半夜都不回来。

有一天晚上，六指睡得迷迷糊糊，听到院子里有声音，像是有病的人在呻唤。咋会有人的声音？六指有点害怕。听了半天，呻唤的声音越来越急促，像是受了伤，很疼痛。如果是人的话，苍狗应该能发现，会叫起来的，但没有苍狗的叫声。再仔细听了一会儿，听到了低吼声、呜咽声，好像是苍狗的声音。六指点上灯，到院子里看，果然是苍狗。苍狗受了伤，浑身都是血。脖子上、头上尤其厉害，简直成了个血榔头。苍狗舔着身上的伤口，脖子上、头上的伤口舔不上，还在流血。苍狗看到他，呜呜咽咽地叫着，想往他身边爬，却爬不动。

苍狗伤得很重，不知是谁伤了它。看伤口，不像是人打了，像是啥咬的。啥动物能把苍狗咬成这样？村子里没有其他的狗，兔子、野狐子不可能，除非是獾猪子，或者是狼。獾猪子比狗小，但很凶猛，狗咬不过。要是狼的话，狗更咬不过。也许就是狼，鸦儿沟那个放羊的小伙子就说有狼，把他们的几只羊咬死了。

六指顾不上想这些了，赶紧给苍狗治伤。他先从被子里掏出点旧棉花，烧成灰，给苍狗伤口贴上了，止住血。又端了点水，让苍狗喝。失血多了，必须要喝水。六指知道一些土法子。他还知道一些野草能治伤，天一亮，赶紧找来，捣碎了，给苍狗敷上。血止住了，药抹上了，苍狗看着好了些。只是不能动，没法找吃的。六指只有野菜和白菜，狗又不吃那些。狗吃肉，也能吃粮食。六指没有粮食，有几个玉米棒子，种了点，还留下点。六指把剩下的几个玉米棒子搓下来，煮熟了，给苍狗吃。苍狗稍舔了点，就不吃了，看着他，眼神里满是乞求。六指看着，心里不忍。

六指就出去给苍狗抓兔子。兔子跑得快，人不可能抓住。但人有计谋，天上飞的、地上跑的，都能抓住。支起一个箩筐，就能抓住鸟儿。拴一个绳扣，就能抓住野物儿。六指记得在村里放羊的时候，就用铁丝扣抓过兔子。铁丝扣放到兔子必经的路上，兔子跑过去，踩上了，就会被套住。六指做了几个铁丝套子，放置好了，等了半天，果然就抓到了兔子。抓住的兔子，有的已经死了，有的还活着。六指就宰了，喂苍狗。害一个命，救一个命。这样的事，六指心里觉得不好，但也没有办法。他只想,一定要把苍狗救活。

苍狗吃上肉,恢复得很快。七八天时间,伤口就大好了。又过了些天,伤完全好了,又能出去自己抓兔子吃了。苍狗抓了兔子,还是给六指送。六指抓了兔子,也分给苍狗吃。

经过这一场,六指和苍狗有了相依为命的感觉。

9. 日记

有条狗相依为命,也挺好的。白天,苍狗出去打食,六指也出去找点野菜,侍弄他的庄稼和蔬菜。晚上,有苍狗在院子里守着,六指就安静地看找到的那些旧书。

那堆书里有些旧课本,看着很有意思。

有一篇课文是《小白兔和小灰兔》。

老山羊在地里收白菜,小白兔和小灰兔来帮忙。

收完白菜,老山羊把一车白菜送给小灰兔。小灰兔收下了,说:"谢谢您!"

老山羊又把一车白菜送给小白兔。小白兔说:"我不要白菜,请您给我一些菜籽吧。"老山羊送给小白兔一包菜籽。

小白兔回到家里,把地翻松了,种上菜籽。过了几天,白菜长出来了。小白兔常常给白菜浇水、施肥、拔草、捉虫。白菜很快就长大了。

　　小灰兔把一车白菜拉回家里。他不干活了,饿了就吃老山羊送的白菜。过了些日子,小灰兔把白菜吃完了,又到老山羊家里去要白菜。

　　这时候,他看见小白兔挑着一担白菜,给老山羊送来了。小灰兔很奇怪,问道:"小白兔,你的菜是哪儿来的?"

　　小白兔说:"是我自己种的。只有自己种,才有吃不完的菜。"

六指看着,心里一笑。这篇课文他小时候就学过,只是忘记了,这会儿看着,好像是专门给他提醒的。

有一篇课文是《小猫种鱼》。

　　农民伯伯把玉米种在地里,到了秋天,收了很多玉米。农民伯伯把花生种在地里,到了秋天,花生也熟了。小猫看见了,就把小鱼种在地里,它想:到了秋天,一定会收很多小鱼呢。

六指看着,笑出声来。很长时间了,六指第一次笑出声来。

六指在旧书堆里还发现了一个日记本。日记本前面几页被水泡了,后面的几页也烂掉了,只剩下中间一沓,还能认出字迹来。六指翻着看。

1972年12月2日，晴，大风

冬天来了，西北高原上的黄土丘陵全都变成灰蒙蒙的一片，看不到一点儿绿色了。凛冽的寒风刮起一阵阵的黄土，到处一片荒凉。我的心里也一片荒凉。每次想到那件事，我实感痛苦，为此我不知流过多少眼泪。多年来，它就像一块石头压在我心上。我总认为自己学习好、思想好，只有出身不好，只要自己能响应党的号召，到农村来，接受贫下中农再教育，一心一意为党为人民工作，自己的前途和政治问题是可以解决的。但那件事，给予我的精神打击很大。其他人陆续回去了，我还在这里，我想这一辈子就算完了。

1973年3月15日，晴，小风

一眨眼，三十天的寒假又结束了，又能见到孩子们了！跟孩子们在一起，我就感到快乐，感到轻松。这些孩子，穿得破破烂烂，浑身脏兮兮的，但他们的心是干净的、善良的。我喜欢跟他们在一起。我的孩子要在的话，也和他们一样大了。寒假三十天，不能干农活，村里就组织大学习、大批判。我一直都胆战心惊的。现在好了，开学了，春天也快来到了。新学期究竟有何吉凶，真是不敢设想啊！

…………

日记本无头无尾，不知道是谁写的。看内容，好像是一个老师写的，写的是1972年到1973年的事。正好那一段，六指在学校里念书，苗老师在学校里教书。日记有可能是苗老师写的！

六指言语迟，八九岁了才上学。

村小学在村子中间，离村长家不远。学校有三间房，两个老师，二十几个学生。一、三年级一个教室，二、四年级一个教室，还有一间老师住。两个老师，一个是村上的，叫马正国，是民办老师，一边教书，一边种地，放学后回家住。还有一个苗老师，就住在学校。苗老师是城里来的女知青。

六指上一年级，老师是马正国。

马正国个子小，人单瘦，头尤其小，上面长着稀拉拉的几根头发，村里人叫他干脑子。学生也私下里偷偷叫他干脑子老师、干老师。叫他干脑子，不光是因为他头小，还因为他聪明。他只上过高小，就当了村上的民办老师。民办老师虽然身份还是农民，但毕竟不用下地干活。每月有十五块钱的工资，十块交给村上，五块是自己的。看着钱不多，但在那时候，算是手头有零花钱了。村上还要记工分，分粮食。每天都算大工，记满分。分粮食的时候，村上也照顾，分得多些，还是上风头的饱粮食。村上没有大学生，高中、初中毕业的也不多，但上过小学的还是有不少。他能当上民办老师，就说明他很聪明。他的聪明不是在学问上，而是在听话上。在村上，他听村长的话；在家里，他听婆姨的话。村长叫他念报纸，他就念报纸；村长叫他写标语，他就写标语。村长讲话，也是他给打好底稿。村里人说，村长叫他死，他也会装一阵死。

在婆姨面前，他也听话。马正国瘦小，但娶了个婆姨却人高马大的，力气大，嗓门大，人又泼辣。她嫁给马正国，可能是冲着马正国民办老师的身份，但结婚后，她却并没有把马正国当个老师敬着，动不动就训他。刚开始，马正国还拿出大男子的架子，想打婆姨。婆姨冷笑了一声，双手钳子一样地抓住他，把他拎起来，扔到炕上。就这一下，马正国就感觉到了自己根本不是婆姨的对手，赶紧蜷缩在炕角，不敢动了。婆姨看他那样，也再没动手。只是说，我在篮球队的时候，几个男人都抗不过我，你还想打我？从此，马正国再没敢动过打婆姨的心思，但时时处处还端出老师的身份来，家里的活儿不干，自留地里的活计也不干。放学了，或者星期天，凑在村头上，跟一帮闲人打牌下方。

马正国对下方非常痴迷。方是农村人玩的一种棋，类似围棋，横七条线，竖八条线，五十六个点，双方各二十八个子，落子为兵，互相围堵。不同的是，围棋落下子，大局已定，胜负已分。下方还要行子，各拔掉一两个子，空出几个点，棋局就活了。二十八个子，一般叫马，就可以横竖行走了。这又跟象棋差不多。自己的四个马，凑成一个方，就可以吃掉对方一个马。直到一方认输，或者只剩下三个马，不能成方为止。下方看着简单，可变化无穷，落子排兵布阵，行子跃马驰骋，很考验人的脑力。马正国人聪明，下方就下得好，在村里是数一数二的高手。说数一数二，是因为马正国下不过村长。马正国下方，讲究策略，用的是技巧。村长下方，横冲直撞，用的是狠劲。奸的斗不过狠的，马正国就经常输给村长。村里人当着面，都说马正国下不过村长，可私下里说，马正国是故意输给村长的。

马正国方下得好，村里很多人就轮番和他下。下着下着，时间就长了，过了吃饭的时间。婆姨找来了，远远地喊，马正国，回家吃饭了。口气听着像喊儿子。这还算好，时间长了点，婆姨喊他的口气就变了，马正国，你吃不吃饭，不吃我就倒给狗吃了。或者是，马正国，你要脸不要脸，啥事不干，就知道下方，方能吃还是能喝？是你爹还是你妈？

这样看着是骂马正国，实际上把在场的人都骂了。人们心里生气着，但不能发作，谁也不好跟一个女人对骂，只能骂马正国快点回去，再也不要下方了。马正国讪笑着走了，第二天还是照样来下方。后来有了娃娃，婆姨不来喊了，就叫娃娃来喊。娃娃来说，我妈叫你回去吃饭呢，马正国就走了。有一回，娃娃来说，我妈说，你把她裤衩穿来了，叫你回去脱呢。人们听了，大笑起来，马正国绿了脸，冲娃娃说，胡说啥呢！娃娃才四五岁，说不出那样的话来，很显然是婆姨教娃娃说的，故意羞辱他的。婆姨骂也好，羞辱也罢，马正国还是改不了爱下方的毛病。

不光是放学后，有时候，马正国正在上课，婆姨也指着娃娃来了。娃娃推门进来说，我妈说，家里没盐了，叫你买点盐呢。

我妈说，她拔麦子去了，叫你一阵儿把羊赶给放羊的。我妈说，妹妹早上还没屙屎，屙了叫你给把沟子给擦了。学生都嗤嗤地偷笑。马正国冲着娃娃厌烦地说，知道了，你们先出去，我上课呢。马正国已经两个娃娃了，大的五六岁，小的一两岁。婆姨下地干活了，娃娃没人给看，只好大的领小的。家里的羊和鸡没人管，就让娃娃找马正国。

烦心事多了，马正国也不好好上课。语文课，课文念一遍，生字教上几遍，就让学生拿个碳棒棒，到操场上去写。算术课，乘法背口诀，加法也背，一加一等于二，一加二等于三，二加二等于四。学生摇头晃脑地背加法，趴在地上写生字，他就抽空回家干活，或者躲在哪里跟人下方去了。实际上，他也不会教书。教乘法的意义，五个五相加，就等于五乘以五。他在黑板上写：$5＋5＋5＋5＋5＝25$，嘴里说，五加五加五再加五再加五，等于二十五，你看麻烦不麻烦。干脆来个五乘以五，等于二十五，这样多简单。说着，在黑板上写下$5×5＝25$。他这样教，学生学不懂，只能死记硬背。家长们也都不管，那时候，谁也没把娃娃上学当回事，认几个字，也就行了。

六指认字有困难，看着那些方方块块的字，就是记不住。稍微形近的字，他就记混了，课文也念不通顺。倒是对算数很感兴趣，一加一等于二，一加二等于三，他根本用不着死背，一长串数字相加，他心算就得出答案了。有时候，马正国算不出来的题，他也能算出来。马正国瞪着眼睛，有点不相信。六指自己也不知道为啥对数字感兴趣，可能是小时候，听着父亲黑鹰数羊。每天赶羊出去，回来，都要数羊，少了一只羊，麻烦就大了。六指也帮着数。六指不出声，心里数，一百多只羊，他数一遍，就数出来了。

到学乘法除法的时候，心算就不行了，得用草稿纸演算。那时候缺本子纸张，六指就把黑鹰写过字的纸，拿了几张当草稿纸。六指家的窑洞里，黑鹰又挖了个小窑洞。小窑洞里藏着些书，还有些纸。六指放羊回来，就钻进小窑洞里看书写字。黑鹰看书写字，避着村里人，可并没有避着六指和哑巴母亲。六指发现有一沓写过字的纸，以为没用，乘着黑鹰放羊不在家，就拿了几页去当草稿纸了。

纸上面黑鹰写了些啥，六指不认识，可马正国认识。上课的时候，六指在草稿纸上演算，马正国拿起来看，就发现背面的字。蝇头小楷，端端正正，写得非常漂亮。马正国知道，村里能写出这样一手好字的人，只有一个，那就是黑鹰。村上学问最高的，也是黑鹰，黑鹰在旧社会上过学。马正国在村上当民办教师，过去说，就是先生，但他自己也知道，村上学问最高的是黑鹰。黑鹰要是当老师的话，肯定比他强，对此，他心里还是有些妒忌的。好在黑鹰一直在放羊，并没有争他民办教师的位子，也从没有显露过学问。装的一声不吭，没想到，他竟偷偷写东西。

写的肯定也不是啥好东西，他那样的人，能写些啥好东西呢。马正国仔细地看,好像写的是村里的一些事,没头没尾的,看不明白。看完一页,他让六指把其他的也拿出来。六指就拿给他,总共就三页。是一些村里的人和事,还有花花草草的,看不出有啥问题,但其中有些话,他感觉有问题。他问六指,纸是哪里来的,六指不会撒谎,就说是拿父亲黑鹰的。马正国问还有吗?六指说,还有一沓子呢。马正国不能到黑鹰家里去找,就给村长反映了。

村长带着人去搜查,让六指带路。黑鹰不在家,只有哑巴母亲一个人。六指不明白,可哑巴母亲明白了,挡着不让进小窑洞,嘴里呜噜呜噜的,手里比画着说,里面啥也没有。可她哪里能挡住呢,很快就翻出一堆书来,还有几沓黑鹰写的东西。书是旧书,那是"大毒草"。写的东西,有家长里短、人模狗样,有草死草活、花开花落,还有奇闻逸事、狐精树怪啥的,写得很杂乱。几尺厚的手稿,还有那些旧书,统统给拉到村口,一把火烧了。村里人不愿意烧,可惜地说,烧了干啥,还不如留着引火擦沟子。村长和马正国觉悟高,说那是毒草,留不得,就放火烧。书稿烧起来,腾起很高的火苗,还散出浓重的墨香,飘得满村都是,那是村子墨香最盛的一点时间。书纸不耐烧,很快就烧光了,剩下些黑灰,风一吹,飘起来,就像一群乌鸦飞走了。

黑鹰也给判了刑,坐牢去了。

黑鹰坐牢了,家里只剩下六指和哑巴母亲。哑巴母亲嫁给黑鹰，本来就有还债的意思。娘家人觉得，黑鹰家的土地分了，又合到生产队了，想着他家就和其他人家一样了。谁想到，几年后，却又翻出旧账来，给黑鹰戴了帽子。要亲戚们和他家划清界限，娘家人就和他家不多走动了。再加上黑鹰脾气古怪，他们一家住在羊圈旁边。羊圈远离村子，他们一家几乎不跟村里人打交道。虽说划清了界限，不走动了，但娘家人还是怕沾上麻烦。这一回，黑鹰坐牢了，娘家人就理所当然地提出离婚。哑巴母亲的两个哥哥，算上是六指的舅舅，张罗着给她又找了个人家。那人家离村子很远，听说是婆姨喝农药死了，留下三个娃娃。娃娃还小，急着找个女人抓养娃娃。不嫌弃哑巴，但坚决不让带着六指。

哑巴母亲不答应，但说不出话来，临走的时候，死死拉着六指不放。六指的两个舅舅好说歹说，哑巴母亲还是不松手。六指害怕，也紧紧抓着哑巴母亲。迎亲的人等得不耐烦了，连驮亲的毛驴都开始尥蹶子。六指的大舅母过去，硬生生把哑巴母亲的手掰开，把六指从她身边拉来了。六指的大舅母块头大，人泼悍，像拎鸡娃一样地拎着六指。两个舅舅赶紧把哑巴母亲架到毛驴上。哑巴母亲哭起来，大声哭起来。

哑巴的哭声和一般人不一样，嗓子像是被堵住了，被捏住了，哭声一下子出不来，憋在那里。六指看到，哑巴母亲的细瘦的脖子憋粗了，单薄的身子也扭曲着，像是一股气，一股水给堵住了。堵住的洪水左冲右突的，终于冲破了山崖，奔腾而出，一声长长的哭声冲出来了。但哭声还是不顺畅，滞涩着，压抑着，出一点声，又噎住了，听着叫人非常难受。

我永远记得哑巴母亲的哭声。

黑鹰坐牢了，哑巴母亲改嫁了，剩下六指一个人。六指那时只有八九岁，刚学会说话，还不会干活，不会放羊，村长就叫他还是到学校里上学，吃饭呢，挨家挨户轮流吃。

黑鹰坐牢，与马正国有关，所以，六指不喜欢听马正国的课，就喜欢听苗老师的课。苗老师给他上音乐课，苗老师会唱歌，会拉手风琴，还会吹口琴。苗老师给他们教《北京的金山上》《太阳最红毛主席最亲》《翻身农奴把歌唱》，还教电影上的主题曲《洪湖水浪打浪》《红星照我去战斗》《花儿为什么这样红》。六指说话不清楚，但却爱听歌、唱歌。六指发音不准，同学都笑话他。苗老师不笑话，还一遍一遍地给他教。苗老师对他特别好。六指喜欢苗老师，不喜欢马正国。他希望到苗老师班里，可苗老师代的是二、四年级。

到上二年级的时候，他就到了苗老师的班里。六指说话还是说不清楚，认字读课文还是发音不准。苗老师就对着口形给他教。苗老师教"太阳"，六指看着苗老师的口形念"太雅"，苗老师教"农奴"，六指念"奴奴"。六指念错了，心里很愧，但苗老师不生气，对他说，看我口形，看我舌头，这样念"太——阳"。六指跟着念，"太——阳"，终于念对了。苗老师嘴巴小巧、红润，说话亲切、好听。六指喜欢听苗老师说话，喜欢苗老师一遍一遍地教他。

苗老师还摸他的头，摸他的手。六指手上有六根指头，他不愿叫人看，不愿叫人摸。但苗老师摸的时候，六指却是情愿的。苗老师看到他的六指，摸到他的六指时，是疼惜的。这一点，和哑巴母亲一样。哑巴母亲又嫁人了，六指心里想着，苗老师要是自己的母亲该多好。可是，过了一年多，六指上三年级的时候，苗老师却忽然走了。村里人说，她回城了。

这以后，六指再没见过她，也没听到过她的任何消息。

那本日记也许就是苗老师写的。日记中提到，她有个孩子，不在了。六指记得，苗老师没有孩子，日记中却说有孩子。日记是写给自己的，应该是真的。真是那样的话，她的孩子哪里去了？死了？还是丢了？六指还听说过，村里来了一个女知青，怀了娃，生下来扔掉了。六指想，那个女知青也许就是苗老师，生下的孩子，也许就是我。她有可能是我生母。

10. 刘伶

六指没有找到母亲，他儿子却找到了他。

儿子刘伶找到村里来，我完全没有想到。

六指曾经给儿子说过村子,但儿子从来没有来过村子。他不知道儿子是怎么找来的。六指找到村子,几乎是一种本能,儿子当然不可能有这样的本能。

六指问儿子,你是怎么找到这里的?

刘伶晃了晃手机说,很简单,百度地图。刘伶接着说,只是到这里,信号不好,差点找不到了。

六指看着刘伶手里的手机,感觉很陌生。儿子也很陌生。儿子还是那个样子,眼睛像绵羊一样,湿漉漉,但神情却显得很轻松。

其实六指也看出来儿子没啥事。他身上穿着白色的T恤衫、蓝色的牛仔裤、黄色的运动鞋,简单的背包,应该都是名牌。完全是城市青年人的打扮,年轻而又时尚,只是走了山路,裤腿上、鞋子上粘了一层浮土,看不出任何受罪的样子。

六指小心地问,他们没有把你咋样吧?

刘伶说,他们?

六指说,你母亲和刘俐他们。

刘伶说,他们能把我怎么样?我又不要他们的东西。我什么都不要。

六指又问,你是自己跑出来的,还是他们赶你出来了?

刘伶说,谁也没赶我出来,我也没有自己跑出来。是母亲叫我来找你。

刘伶一直把吴芊芊叫母亲,不叫妈。

六指说，你母亲叫你来找我？找我干啥？

刘伶说，我也不知道。她叫我来找你，说你有可能在这里。这里叫啥？我一直都记不住。

六指说，叫村子。

刘伶说，这地方为什么叫这样个名字？

六指说，我也不知道。

刘伶说，你不是这里的人吗，也不知道？

六指说，不知道，传下来的名字。老辈人都不知道。

六指没说祖上传下来的。他也不知道自己的祖上是不是这个村的。

刘伶说，我上网查查，说不定能查出来。刘伶说着，开始鼓捣他的手机。鼓捣了半天，丧气地说，这破地方，根本上不了网。

六指说，你一个来的？还有谁？

刘伶说，就我一个。不是，还有个出租车司机。车到山前的沟坡上，路断了。车开不进来了。是谁那么缺德，把路挖断了，挖出那样深的沟，车子根本没法走。害我走了这么远的路。我让司机在那边等着呢，我们快走吧。

六指问，走哪里？

刘伶说，回家呀！母亲让我找你回家。

六指说，我不回去。

刘伶说，为什么？你住在这里干什么？这破地方，连网都上不了。

刘伶说着，又鼓捣他的手机。刘伶完全痴迷于网络，对家里的情况一点儿都不了解。这叫六指很担心。

六指问，真的是你一个人？他们没有跟来？

刘伶说，真的就我一个人。他们才不想来呢。

六指问，他们在干啥？

刘伶说，该干吗干吗呗。我也不知道。

六指问，你知道他们要找我回去干啥吗？

刘伶说，不知道。

六指说，他们要送我去精神病院！

刘伶说，你有精神病？有病就住院吃药嘛。

六指说，我没病！

六指又大声说，我没病！

刘伶有些诧异地看着六指，说，这个我不懂。刘俐他们是大夫，他们应该能看出来。

六指说，我说了我没病，他们想害我。想把我赶出去。

刘伶说，为什么？

六指说，还不是想占我的家产。

刘伶说，都是家里的，为什么还要占？

刘伶觉得，父亲真的好像有病。六指觉得，这个儿子简直就是白痴。

六指说，他们抓住我，想弄死我。

刘伶说，为什么？

六指说，我也不知道。

刘伶说，噢。

过了一会儿，刘伶又说，你要不回就算了。我先回去了。说着，拿起手机打电话。

六指说，你给谁打电话？不要告诉他们我在这里。

刘伶说，我给出租车司机打电话，叫他在那里等着我。

电话通了。刘伶说，你等着，我这就过去。什么？你走了？赶紧回来，我要走。说好的，你为什么走了？叫你等着的。你回来拉我，我给你钱，加倍给行了吧。你这人，怎么不讲信用！

那头挂了电话，刘伶的手机嘟嘟嘟地响。

刘伶说，他走了，怎么办？

六指说，先住下吧。

刘伶说，行吧。

刘伶很多时候都这样，没有自己的主意，谁怎么安排，他就怎么做。

刘伶随着六指到家里，有些吃惊。问，你就住这里？

六指说，就住这里。

刘伶问，村里没人了？

六指说，没人了。

刘伶问，都去哪里了？

六指说，我也不知道。

刘伶说，没人你住这里干什么？

六指没有回答。

六指给儿子弄吃的。水煮白菜、拌野菜，还煮了兔子肉。

刘伶走了很长一截山路，可能是饿了。先吃野菜、白菜，吃得很香。又吃了块兔子肉，说，有点腥。没放佐料？

六指说，没有佐料。

刘伶说，没有佐料怎么吃。

六指说，就这么吃。

刘伶就吃。吃了几块，又问，主食吃什么？

六指说，就这些，没有主食。

刘伶说，这怕是不行吧。

六指说，有点玉米，还有点麦子啥的，还没收，收了，就有了。

刘伶说，你想长住下去？不回去了？

六指说，嗯。

第二天，六指把剩下的玉米弄碎了，给儿子煮了点粥。刘伶吃了，六指就带着他到村里转，到山头上转，还看了老墙。刘伶看着那些，似乎有了兴趣。六指看着很高兴。刘伶一直对周围的一切都不感兴趣，唯一感兴趣的是手机、网络，是那个虚拟的世界，这让六指很担心。看到刘伶对村子里的这些有兴趣了，六指当然高兴。也许上不了网，刘伶没办法了。随后，六指不带着，他也自己跑出去了。看到野花野草，他稀罕；看到开花的沙枣树，也稀罕；看到草丛里的兔子，他追着跑出老远。那些拆掉的院子，他也很感兴趣，拿着个手机不停地拍，塌损的墙，破旧的门窗，散乱的砖瓦，还有院子里的荒草，他都拍下来了。还一张一张给六指看，好像六指没见过那些。六指高兴，就认真地看。

刘伶说，可惜不能上网，不能发朋友圈。这些要发出去，还不把他们全震翻了。六指问，他们是谁？刘伶说，朋友呀！六指知道，刘伶几乎不跟人交往，又哪儿来的朋友。刘伶说，我圈里的朋友好几千呢。六指不敢相信。

儿子刘伶有他自己的世界。

刘伶的世界需要电才能进去。拍照片费电，刘伶的手机很快没电了，从包里翻出充电宝来，给手机充上电，又拍了些，又快没电了。

刘伶问，这里没电？住了两天，他明明知道，还问。

六指说，没电。

刘伶又问，哪里能充上电？

六指说，山那面有个村子，叫鸦儿沟，还有人，说不定有电。

刘伶说，那不行！没有网，没有电，怎么行！

刘伶有点急了。吃不好、住不好，刘伶似乎都能忍受，就是无法忍受没有电，没有网。他赶紧打电话联系人，好像还是那个出租车司机。电话通了，刘伶说，赶紧给我买十个充电宝，不二十个，送来。我谁？我就是那天你送来村子的。就是就是。

你买二十个充电宝来,我给你双倍的钱,不,五倍。我这会儿没法给你转钱,这里网不通,打电话还有点信号。你送来我给你钱。我保证,你放心吧!没问题,我人在这里,跑不掉。我保证!

六指觉得,那个出租车司机不可能来。出租车司机不来的话,刘伶的手机就没电了,他也许就待不下去了。出租车司机要是送充电宝来的话,刘伶也许还能多住些日子。六指希望儿子刘伶能住下来。又一想,出租车要来的话,刘伶也许会跟着走了。刘伶回去了,吴芊芊和刘俐他们就知道自己的行踪了。还有他们,也就知道了。

他们都想着要除掉我。

出租车司机真的来了,在路断了的地方打电话,叫刘伶过去。刘伶急慌慌地就要走,六指也跟过去。

出租车司机拎出一堆充电宝,刘伶过去要拿,司机不给,说,照你说的,二十个,一个一百,二十个两千,五倍就是一万,给钱。刘伶说,没问题,我给你转账,说着拿出手机来鼓捣。鼓捣了半天,网不通,刘伶说,转不了,这怎么办?

司机一下子火了,嚷嚷起来,没钱你让我送东西,想骗人啊!不行,拿钱来,一万,少一分都不行。

六指说,好好说,别嚷。

司机一看六指,又看了一眼刘伶,可能是看到对方是两个人,返回车里,拿出一把钢钎来。钢钎头打得很尖利,大概是走远路、走夜路专门准备的。司机拿着钢钎,脸上也带了恶气,大声说,赶紧给钱!

刘伶害怕了,没了主意。六指说,你这样干啥,要钱给你钱就是了。

司机说,少废话,拿钱。

刘伶掏身上,口袋里就几张零钱。

司机脸上露出凶相来。

六指也着急地在身上乱找,他身上根本就没有钱。他往刘伶前面站了站。

刘伶说,我卡上有钱。

司机说,那好,你跟我到县城去取。

刘伶说,好。

六指说,我也去。

六指怕司机会害了刘伶。

司机说,不行,只能去一个。

司机也怕六指和刘伶害他。两头都害怕,不知该咋解决。还是司机想出了办法,对六指说,他跟我去取钱,取了钱,我送他回来。我就要钱,你把我车号记住。六指没办法,只能让刘伶去。他就在那里等着。

等到天黑,还不见刘伶回来,六指着急了,他担心儿子出事了。没有电话，没法跟儿子联系，六指就顺着路往前走。走了一截，天完全黑了，两边的山黑魆魆的，路还勉强能看清，六指就往前走。走着，六指忽然感到，身后有啥跟着他。六指有些害怕，不敢回头。一会儿，又忍不住回头看了一眼。身后不远处，一双绿森森的眼睛。六指心想，遇上狼了。六指小时候就听说，遇上狼，不能背对着，狼最容易袭击背着的人。必须面对着，眼睛盯着狼，眼睛里的光要是把狼眼睛里的光压下去，狼就跑了。要是压不下去，狼就会扑过来。

六指转身正对着那双绿森森的眼睛看。那双眼睛也停下来了，看着他。看了一会儿，那双眼睛慢慢过来了。六指很害怕，心里乱想，想着要死在狼手里了。

我一直都怕人害我，没想到却死在狼手里。

六指没想到的是，那双眼睛走近了，他才看出来，是苍狗。大概是苍狗晚上回来，不见他，顺着气味找来了。苍狗到他跟前，看着他，有些疑心，还有些生气的意思。六指明白了，苍狗以为六指要走，把它丢下了。苍狗被人遗弃过一回，对人不相信了。尤其是面临第二次被人遗弃，它更不相信人了。六指向它示意，叫它过来。苍狗不过来。六指向它招手。苍狗不过来。六指说，我不走，我是去找我儿子。苍狗大概没听懂，还是没有过来，跟他保持着四五米的距离，蹲踞在那里，有些警惕，还有些生气地看着他。因为是在暗中,苍狗的眼神显得很生硬,甚至有些凶狠。六指有些担心,他知道,动物在夜里,在黑暗中,容易兽性发作,连绵羊在半夜里都不认人。苍狗一个在荒村里待了一两年,本来就有了野性,这会儿又在气头上,更容易发出兽性来。

六指不敢往前走了。为了表示不走,他靠着山坡坐下来。靠着山坡还有个好处,万一苍狗真的袭击他,他有个依靠处,再说了,山坡上有土块石块,可以防身。看到六指坐下来,苍狗也慢慢地趴下了,眼睛也从六指身上移开了些,似乎是看着旁边的山头。六指知道,苍狗这也是做出一种缓和的姿态来。六指的心里稍稍放松了些。这边放松了,那边又想起儿子来。儿子被出租车司机拉了去,不知咋样了。出租车司机要钱,应该不会伤害刘伶。他说是拿了钱,就把刘伶送回来,到这个时候了,咋还不见?也许是有啥事给耽搁了,明天就回来了。六指只能这样想,这会儿真顺着路找去,也找不到。

六指就想着,还是回去吧。他站起身,苍狗一下子转过头来,眼睛又盯着他。六指故作轻松地说,走,回。说着就往回走,苍狗也站起来,跟着往回走,还是保持着四五米的距离。走了一会儿,山上传来一阵怪叫声,不知是啥野鸟,还是啥野物儿在叫。紧接着,有一声长长的嚎叫声。嚎叫声似乎很远,但穿透力很强,感觉又很近。六指听着,像狼的叫声。苍狗应该也听出来了,很快跑到六指身边来,似乎是寻求庇护,又似乎是要保护六指。六指也一样。他又一次有了与苍狗相依为命的感觉。这辈子，六指没有跟任何人之间有过这种感觉，包括妻儿，包括他最担心的儿子。

第二天中午，出租车司机来了，儿子没有来。出租车司机找到村里来，身上背着些东西，一袋米，还有几桶方便面啥的。六指问，我儿子呢？司机喘着气说，你儿子他不回来了，说这里没电没网，他不来了，叫我给你送些东西来。累死我了，赶紧接下来。六指接下东西，又问，我儿子没事吧？司机说，没事，好着呢。他说要回去，这会儿说不定已经回去了。他叫我买些东西给你送来，还有些在我车上呢。车开不进来，谁他妈断子绝孙，把路挖断了。我的车就停在那里，这荒山野岭的，小心谁把我的车弄走了。我要赶紧去看，你赶紧跟我去拿东西。

六指就跟着司机去拿东西。路上，司机说，你们是城里人吧？跑到这里来干啥？

六指说，我就是这个村的人。

司机说，我看你儿子像个城里小伙子。

六指说，我儿子是，我不是。

司机说，你在这里住过？

六指说，嗯。

司机说，咋又回来了？

六指没回答，他也不知道为啥回来的。

司机说，村里人搬迁了？

六指说，不知道。

司机说，你一个人住在村里干啥？

六指没回答。

司机自己说，我就奇了怪了，农村人拼着命进城，城里人又往农村跑。六指不搭话，司机就迈开大步往前走。六指跟着走。六指不是为了去拿东西，就是想去看一看，儿子刘伶是不是在车上，是不是好好的。他还是不相信司机说的话。

走到路断了的地方，出租车果然停在那里，儿子刘伶不在。司机打开后备厢，又拎出一些东西来。一袋面粉，一桶油，还有肉、蔬菜啥的。司机边往出拿边说，这些都是你的，你儿子叫我送来的。

六指说，我不要这些，我没有钱。

司机说，钱你儿子给过了，你拿东西就是了。你儿子看着挺有钱的，你不跟着在城里享福，跑到村里来干啥？一个人都没有，吃没吃喝没喝的。这些够你吃上一阵了。来，你背上，我给你照几张相。

六指说，照相干啥？

司机说，发给你儿子呀。他给了钱，咱就得把东西送到不是，人得讲信用是吧？

司机照完相，看着六指，说，这么多东西，你一个人咋拿回去？要不，我再帮你送回去？

六指说，不用了，你走吧。

司机说，那好，我走了，你慢慢拿去。说着，开车一溜烟跑了。

11. 上坟

六指把送来的东西拿回去，放到窑洞里。窑洞冬暖夏凉，东西放在里面，很长时间都不坏。那些米面油肉，够他吃上一段时间了。

儿子刘伶叫人给他送这些东西来，六指没想到。儿子刘伶从小就啥事不管，长大了，就知道上网玩手机，生计上的事更不管了。他能想到买这些东西来，已经不容易了。也许不是他买的，是他叫出租车司机买的，他自己不会置办这些东西。就是这样，六指都有些想不到。六指能想到的是，刘伶不会回来了。刘伶不回来，不光是因为这里没有电、没有网，他是没法跟六指一起生活。刘伶不愿意跟人打交道，这一点和六指很像。爷儿俩很像，可他们之间也很难相处，彼此没话可说。

刘伶住下来，六指也觉得别扭。刘伶走了，他反而感到轻松。他只是担心，刘伶被出租车司机害了，被路上的人害了，被家里的人害了。

我总是担心有人害我，害我儿子。

六指还担心，刘伶回去后，吴芊芊、刘俐，还有他们，就知道自己的行踪了。他给刘伶说了，不让刘伶告诉，但六指知道，刘伶一定会告诉。刘伶不会撒谎。这一点，也跟自己一样。吴芊芊他们知道他在这里，一定会派人来抓他，害他。抓住了他，后面就会抓他儿子刘伶。他在，他们也不敢拿刘伶怎么样。

六指想躲一躲，可不知道还能到哪里去。这里已经是他最后的落脚之地了。这里有个好处，偏僻、荒凉、没有人，他们不一定找得到。就是找来了，他也可以跑到山沟里躲起来。六指小时候在这一带山上放羊，熟悉每一条沟汊。这回来，住了一段时间，找野菜，抓兔子的，又走遍了每一个山头。他躲起来，几十个人都找不到。

尽管这样，六指还是注意地看着，怕有人到村里来。

过了几天，山路上出现了一个人，向村里走来。只有一个人，后面没跟着其他人。不应该是吴芊芊他们派来的，他们不可能派一个人来抓他。六指稍稍心安了些。但有一个人来，又不知是啥人，来干啥，六指还是有些担心，仔细地盯着看。远远看去，那个人很小，在山路上一蠕一蠕地走，看不出人的模样。目标却似乎很明确，就是这个村子。他没有东张西望，也没有丝毫的迟疑。很显然对这个村子很熟悉，也许曾经是这个村里的人。

那个人到了村口，停下脚步，看了看，又径直走进村子，在一户人家的塌院子前站了一会儿，手摸了摸院墙，摇了摇头，用手指捋了一下胡子。六指这才看清，他留着一撮山羊胡，胡子都有些花白了。他捋胡子的动作六指很熟悉,似乎在哪里见过,一时想不起来。大拇指和食指捏住下巴,从胡子的根儿一直捋到梢儿,这是哑巴母亲的哥哥,六指大舅舅的动作。六指不喜欢大舅舅,经常捋着胡子,挺着腰板,像个德高望重的人,但做出的事情,却很龌龊,尤其是逼着哑巴母亲改嫁的事,六指心里一直恨着他。小时候,六指很少去舅舅家,他不会说话,也很少叫舅舅。哑巴母亲改嫁后,六指会说话了,还是没有叫过他舅舅。后来,他在村里的人家轮着吃饭,轮到舅舅家,他宁愿饿着,也不去吃饭。六指记恨着舅舅,尤其是舅母。舅母长着一双颜色不一样的眼睛,一个眼睛泛着绿色,一个眼睛泛着黄色,看着叫人害怕。不光是六指害怕,他们家的娃娃,包括大舅舅都害怕她。大舅舅在外面人模人样的,但到家里乖得像猫一样。家里的大小事情,都是舅母说了算,舅母说啥是啥,稍有点不对,舅母一把揪住他的胡子,他只能弯下腰,屈了膝,连声告饶。舅母这才放开手,他就转到一边,慢慢地收拾他的胡子。一把山羊胡,又掉了几根,他慢慢地捋着,把揪掉的胡子捋下来,把揪歪的胡子捋平顺了,这样才好出去见人。也许就是这个原因,大舅舅养成了习惯,经常用手捋胡子。不知内情的人,看着他捋胡子的样子,还以为他是个和善的、有主见的老头子。

六指记得,离开村子的时候,大舅舅的胡子已经花白,也稀稀拉拉的了。过了三十多年了,大舅舅应该是八九十岁的老头子了，而这个人看着像是五十多岁的样子。可这个人捋胡子的动作，还有模样身形，活脱脱就是大舅舅。六指心里有些疑惑了。他忽然觉得，自己是昨天离开村子，今天又回来了，或者是根本就没离开过，只是做了个梦，一个很长的梦。但眼前的村子，明明是荒弃了，一个人都没有了。也许这才是梦。六指分不清现实和梦境了。

我一直都分不清现实和梦境。

那个人却是实实在在地站在那里，他捋了捋胡子，转身向村子北边走过来。六指的家就在村子北边，与村子隔着一块坟地。那个人走过来，到近处，六指才看清，不是大舅舅，是大舅舅的儿子牛蛋。可能是脚下踏起了尘土，他呸呸呸地吐了几口，六指认定了他就是牛蛋。他小时候就有个习惯，呸呸呸地吐。嘴里明明没有痰，他就那样干吐，好像嘴里有脏东西，好像满世界都是脏东西。大舅骂他那样，把福气都给呸走了，他就是改不掉。大舅母看到他呸呸呸，上去就是一巴掌，他还是改不掉。现在，他都到这个年龄了，看来还是没改掉。

牛蛋比六指大几岁，算上应该是他姑舅哥，但六指从来没叫过他哥，就像没叫过舅舅舅母一样。六指离开村子的时候，他刚二十出头，还没结婚，没想到，现在已经成个老头子了，而且与他的父亲长成一模一样了，连捋胡子的动作都一样。村里人就是这样,一辈一辈的,模样几乎一样,过的日子也几乎一样。老的死了,埋了,新一辈又长大了,老了。

牛蛋走到坟地边,站住了,扭头呸呸呸地吐了几口,才走进坟地,在一簇坟头前跪下来。他看样子是来上坟的。父母先人都埋在这里,就像是根扎在这里,人离开了,还得时不时地来上坟。纪念亡人,实际上也是记住自己的根脉。

上完坟,牛蛋又在坟地边站了一会儿,捋了捋胡子,这才转身要走。六指忽然很想喊住他,跟他说会儿话,问他一些事。但他喊不出口,喊住了,也不知该问些啥。他只好远远地尾随着牛蛋。牛蛋又走到那处塌院子前,站了一会儿,那也许就是他住过的院子。院子已经塌得不成样子了,他没有进去,就在院子外面看了看,向村外走去。到了村口,牛蛋扭转头,又向村子看了几眼。六指赶紧藏住身,差点叫牛蛋发现了。六指这会儿还在犹豫着,到底见不见牛蛋。

就在这时,苍狗忽然出现了。它不知从哪里蹿出来,向牛蛋猛扑过去。牛蛋背着身,根本就没发现苍狗,没有防备,一下子就给扑倒了。苍狗扑倒牛蛋,这才发出吼声来。苍狗的嘴,就在牛蛋的脖颈处,随时就要咬下去。可能是猛然发现是一个老人,或者是认出了牛蛋就是这个村里的人,才没有咬,只是低沉地吼着。六指一着急,跑出来,大喊了一声,苍狗!

苍狗回头看到是六指,才悻悻地放开了牛蛋。牛蛋爬起来,也看到了六指,向六指这边跑过来。惊魂未定,颤着声说,哪里来的野狗,吓死人了。六指说,别怕,它不咬人。六指这样说,但苍狗还是望着这边,低声吼着,但好在没有扑过来的意思。牛蛋这才稍微放心了,回头看到六指,他又惊叫起来,你是谁?大白天的,你是谁?

牛蛋刚才是被苍狗吓着了,看到有人,很自然地跑过来了。这会儿大概是想到村里没有人,哪里冒出个人来,把六指当成鬼了。

六指说,我是……我是……六指不知道该如何说自己是谁。

牛蛋却看出来了,说,你是六指?

六指说,嗯,我是。

牛蛋这下才安心了,问,你不是在城里开工厂吗,咋回来了?

六指说,我回来了。

牛蛋说,村里都没人了。

六指说,人都去哪里了?

牛蛋说,这些年,一个个都到城里去了。剩下的几户,移民搬迁了,在黄河边上。

六指说,村里人都好吧?

牛蛋说,都好着呢,那边有水,比这里好些,就是……

六指问,你大你妈都好吧?六指本来想称呼舅舅舅母的,可叫不出口。

牛蛋说,都死了,好些年了。我来就是给他们上坟。

牛蛋又说,啥叫我大我妈,你连舅舅舅母都不叫。

六指说，我……

牛蛋说，你啥你，我大是你舅舅，我是你姑舅哥。你是在城里发财了，不认舅舅家了。牛蛋的口气有些不好，对六指不认舅舅，不认他这个姑舅哥，他有点生气。

六指说，我是黑鹰放羊路上捡来的。

牛蛋说，哄人的话，你就是大姑和黑鹰的儿子。

六指问，谁说的？

牛蛋说，村里人都这样说的。黑鹰怕你受牵连，就说你是捡来的。

六指有些疑惑了。

我想起黑鹰为我坐牢的事，想起哑巴母亲改嫁时的哭声。他们也许真的就是我的父母。

他们要真是自己的父母就好了。有父母，总比没父母好。自己是从哪里来的，都不知道，这些年，这是最困扰六指的事。但牛蛋的话，六指还有些不相信。

六指说，证据呢？

牛蛋说，父母的事，还要啥证据？我是我大的儿子，这还要啥证据？

六指说不出话来，但心里说，你是你大的儿子，这不需要证据，可我不一样。

牛蛋说要赶车,就走了。

牛蛋走后,六指还在想这个事。别人都很自然地有自己的父母,不需要证据。他却不知道自己的父母到底是谁,也许就是黑鹰和哑巴母亲。

回家的时候,路过坟地,六指停住了脚步。黑鹰就埋在这块坟地里,六指想给他上个坟。六指这些年一直在外面,没有回来,没给黑鹰上过坟。回来住了这些天,也没有。黑鹰的坟头已经辨认不出来了,新坟旧坟一大片,绿草枯草夹杂着,不知哪是黑鹰的坟头。六指找了块空地方,坟地还预留了一块空地,等着给后面的人用。可是,村里人搬走了,空地就那样空着了,以后可能一直就那样空着了。六指手里也是空的,没有带着任何东西。他跪下来,给黑鹰上了坟,还有爷爷奶奶,还有哑巴母亲。爷爷奶奶就在这里。父亲黑鹰也在这里,哑巴母亲改嫁了,死在外村,没有在这里,但六指觉得天下黄土都是连着的,在哪里上坟都一样。还有坟地里埋着的所有人,他们是村子的先人,也是自己的先人,六指一并给他们上了坟。

回去的时候,我看到有一只黑鹰在天空盘旋。

12. 点灯

上过坟,六指心里安稳了许多。他觉得能面对父亲黑鹰了,能面对哑巴母亲了，能面对村子的所有人了。他还觉得，自己是有父母的人了，是有家乡的人了。黑鹰就是他父亲，哑巴母亲就是他母亲，村子就是他家乡。这样一想，悬了几十年的心，落踏实了，连住在村里也心安理得了。

我是村子人，我住在村里，谁也没话可说。

他在村里走动，也觉得理直气壮了。儿子刘伶叫司机给他送来不少米面油肉，吃喝的东西很充足，他不用再到四处去找吃的。闲下来，他就到村里去转转，一户一户地仔细辨认，这是谁家，那是谁家。有些人家，一眼就能看出来。也有些人家，要细细寻找物件，才能认出来。还有些，根本就辨认不出来。村里的人也是，有的人一想，就活生生在那里；有的眉眼模糊了，脸上就一个黄坨坨；还有的压根就想不出模样来。活生生想起来的人，算一算，大多都很老了，也许已经死了。想不出来的，也许还活得好好的，正在哪个地方，干活吃饭抓养娃娃呢。六指心里有些感慨。

人死的死了，走的走了，村子也就没了。村子就这样没了，六指心里有些不甘。他希望村子活过来，村里每个人都活过来。但六指怕人，要是村子活着，村里人都活生生地走着，他可能没法在村里住下去。

要是村里真有人的话，我一天都没法住下去。

但他脑子里需要人，想象中需要人。人要是在他脑子里活着，在他的想象中活着，他就不害怕。六指的想象很丰富，很多人都活在他的想象中，在他想象中活着的人，和现实中见到的人完全不一样。

他到村里那些拆掉的院子里去，从留下的痕迹中，想象曾经生活在院子里的人。那些他见过的，没见过的人，逐渐在那些废墟里活过来。只是白天，太阳光照着，那些人形象模糊，身形也不饱满，像纸片一样，晃晃悠悠的，一闪而逝。但到了晚上，周围都黑下来，那些形象反而清晰了。但晚上太黑了，六指有点害怕，屋子里、院子里的东西也看不清楚。六指就拿了一盏油灯去，点上了，屋子、院子被照亮了，那个家就活了，那家的人就在他眼前走路、说话、吃饭、干活，每个人都活灵活现，每个人都颜面如生。

13. 鹁鸽

六指点亮的第一家是买谷子家。

买谷子家离六指家最近，也在村子边儿上。村里几十户人家，看着住得散乱，高高低低、远远近近的，似乎很随意，谁想住哪儿就住哪儿。实际上，也是有一套规矩，在明里暗里拘束着的。比如说，村里最中央、最平整、最眼宽的位置，一定是村长家住的。辈分大、人手多、势力强些的，住在村街两边。

其他人家，就要往外些住了。辈分小的住村中间，辈分大的住外面，势力弱的住高处，势力强的住低处，那是不行的。盖房子也有讲究，谁家的房脊高过村长家的，是犯忌讳的，那是明着要压村长一头。谁家的门楼大过邻居家，也是遭嫉恨的。条件差些的人家，不光见人低三分，院子的位置、房子的高度也是要低三分的。一些受排挤的，还有一些恓惶人，就只能住在村子最外面、最低处。

买谷子就是个恓惶人，人懦弱，脑子不灵光，平时说话颠三倒四的。

买谷子说，以后的光阴，家家院子里都有一对鹁鸽呢。

买谷子这话，明显有点预言的味道。一个农村老头，预言以后的事，谁会相信他说的话呢。

买谷子说这话时，村里刚包产到户。土地、牛羊、牲口都分了，各家各户都忙着自家地里的活计，过自家的日子。别人家的事，村里的事，很少有人管了。

村里来了测量队，也没人注意到，或者说注意到了，谁也没管。测量队的人盯上了东山顶上的那个老墙墩子。拉来些铁架子，雇了村里的两头毛驴，还有几个人，把铁架子运到山顶上去，在老墙墩子上搭起个三脚架来。铁架子明晃晃地矗在那里，村里人这才注意到了。不知道那些人是啥人，铁架子又是干啥用的。

村里人不知道，跑去问村长。虽说包产到户了，遇到大事，村里人还是要找村长。一问，村长也不知道。村里人不知道很正常，连村长也不知道，这事情就大了。村长是啥人，公社、县上的事情，他知道，连国家大事都是他给村民们宣讲的。外面来了测量队，要干啥，他不知道，这就说不过去了。村长爬上山头去，问他们要干啥，有没有介绍信。测量队的是几个南方人，说话快，听不清楚。好不容易听清了，说是军事秘密，不能说。村长就有些不高兴。要是其他事，村长不高兴，吆喝一声，村民们上去，拆了架子，赶走人。军事机密，村长就不敢冒失。心里窝着一股火，回来了。村里人问，他黑着脸，嘴里唔呀哇的，说得含糊。

村长嘴上含糊，村里人心里更含糊了。就纷纷猜测，有的说，那些人是探煤的，山下面可能埋着煤。还有的说，那些人是挖宝的，山疙瘩里面藏着宝物。说有宝物，最能引起人们的兴趣。

一大群人到村长家去，村里的娃娃以为出了啥事，也跑去看。大人娃娃站了半院子，村长婆姨不答应了，大声嚷嚷，已经包产了、单干了，各干各的，还都跑到我们家来干啥呢！村长婆姨过去不下地，养得白白胖胖的，说话也轻声慢语、拿腔拿调的。包产到户后，她也下地干活，人黑瘦了，说话也变得粗声大气的。村里人不好接话，愣站着。村长看了婆姨一眼，也没敢接话，回头说，走，到村部去说。

村部还在，就两间房，一群人进去，显得很拥挤。大人们在中间，围着村长，娃娃们就在外围。买谷子不可能到中间去，和娃娃在一起，甚至比娃娃还离得远些。娃娃们跑来跑去的，把他挤到一个墙角里。其他人商量的时候，买谷子凑不到跟前去，也说不上话。

买谷子那时看着就是个老头子，其实他当时也就五十岁左右。农村人本来就老相些。买谷子个子小，蜷着腰，一脸的皱纹，就更显老。尤其是他穿的衣服都是别人捐的估衣，穿在他身上很宽大，为了拢身，就在腰里系一根布条，裤腿也卷起一截。这样一来，显得腿更短了，腰更佝偻了，真像一棵弯了头的谷子。他似乎并不在意这些，甚至还故意显出一种老态来，慢慢地走路，慢慢地说话。

他性子慢，身体瘦弱，干活也不行，生产队的时候，挣的工分少，分的粮食就少。包产到户后，干不动活，收成也不好，又不会做生意，光阴就过不到人前面去。光阴过不到人前面，人就看不起，都把他当恓惶人。

村里人厚道，对恓惶人，一般不会欺负，有救济粮、救济款、捐来的估衣啥的，还会照顾着。这样的人，大多见人矮三分，在人前说不起话。可买谷子却偏偏不认为自己就该那样，还要凑到人前说话。有时还说出一些预言性质的话，好像他有先知先觉的能力，知道将来的一些事情。

村里人当然不相信了，都说，他要有那本事，就该知道明年的雨水咋样，是种糜子好，还是种谷子好，种啥成啥，粮食满仓了。做生意的话，就更好了，知道啥东西涨价，啥东西降价，稳赚不赔，随便就发了，还过那穷日子。买谷子好像确实不知道啥时候下雨、啥时候下雪。他家地里的庄稼，总是比别人家的还要薄些，至于做生意的事，他压根儿就不会。

买谷子三十多岁才娶了个婆姨，婆姨眼睛里有个萝卜花，看不清楚，家里也收拾不好，邋里邋遢的。又生了三四个娃娃，人口多。村里人的日子一天天好了，他家还是那样穷。

过着那样的日子，还说些神神道道的话，村里人当然不相信了，把他当半瓜子待。还有人调侃地问他，你给说说，明年的麦子成呢，还是豆子成呢？种啥好呢？还有出门做生意的，半真半假地问他，你说我这趟出去，是赚呢，还是赔呢？他不回答，还扭过头去，显得有些不屑。意思是，这样的小事，不值得他说。他关心的，都是大事。

他确实预言过一些大事。他说，将来的光阴，家家都有一台戏呢。多年以后，家家都有了电视机，不光是一台戏，还好戏连台的。这样的一些预言，虽然都实现了，但村里人慢慢发现，这些其实都不是他的话，是从书上看来的，还有些是从别处听来的，是流传很久的话了。

村里有许多流传已久的话，平日里听着荒诞，但有时候，恰恰就会发生一些事情，与那些话对应上了，叫人不得不信。传说村子东山顶上的老墙墩子里，埋着宝贝。啥宝贝呢，传说里面埋着一对金鹁鸽。老墙本来就是个大院子，是防偷防抢保护村子的，鹁鸽也是。有金鹁鸽在，就没有战乱啥的。

金鹁鸽本来是护佑村子的，按说不能挖出来。但这会儿被外人盯上了，就得挖了。让外人挖去了，还不如自己挖出来，卖了钱，分给村里人。

村里人和村长商量怎么挖金鹁鸽的时候，买谷子一个人蹲在墙角里，几乎是自言自语地说，以后的光阴，家家院子里都有一对鹁鸽呢。

他说出这话，其他人并没有听见。其他人也许听见了，但没有丝毫的反应。六指当时听了，也没有在意，只留意他说到"鹁鸽"。一个农村老汉，说出鹁鸽这样一个词来，叫人意想不到。六指曾在老奶奶讲的古今里，听到过鹁鸽。古今里的鹁鸽是吉祥的、尊贵的鸟。一个男子，为了解救村里人、心上人，须找到一对鹁鸽，找到鹁鸽就找到了通往胜利或者幸福的路。一个女子，救了一只受伤的鹁鸽，打雷的时候，伸出手去，手上多了一对金镯子。

听古今的时候，我以为鹁鸽是一种神奇的鸟，全身都闪着金色的光。

村里人说要挖金鹁鸽，六指期待着，想看鹁鸽到底是个啥样子。最终还是没有等到，是村长不同意挖。村长毕竟是村长，做事稳妥些。他跑到乡上问了，乡上说，胆子吃大了，军队上的设施谁敢破坏。村长回来，传了乡上的话，村里人也不敢再说挖鹁鸽的话了。那几个南方人也没有挖。摆弄着仪器，测量了几天，也走了。

六指没有看到传说的鹁鸽，心里疑惑着，就去问民办老师马正国。包产到户后，家家都缺劳力，稍大些的娃娃都拉回家干活了，学校里念书的娃娃少了，其他老师都走了，就剩马正国一个。马正国扭了一下干瘦的头，不耐烦地说，鹁鸽？就是鸽子。马正国一句话，把鹁鸽打回了原形，也把六指的一些美好的想象给打碎了。

鸽子很平常。在村子一带，除麻雀之外，鸽子的数量是最多的。山坡上、野地里，时常会看见一群鸽子，散落在那里，急匆匆地走着，脑袋一晃一晃地找食吃。或者是呼啦一下飞起来，翅膀一会儿闪着瓦蓝的光，一会儿闪着银灰的光，盘旋了几圈，又落到另一片野地里。

鸽子很羞怯，怕人，尤其是野鸽子，所以，很难靠近它们。悄悄溜到跟前，才看清楚，小脑袋、圆眼睛、红爪子，身上的羽毛是瓦蓝的，翅膀上是深蓝的，胸腹的颜色近于银灰。最特别的是脖子上的羽毛，蓝中带绿、绿中有红、红中透紫，而且随着脖子的晃动、光线的变化，颜色也发生变化，说不清到底是什么颜色。再想凑近些看，就被它们发现了，一下子飞起来。一只飞起来，整群几乎同时飞起来，扑啦啦打个旋儿，飞远了。

家鸽子稍微胆大一些，但也怕生人，歪着头，眼睛警惕地打量着，稍有动静，也就飞走了。家鸽子的颜色和品种很多，有一种白羽毛、红眼睛的，尤其好看。村子人养鸽子，就是图个好看。村子人是不吃鸽子肉的，可能就是因为金鹁鸽的传说。

人们对鸽子的态度，鸽子并不知道，或者是，鸽子知道人们对它的态度，反而更加庄重和矜持。它们很少飞到村庄来，也不在村庄里筑巢，总是落在远离村庄的野地里。看到鸽子在野地里飞起来，落下去，咕咕地叫着觅食，没有人去打扰它们，更没有人去捕捉它们。可是，没有人把鸽子的高贵告诉鹞鹰，鹞鹰就把鸽子当成食物。

一只鹞鹰在天空盘旋，它发现了鸽群。鸽群也发现了它。鸽子低着头觅食的时候，总是时时观察着天空。看到天空中的鹞鹰，它们并没有躲藏，而是一下子飞起来，互相紧靠着，形成一个整体，在半空中翻飞，像一股灰蓝色的旋风。随着翅膀的扇动，一会儿闪出瓦蓝的光，一会儿闪出银灰的光。鹞鹰的眼睛被晃花了，无从下手了。但鹞鹰有鹞鹰的办法，它先是在鸽群的上方盘旋着，像拿着一根无形的棍子，搅动着鸽群。鸽群被搅动，一圈一圈地翻飞。终于，一只鸽子被甩出鸽群，鹞鹰立即俯冲而下，扑向那只鸽子。

还有猫，猫是个神秘的杀手。鸽子飞在空中，猫不可能在空中去抓。它只能等鸽子在地上觅食的时候，悄悄地潜行到跟前，扑过去抓住一只；或者是在鸽子将要飞起来的时候，跃起到半空中，截获一只；甚至是爬到鸽子窝里去，咬死一只。有时，猫叼着一只鸽子回来，六指简直不知道它是怎么抓住的。

我撵过去想从猫嘴里救下那只鸽子来，猫不情愿地松开嘴，呼呼地怒吼着，鸽子却早就没了气息。看着头脑耷拉、羽毛散乱的鸽子，我恨不得把猫一脚踢死去。我那时候还不知道万物各有各的活法，各有各的尊贵。

买谷子也是，虽说是一个恓惶人，但还是一样地生儿育女。买谷子的几个娃娃都正常，脑子没问题，眼睛里也没有萝卜花。大儿子叫买米，小学没上完，就回去帮着父母干活，十一二岁就撑起了家。小儿子叫买面，上小学。女儿叫买豌豆，还没上学，机灵得就像个小豌豆。儿女的名字都是买谷子给起的，问他为啥给儿女起那样的名字，他说，生在我家里，有米有面，能吃饱肚子就不错了，还要啥。他这样说，但他的小儿子买面却学习好，每次考试都在最前面。学校老师都说，这娃娃有出息，将来肯定能念成书呢。

六指在他家没有推倒的房墙上，发现了好几张买面的奖状，还有几张是买豌豆的。奖状是用糨糊贴在墙上的，经过很多年烟熏火燎，又经了风吹雨打，颜色字迹都已经模糊了，但仔细辨认，还能看出来。六指那时候就见过那些奖状，本来是贴在草房墙上的，可能是后来盖新房，又把那些奖状揭下来，贴到新房子墙上了。可见买谷子还是指望着儿女都能念成书的。

六指不知道他们后来都念成书了没。因为离得近，小时候，六指去的最多的就是买谷子家，跟买米、买面一起玩，买米、买面不咋欺负他。买豌豆小很多，后来六指去他们家吃饭，买豌豆见了他就笑，笑声像铜铃铛一样。买谷子的婆姨就骂，笑啥呢！买豌豆说，你看他的眼睛，像羊眼睛。买谷子婆姨说，不许笑人眼睛。买谷子婆姨眼睛就不好。买豌豆这才明白了，吐一下舌头，跑了。买谷子的婆姨眼睛不好，但心眼好，家里吃的东西不多，但给六指的碗里总是舀满。还在一边觑着眼睛看他吃，满眼的怜惜。有几回，还摸着六指的头说，哎，苦命人！我们都是苦命的人。

六指对他们一家熟，也记着他们一家人的好，就看得仔细些，想找出更多的线索来。墙上还有些刻画的字迹，有些模糊了，有些还能看清。六指辨认着，拼凑出一句话来：

"错了，世界没有毁灭。"

那句话看字体，看内容，都不像是买米、买面几个娃娃写的，倒像是买谷子写的。没头没脑的一句话，不知说的是啥意思。

六指记得，买谷子不光会说些神神道道的话，还会认字看书。他看的书，跟学校念的书不一样；写的字，也和学校老师教的不一样。比如说读书，他写成"讀書"；学习，他写成"學習"；严肃，他写成"嚴肅"；中国，他写成"中國"。有学生娃把他写的字拿给老师看，老师说，那是繁体字，过去的字，现在不用了。学生们这才知道，过去的字和现在的字是不一样的，过去的字要复杂得多。那样复杂的字，买谷子不知从哪里学会的。他看的书，也是破烂的、古旧的，上面写的内容，谁也看不懂。买谷子不敢让人看,自己偷偷地藏着。

真要有那样的书,能看到以后的事,那该多好。

六指在他家里没有找到那些书,却发现了一对鹁鸽。买谷子家的房子拆掉了,但房墙没推倒。房子是砖瓦房,碎的红砖蓝瓦散落了半院子。在碎砖瓦中,六指找到了一对灰蓝的鸽子,一只缺了尾巴,一只断了腿脚。鸽子也是泥土烧制的,灰蓝的颜色,与真鸽子大小差不多。这应该是立在房脊上的,类似脊兽。村子人尊崇鸽子,就把鸽子当成脊兽。过去,只有村长家的房子上有,其他人家都是土窑草房,没法立脊兽。买谷子家的房子上有了鸽子,说明他们家的日子也过好了。

六指忽然想起多年前买谷子说过的那句话。如果房脊上的鸽子能算鹁鸽的话,他的预言实现了。

14. 鹞鹰

村里有个叫牛虎的,偏偏打鸽子、吃鸽子肉。

牛虎不姓牛,牛年底、虎年头上生的,就叫牛虎。他不喜欢种地,十几岁上就喜欢架着鹞鹰,端着土枪,抓野兔、打鸟雀。村里有句俗话说,看到鹰抓兔,庄稼买卖不想做。牛虎架着鹞鹰去抓兔子,村里的年轻人跟着去看、去学,娃娃也跟着去看热闹。牛虎怕娃娃惊扰他的猎物,影响他收鹰,不时回头呵斥几声,还作势要放鹰啄他们。

到野地里,或者是山沟里。牛虎选一个高地,站在那里,机警地四处瞅着。他手里的鹰也不时扭着脖子,向远处张望着。跟着他的人这时候都蹲伏下来,不敢出声,紧张地偷着看。发现猎物了,牛虎手一扬,鹰喳叫一声飞出去了。人们的眼睛都被鹰带着飞出去,身子也带着起来了。看到鹰打一个盘旋,向地上掠过去。一只野兔蹦起来,跳出老远,飞跑起来。鹰扑过去,抓住了野兔,叨了几口,停下来,等着主人过去。牛虎很快就跑到跟前,摘下鹰,抓过兔子,一刀宰了。跟着牛虎去的人,也跑到跟前了,接过兔子,庆祝地举起来。牛虎呢,这会儿掏出备好的肉来,让鹰吃上几口。鹰抓住了猎物,一点儿不给它吃不行,它就没有动力了。吃饱了也不行,它就不想再抓了。

鹰吃上几口,牛虎又架着它到另一个地方去抓。抓野兔、抓呱啦鸡,有时还能抓住野狐子。野狐子有着女人一样的尖脸,火红的皮毛。抓够了,牛虎架着鹰,被一群人簇拥着往回走,就像个得胜回朝的将军。

牛虎还有一杆土枪,用土枪打呱啦鸡、打鸽子。土枪里面装的是铁砂,打出去一大片,冲着鸽群放一枪,打死打伤好几只。铁砂打不准鸽子的要害,受伤的鸽子在地上乱扑腾。牛虎掏出腰里的刀子,跑过去,捡起一只宰了,再捡起一只,又宰了。

村里的老人看不惯,劝他不要再打了,牛虎不敢黑了老人的脸,当面说不打了,可过后照样打。买谷子不自知,也去给牛虎说,牛虎不光不听劝,还把手上的鹞鹰抛到买谷子头上,差点把买谷子的眼睛给啄了。买谷子不敢当面劝了,只是给村里人说,他这样,招祸呢。

果然,不久牛虎一次提着土枪去打鸽子,土枪炸膛了。他的额头炸出了一个血口子,端枪的手也给炸掉两根手指头。受了这样的伤,都想着牛虎再不会打鸽子了。谁想到,伤好以后,他修好了土枪,继续打,还打得比以前更厉害,好像是鸽子害他丢了手指,他要报复。他打红了眼,也没人敢劝了。

家里也没人管他。他母亲是个寡妇,他父亲十几年前就走了。

他父亲就是个耍鹞子的,官名叫刘玉民,爱耍鹞子,都叫他刘鹞子。

鹞子是雀鹰,比黑鹰、苍鹰要小一些,一般有三种:一种叫"黄健子",一种叫"板雄",一种叫"隼儿"。黄健子羽毛泛黄色,但生性迟钝,一般鹞子客都不用。板雄体大,色灰黑,羽毛有鹰一样的花翎,行动较懒散,不易抓到麻雀,但叫声激越,麻雀闻声丧胆。隼儿体小,一般呈黑色,动作敏捷,每次出去,爪下总有一只死雀。

刘鹞子最喜欢的是隼儿。他熬出来的隼儿鹞体格小巧,但异常精神,眼里射出寒光,人见了都心里发虚。平常的鹞子客都把鹞子擎在手上,还用半截线绳拴了鹞腿,牵在手里,怕鹞子不时地飞出去。但刘鹞子的隼儿鹞从不用线绳牵,只在鹞子尾羽上拴一个铜铃,只有他给了眼神暗示一下,隼儿鹞才出击。每当隼儿鹞追麻雀飞远了,他向铜铃响的方向只一声喝,隼儿鹞就又飞回来落在他的手上，尖嘴叼着麻雀的眼睛和脑子。刘鹞子就从鹞爪下摘了死雀，装进斜挂在腰间的一个血渍斑斑的布袋里。

刘鹞子把那些鹰眼、勾嘴、尖爪的鹞鹰擎在手上，并且训练得收放自如。在娃娃们的眼里他很神气，但村里的大人们却觉得他不务实，是个二杆子。在村里，谁要被人看成二杆子，那就完了，没人看得起。刘鹞子好像并不在乎，还是熬鹞子，耍鹞子。

鹞子和鹰一样，性子野，不是轻易能抓住，能熬出来的。开春的时候，他就在村子南面的山口处，搭一张网。网里面放一只活麻雀，吸引鹞子落网。鹞子春天从南边过来，飞了很长的路了，又困又饿，看到麻雀在网里扑棱棱地乱飞，就会发现。鹞子的眼睛和鹰一样，飞在半空中，地上的一只蚂蚁都能看清。发现网子里的麻雀，傻些的黄健子、莽撞的板雄，就会一头扎下来，扑进网里抓麻雀。麻雀上连着机关，抓住麻雀就触动了机关，网子落下来，就把鹞子网住了。看到网子倒了，刘鹞子就从藏身的土坑后面出来查看，看到网住的是黄健子、板雄，就解开网子，放飞了。他只要隼儿。

隼儿机敏，很难网住。它在空中飞着，不光是看鸟雀，还要看周围的情况。发现不对劲，不会轻易落下来。为了抓住隼儿，刘鹞子放在网子里的麻雀要更活蹦乱跳的，半死不活的都不行。也不能拴得太紧了，麻雀飞不起来，隼儿也会怀疑。要是发现周围有人，它更不会落下来。刘鹞子就在网子不远处，挖个坑，藏起来。就那样藏起来还不行,能哄得过黄健子、板雄,却哄不过隼儿。必须盖上柴草,完全遮住才行。

好不容易网住了隼儿,却不一定能用。网住的隼儿,他要仔细地端详。身形、毛色、眼睛、勾爪,一项项地看,差的,放飞了,好的,才留下。好的隼儿首先要体格健全,一点儿缺陷都不能有。差了一只翅膀、半截尾羽都不行。飞行受影响不说,用翅膀、尾羽罩住麻雀的时候,就留下空隙,麻雀就会从细小的空隙逃走了。眼睛、尖嘴、勾爪就更重要了,哪一项有点毛病,都不能很好地抓住鸟雀。最好的隼儿,形体优美、毛色鲜亮、脚爪刚劲、眼睛有神。符合这些标准还不行,还要看感觉。刘鹞子要了多年的鹞子,看隼儿更多凭感觉,一眼看过去,就知道能不能用,能不能熬出来。

熬鹞子也跟熬鹰一样,很难。熬不好,就死了,或者废了。刘鹞子家里有一间土房子,是专门熬鹞子的。鹞子拴在黑屋子里,刘鹞子也钻在黑屋子里,几天几夜不出来。到底是咋熬的,谁也没见过。等他驾着熬好的鹞子出来,就像害了一场大病,人都脱了形。只是布满血丝的眼睛里,闪着得意的光。熬出一个好鹞子,在他来说,比娶老婆、生儿子还高兴。

他能熬出一只只鹞鹰,却不愿意在村里熬下去,和婆姨娃娃熬下去。他婆姨是鸦儿沟更东面的一个村里的人,厚身板、宽面目、大手大脚的,说话嗓门也大,干活泼实,做事泼辣。在农村,这是一等的好女人,能干活,能下苦,能生娃娃,叫庄稼汉媳妇。谁家娶了这样的媳妇，不愁干活，不愁生娃，也少了很多是非。邻居杨占山后悔没给儿子娶上这样个媳妇，刘鹞子却不喜欢。刘鹞子个子不高，身材瘦弱，跟婆姨不大相配。最关键的是，他不想面朝黄土，趴在地里干活，就喜欢耍鹞子。这一点，更与婆姨不相配了。为这个，婆姨常跟他吵架。吵着吵着，动了手。刘鹞子打不过婆姨，常被婆姨扯掉头发，抓烂了脸。这样，他就出不了门了。家里给他娶这样的婆姨，本来就是想着能辖住他，不让他耍鹞子，不让他再往外面跑。可他就想在外面跑，眼神中常有一种飘忽和迷惘，好像把啥东西丢在外面了。只有架上鹞鹰，在外面跑的时候，他的眼神里才会有光。

架上鹞鹰在外面跑，挣不了工分，抓到麻雀、鸽子也不能吃，就不是个过日子的。婆姨当然要跟他吵架，有时扔了他的鹰架，还放了他的隼儿。他没办法，只能跑出去找，一声一声地呼唤他的隼儿，隼儿——回来——，隼儿——回来——，好像是在叫魂。好在他熬出来的隼儿对他忠心，没有飞远，他呼唤一阵就飞回来了。他的魂儿也回来了。

他这个样子，家里人拿他没办法，村上也拿他没办法。好在他算是村长的堂侄子，村长有些偏袒，安排他专门追麻雀，给他记点工分。

有一段时间，麻雀和老鼠、苍蝇、蚊子一道，被定为"四害"，遭到大规模捕杀。虽说不久，"四害"被重新定义，麻雀换成了臭虫,受冤屈的麻雀就给平反了,但影响一直没有消除。好像是判过刑的人,污点一辈子追随着。多年后,在人们眼里,麻雀依然不是好鸟。

人们对麻雀的态度,可能还与它的长相和习性有关。麻雀的长相,的确算不上漂亮。如果细看,单个的麻雀还是受看的,小脑袋、圆眼睛、短嘴巴,外形小巧玲珑,线条干净利落,飞行灵巧轻盈,只是颜色有点单调。一大群的麻雀在一起,更显得单调,飞起来,灰乎乎的一片,落下来,也像一块块的卵石。麻雀又爱吵吵,唧唧啾啾地嚷嚷个不停,难免招人厌烦。

如果仅仅是招人厌烦,也还罢了,麻雀偏偏还要偷吃粮食。播在地里的种子,长在田里的庄稼,它都偷吃。玉米、豌豆颗粒大,麻雀咽不下;小麦大麦外壳硬,麻雀也啄不出;麻雀最爱吃的是糜谷,籽粒小、皮儿薄、爽滑可口。糜谷成熟的时候,也正是小麻雀长大起秋的时候。一大群麻雀落在糜谷地里,一会儿工夫,就能吃掉不少。村里有句俗话,说,雀儿一万,吃掉一担。一担一百斤,那可是不少了。麻雀呢,又何止一万。也不是只吃一天,天天要吃。那年月,粮食本来就缺,辛辛苦苦种一年,人都吃不饱,麻雀再偷吃掉些,就叫人嫉恨了。为了防止麻雀偷嘴,人们想出了很多办法,立上假人、草人惊扰,敲响脸盆、犁铧惊吓,但作用不大,最见效的还是鹞子追。

这样一来,刘鹞子就名正言顺地架上鹞子追麻雀了。

但他实际上对追麻雀也不感兴趣,驾着隼儿,在糜谷地里转上几圈，放出隼儿把麻雀撵跑了，也就是了。隼儿飞出去，有时候就抓住了麻雀，叼死了。刘鹞子就把死麻雀装起来，等着喂隼儿。要是麻雀还没死，他就难办了。扔掉吧，麻雀肯定活不了，他又不愿弄死。就交给跟着的娃娃。娃娃中胆儿大的，接过去，摔死了，再交给他。他背转身不看，脸上也是一副难受的样子。

他感兴趣的是，放出隼儿去，让隼儿在空中飞，他朝着空中看。隼儿飞起来，像黑色的精灵，飞到很高的空中去，一头又扎下来，箭一样的快，眼看就要掉下来，碰到地上了，它一个翻身，又拉起来，在半空中张开翅膀，黑白相间的花翎子完全伸展了，像个谜一样。隼儿尾羽上挂着个小铜铃，隼儿飞的时候，铜铃儿就响起来，像鸽哨一样清脆、悠远。看着隼儿飞，听着铜铃响，刘鹞子就一脸的满足，眼睛里也有了光。

他有时就这样看隼儿飞，听铜铃响，糜谷地里的麻雀成群地落着，也不去撵。村里人这才知道，他耍鹞子，不是图着抓鸟雀，就是改个心慌。他的心不在家里，不在村里，而是在远处。

果然，过了不久，他人不见了。不知道哪里去了，连他的隼儿都没带走，成了野物，时时地在村子四周飞过，隼儿身上铜铃的声音传得很悠远。

据说，他耍鹞子的时候，只顾着看鹞子，没注意脚下，掉山沟里摔死了。还有人说，鹞子突然失了情，抓烂了他的脸，叼瞎了他的眼睛，他找不到路，也是羞愧着回不来了。还有人说，他到南边一个村里耍鹞子追麻雀，和村里一个女人好上了，就留在那里，不回来了。谁也不知道到底啥原因，反正是人不见了。

活不见人，死不见尸的，他婆姨就没法再嫁人，只能守活寡。都说寡妇门前是非多，牛虎妈家门前却没有是非。牛虎妈是个泼辣人，种地干活是一把好手，比个男人还能干，身胚大，嗓门也大，说话就像吵架，粗嘎嘎的，没人敢招惹她。她也不爱收拾自己，头发乱蓬蓬的，头巾帽子也斜搭歪戴的，没个女人样，男人也不愿招惹她。个别老光棍，想骚情一下，半夜敲窗叫门的。她假装应着，去开门，手里却提着铁锹锄头，门打开，铁锹锄头就上去了，打得人屁滚尿流地跑了。那以后，没人敢再去了。

她就一个人守着儿子过。儿子牛虎贪耍，跑出去了，丢下她一个。她就在家里咒骂，不是咒骂儿子，是咒骂男人。有时候半夜里，她睡不着觉，一个人起来，坐在院子里咒骂。夜里静，她嗓门大，全村人都能听到。有时候在地里干着活，周围还有人，她想起来了，也在那里大声地咒骂：没良心的，你跑呢！看跌沟里摔死，掉山下绊死！你耍鹞子呢，看鹞子剜了你的眼睛，叼了你的脑子！你勾引人家女人呢，黑舌头女人有毒呢，看把你毒死！看叫人抓了奸，活活打死！

村子有个奇怪的传说，说南边的女人都是黑舌头，像长虫一样。

她那样咒骂，可能是听到关于鹞子客的传说了。但骂得时间长了，叫人感觉因为她的咒骂，才有了那些关于鹞子客的传说。

鹞子客不回来，牛虎妈气不过，儿子上学也没给起官名，就叫牛虎。她对别人狠，但对儿子牛虎，却疼得了不得，不打一巴掌不骂一声，啥都随着他。好像儿子是她一个人生的，与刘鹞子无关。她想不到的是，刘鹞子走了，却把耍鹞鹰的习惯留给了儿子。儿子牛虎比刘鹞子更厉害，不要鹞子，就要鹰、耍土枪。

土枪炸膛受了伤，牛虎不耍土枪了，鹰还是照样耍。他妈拿他没办法，就想着娶个媳妇，把他拴住。好不容易张罗着给他娶了媳妇，生了娃娃，他的玩性还是不改。包产到户后，别人都种地、打工、做生意，拼着命地要把日子过好。他倒好，还是玩着鹰抓兔。

他妈气不过，就站在院里咒骂，不是骂儿子，而是骂刘鹞子。还是那些话：没良心的，你跑呢！看跌沟里摔死，掉山下绊死！你耍鹞子呢，看鹞子剜了你的眼睛，叨了你的脑子！你勾引人家女人呢，黑舌头女人有毒呢，看把你毒死！看叫人抓了奸，活活打死！

她的嗓门没有那么大了，嗓音也沙哑了，话音里的怨毒却更大了。咒骂了几十年，把自己骂老了，都没有把刘鹞子骂回来，却又把儿子骂跑了。

包产到户后，经常有外面的人，开着拖拉机，来村里收羊皮羊毛，换黄米小米。牛虎的儿子六七岁，扒拖拉机耍，却不小心给压坏了，拉到县上医院，也没救过来。牛虎抓野兔、打鸽子的，看着人横，但对儿子，却心上命上地疼。他打来兔子、鸽子，也主要是给儿子吃。他说，他小时候挨了饿，要让儿子吃饱吃好。哪里想到，儿子却出了这样的意外。他像牛一样哭号着，村里人当面劝慰他，背地里却说，这都是他打鸽子招的祸，买谷子的话应验了。

牛虎就此放了鹰，跑到外面去了。他到外面，不会干活，但他胆子大，敢闯，就当了包工头。几年时间，成了村里最富的人，在家里盖了几间大瓦房。又过了几年，干脆一家人都搬到城里去了。

他妈不想走，一个人留在老院子里。吃穿有儿子管着，她不用干活。一个人住着，心慌了，就骂一阵刘鹞子：没良心的，你跑呢！看跌沟里摔死，掉山下绊死！你耍鹞子呢，看鹞子剜了你的眼睛，叼了你的脑子！你勾引人家女人呢，黑舌头女人有毒呢，看把你毒死！看叫人抓了奸，活活打死！

以后的事，我并不知道。

六指在他们家的院子里，发现了两栋房子。一栋是新盖的大瓦房，还有一间土坯房。瓦房拆掉了，土坯房却没有拆，还那样立着。那应该是刘鹞子熬鹞鹰的屋子，里面还散落着几根鹞鹰的花翎子，花翎子还在，那些鹞鹰也许早就死了。六指想起小时候，家里宰了鸡，鸡毛拔下来，鸡肉煮在锅里。小娃娃边等着锅里的肉，边玩鸡毛，手里拿着五彩的鸡毛，边捋着边说，鸡毛哥，鸡毛哥，鸡儿死了你活着。鸡毛被人手拃着，可能是有了静电，不住地摇头摆头，好像真的活着。刘鹞子不知道还活着吗？回来了吗？

六指在他们家点起油灯，想找出一些迹象来，看看却一点儿也找不出来。

15. 粮食

刘鹞子家过去，就是杨占山家。

杨占山是个老老实实的农民，日子过得节俭，房子也盖得不高，一直装穷，从不露富，家自然就在村子边上。他家的房子也拆了，但拆得与别人家都不一样。不是随便扒了房顶，推倒墙壁，而是一根一根拆下椽子檩条，一块一块撬下砖块瓦片。红砖四四方方地码在一起，蓝瓦也一圈一圈摆成个塔，椽子檩条顺顺地摆放在一间小房子里。小房子没拆，专门留下来放东西。房顶子加固了，门窗都堵死了，遮风挡雨。小房子里除了木头，还有犁、耧、耙之类的工具。墙上挂着镰刀、锄头、铁锹、犁铧一些铁器，大概是怕放在地上生锈了。墙上还挂着驴绺套、马笼头、牛缰绳，是怕扔乱了，不好找。农用的所有东西，几乎都有，简直就是个农具博物馆。每一件东西都摆放在该摆放的位置，每一件东西都保存得完好。这是准备着外面过不下去的话，随时可以回来。回来了，砖瓦木料现成的，费点劳力，房子就盖起来了。农具都在，随便拿过来就能耕田种地。甚至连柴火都想到了，木条、树枝都砍成半尺长的短截，捆成一小把一小把，码放在墙角。做饭生火，用一捆，拿一捆，一点儿都不浪费。这是一家细详人。

六指知道杨占山家细详，但看到这些，六指还是有点吃惊。更让他吃惊的是，小房子里面，还有个暗道，通着一个地窖。不是普通的藏洋芋、萝卜的地窖，是一个粮食窖。挖成一个瓦罐形，中间大、两头小，周围用麦草把一圈一圈箍起来，里面装上粮食。这样的粮食窖防潮，藏在里面的粮食，七八年都不坏。山里人家，十年九旱，收成没个准儿，雨水好的年景，藏点粮食，以防饥馑。要是连着几年灾害，好多人家都饿死人，藏着粮食的人家，就能熬过灾害。

后来，粮食不缺了，即使遇上灾年，也能买到粮食，还有公家救济，好多人家都不再这样藏粮食了。杨占山家还这样藏，还守着祖上传下来的规矩。粮食窖有一丈多深，口径三四尺，这样的地窖，能藏一两千斤粮食。一家五六口人，能吃大半年。一个人的话，能吃好几年呢。

有了这些粮食，我就能在村里住下去了。发现一窖粮食，也说明，我应该在村里住下去。

为了在村里住下去，六指想了很多的办法。吃野菜、吃野兔、种粮食、种菜，为填饱肚子，也为长久住下去做准备。村里人家留下的旧门板、旧被褥、旧衣物、旧碟碗、旧瓦罐啥的，他都收拾去，能用的就用了，还有的等着以后用。那是别人扔下不要的，他拿去了，觉得没啥。这一窖粮食，很显然不是丢掉的，而是藏着要用的。没有经过同意，拿来吃了就是偷。六指从来没有偷过别人的东西，也没想过偷别人的东西。这一窖粮食，一颗都不能动。尤其是，他知道杨占山一家人对粮食有多爱惜。

　　六指记得，他那会儿吃千家饭的时候，到杨占山家去吃饭，总是吃不饱。不是杨占山家对他不好，是他们一家人都吃不饱。杨占山一家劳力多，能下苦，挣的工分多，分的粮食多，在村里不算最穷的。但他们家人吃饭，却只吃半饱。杨占山常说的一句话就是，饭吃七分饱，神仙比不了。实际上，他们家人连七分饱也没有，最多就是六分、半饱。他们家做饭，不是随便挖一碗米、一碗面，就去做饭了。米面都是要称的，每人每顿二两米，一点都不能多。每次做饭前，都是杨占山亲自称的。婆姨娃娃称，他都不放心。要是他不在，或者有事出门，要提前把几顿饭的米面都称出来。他家专门备着一个小杆秤，木杆、铁盘、铜星，由于经常使用，擦得光亮，尤其是铜星，亮闪闪的。秤盘干净，铜星光亮，还有一个好处，看得清楚，也就能称准。称不准，多了少了都不行。称米面的时候，秤杆要平，秤杆要是高了，秤头翘起来了，杨占山就会从秤盘中抓出几颗米或一撮面来。等秤杆完全平了，站住了，他才满意地交给婆姨去做饭。婆姨已经习惯了，等他称好了，才去做，没有一丝怨言。

　　米面的量定死了，但为了让一家人尽量吃饱，婆姨做饭的时候，总会想些其他办法。比如，做米饭的时候，里面加点洋芋，这样做出来的米饭，显得多些，能填饱肚子。做面食的时候，在面汤里加上野菜叶子、洋芋叶子，这样汤也稠了，还顶菜吃。婆姨想这些办法，杨占山是不阻挡的，有时还夸赞婆姨两句。这样好，加点菜，有营养。婆姨不说话，娃娃们也不敢说话，低着头吃饭。娃娃们吃饭，也是根据年龄、干活的多少定量的，不是谁想吃多少就吃多少。季节不同，时节不同，饭量也不一样。比如说，夏天日子长，干活多，饭量就定得高一点。冬天日子短，又干活少，饭量就定得低。干活的时候吃多点，能出活。不干活的时候，尽量不让娃娃们出去耍，就坐在炕头上，这样消化慢，省粮。

饭吃完了，杨占山还要舔碗，舔熟了，拿起碗，伸出舌头去，碗转一圈，也就干净了。婆姨娃娃也跟着他舔碗。六指不习惯，吃完就放下饭碗。杨占山不答应，让他舔碗。六指动作不熟，好半天才能把碗舔干净。碗舔干净了，还不算，杨占山要喝一大口水，先在嘴里漱，腮帮子一鼓一缩的，漱好半天，把钻在牙缝里的米粒菜叶子都漱出来。漱出来不是吐掉，而是咽下去。这样看着不舒服，婆姨娃娃不跟着他这样漱口，就说牙缝里没有，还张开嘴叫他看。他们家绝大多数时候，饭菜都是稀的，牙缝里确实也藏不住东西。

这样省下的粮食，就窖藏起来，以备灾害饥馑。也是饿怕了，穷怕了。

他们这样省下来的粮食，我咋能吃呢？

其实，六指不知道，这些粮食不可能是从那会儿就窖藏的。那会儿到现在，快四十年了，藏下的粮食也早就发霉变质了。这些粮食应该是以后窖藏的，包产到户后，粮食多了，村里人大多都能吃饱肚子了。杨占山家的人口多，土地多，打的粮食更多了。

杨占山不光是俭省，还能吃苦。土地分到户，他就像个地老鼠，整天趴在土地上。耕地、耙地、耱地，他几乎用手捏过每一寸土地，土地耱得很平整，没有一个土块，没有一颗石子，这样的土地松软保墒，播下种子，很快就能发芽长大。粮食长出来，他还是耗在地里，松土、锄草、间苗，几乎每一棵粮苗又过手一遍。粮食抽穗灌浆了，他就在田里看着，看着每一棵麦穗谷穗，眼光热乎乎的，一直把麦穗谷穗看熟了。收打的时候，就更仔细了，每一粒粮食都归了仓。不光这样，他带着婆姨和三个儿子，冬天往地里背粪堆肥，夏天往地里驮水浇地。他们一家人下的苦，比别人家要多很多，他家的粮食也总是比别人家长势好，收得多，颗粒饱。一家人脸上的笑意也饱满了。

杨占山总是小心着，脸上的笑意也藏着，怕露富，不敢放开了笑。他身体干瘦，脸膛黝黑，两颊深陷，好像能把高兴、苦痛都藏得住，只有眼睛藏不住。他的眼珠子是黄色的，跟土地一个颜色，跟黄了的麦子一个颜色。三个儿子年龄小，还不会藏事，高兴不高兴的，都带在脸上。杨占山给三个儿子起名有金、有银、有财,要是有第四个儿子的话,大概会起名有宝,凑成金银财宝。但婆姨身体不好,不能再生育了,他的金银财宝也凑不成了。他给儿子起这样的名字,却不让他们念书,三个娃娃小学毕业就被父亲拉回来下地干活了。风吹太阳晒的,跟念书的娃娃就不一样,脸膛黑红黑红的。娃娃都喜欢念书,不喜欢干活,尤其是干活太累时,想到别人家的娃娃坐在凉房子里念书,脸上就有些不高兴,干活也摔摔绊绊的。杨占山就适时地教育儿子,土地是根,粮食是命,都念书了,谁种地?都不种地,没粮食,还不饿死。我们人老五辈都是农民,没有当官的命。再说了,当官有啥好,种地有啥不好?老人传下来的话说,文官旮旯武官猴,骆驼官挣个伴儿头。老农民呢,吃一碗,晾一碗,你看我舒坦不舒坦。杨占山这样说,三个儿子不好反驳,只能认了。不过他们家吃饭,还是要称量,并没有放开了吃。三个儿子正是长身体的时候,下的苦多,营养跟不上,就长得老相些。大儿子有金十七八,看着有二十五六了。小儿子有财十二三,看着也十七八的样子了。二儿子有银机灵些,不好好干活,有时躲奸溜滑,出去做生意,还算白净些。杨占山看着不舒服,骂他不像个农民,像个二流子,将来没人给媳妇。

有三个儿子,劳力多,这是好事,但眼看三个儿子都长大了,要娶媳妇成家,杨占山就有些发愁。愁也没有用,只能是下更多的苦,攒更多的粮,准备着一个个地娶儿媳妇。可就那么些土地，产量也是到了极限，不可能长出更多的粮食来，杨占山就想出了一个办法，开荒。山头上有些荒地，要么是太陡了，牲口站不住，没法耕种；要么是太硬了，石头瓦块多，开不出来；要么是太薄了，草都不长。杨占山就带着一家人，把这样的土地都开出来。陡的散平了，薄的施肥了，石头捡掉了，又多出来一些土地来。杨占山对土地简直是痴迷。近处的荒地开完了，又到远山上去开，看着自己开出来的新土地，杨占山的瘦脸上满是笑。

他高兴了，一家人却苦得受不了。不光是人，连他家的牲口都受不住了。两头牛苦得吃不下，吃了也不长膘，瘦骨嶙峋的。一头乳牛，经常耕地驮东西，肚子上的皮都磨烂了，肋骨都露出来了，白生生的。杨占山就剪了一块牛皮，贴上去，叫婆姨给缝上，继续赶着下地干活。一头犍牛，牛角长，脾气大，苦得厉害了，就瞪圆了牛眼，摇晃着长角，想抵人呢。杨占山就锯掉了它的角，钻了鼻环，它才不敢想着伤人了。说是不敢，但毕竟是畜生，还是压不住脾气。一次耕地到晌午，又累又饿，加上蚊虫叮咬，牛脾气犯了，带着乳牛，疯跑起来。杨占山死拽着缰绳，也拉不住。两头牛拉着犁铧，拉着杨占山，顺着山坡往下跑。山坡下面是一条沟，有好几丈深，冲下去非摔死不可。杨占山使劲拉着缰绳，大声地喊着，站住——叮 —，站住——吁——。人话牛话都喊了，两头牛就是不站住，继续疯跑。杨占山给拉到了，躺在地上，紧紧地抓着缰绳，使劲地想拉住牛。他身上的衣服刮破了，身上的肉刮破了，疼痛钻心，他还是不松手。两头牛要是冲下沟去，摔死了，就没法干活了，就等于要了他的命了，他只能拼着命地拉住牛。两头蛮牛，根本就拉不住，一直跑到沟沿边上。眼看就要栽到沟里了，乳牛看到危险，拐了个弯，挟裹着犍牛，收住了身子，才算是没有冲到沟里去。村里也有人在山上耕地，看到了这个情形，都说是杨占山家的牛受不住了，要自杀呢。

村里人这样说，有取笑杨占山的意思，还有点谴责的意思。在村里，谁要是对牲口不好，是会被人骂的。杨占山认为，村里人是妒忌他。杨占山开了几十亩的荒地，收的粮食比别人家多很多，自然有人妒忌，说出一些话来。杨占山说，牛干活，我又没歇缓着，我们一家人下的苦，比牛还多呢！

杨占山带着婆姨娃娃下地干活，确实比牛还苦。婆姨身子单薄些，不是那种五大三粗的庄稼汉女人，对此，杨占山心里一直有些不满意。不过，婆姨就像一头乏牛，看着没有多少力气，却耕地拉车的，啥活都干。干活多，吃不好，她也显老，又黄又瘦，四十刚过，看着有五六十岁了。她话不多，能吃苦。不能吃苦，杨占山拖着，她不吃苦也不行。嫁鸡随鸡，嫁狗随狗，嫁了庄稼汉，她也只能随着杨占山。干活做饭没有怨言，每做一顿饭，杨占山都要称米称面，她也不说啥，说了也没用。做饭的时候，她尽量想办法，实在想不出办法了，就给儿子的碗里盛稠点，自己的碗里舀稀点。三个儿子正是长身体的时候。苦了累了，身子不舒服了，她也不说。有一段时间，脸色蜡黄，慢慢带了绿色，连眼睛里都有了黄锈斑，她还是不吭声，跟着杨占山，领着两个儿子下地干活。杨占山和两个儿子只顾干活，根本没注意到她的脸色。二儿子有银在外面跑，见得多，看出来了，领着到县上的医院查了一下，已经是肝癌晚期，不到一个月，就死了。说是病死的，村里人说，是苦死的。

村里这样累死苦死的人，不在少数。

杨占山不认为婆姨是苦死的，他说，我也一样下苦，咋好好的？说来也怪，他那样吃苦，身子骨却一直很硬朗，没啥病疾，感冒发烧都很少有。婆姨死了，他照样下苦干活，种粮攒钱，给三个儿子都娶了媳妇。后来的事，六指不知道，他只能推测，从拆掉的房子、留下的东西推测，杨占山家的日子越来越好了，还藏下这样一窖粮食。六指知道，这样的粮食窖一般用麦草隔层，麦子、玉米、糜子、谷子分层分格装在一个窖里。这样的话，米面都有了。

最上面的是麦子。六指抓起一把麦子，想闻一闻麦子的香味，却闻到一股发霉的味道。不是刚刚发霉的那种味道，是一种陈旧的霉味。最上面的一层还好些，下面的更厉害，看着还是粮食的样子，但拿在手里，轻轻一捏，就碎了，成灰了。一窖粮食，全朽坏了。

也许是窖藏时间太长了，也许是搬家的时候藏下的。老鼠、黄鼠闻到了粮食的香味，打了洞进去吃。老鼠的鼻子尖，能闻到粮食的香味，粮食藏在哪里，它们都能找到。埋在地下的粮食，它们当然能找到，它们本来就在地下活动。老鼠吃不了这么多的粮食，但水顺着老鼠洞口流进去，一窖粮食受潮发霉，变质了。

我就是想吃，也不能吃了。

16. 三代药

黑鹰对土地，也像杨占山一样痴迷。

包产到户前，黑鹰劳改回来了。回来后，摘了帽子，村长还是安排他放羊。村长似乎忘记了送他去劳改的事，黑鹰自己也似乎忘记了他去劳改的事，没有找村长。

母亲被逼着改嫁的事，他也没有找舅舅。哑巴母亲那时候已经去世了。

村里的羊多了，他和六指每人放着一群。各赶各的羊，到不同的山头上去放，互相没有多少关系。晚上回来，六指烧火，黑鹰做饭，吃过了，各睡各的，不咋说话。黑鹰比过去话更少了，跟六指也不多说。跟村里人更不说话，见了人，低眉顺眼的，就像绵羊一样。

村里人说，黑鹰是装的。别看黑鹰不说话，装得像个绵羊，心里狠着呢，他经常鼓动羊群里的羝羊打头。

羝羊之间打架，不用拳脚，也没有啥花架子，就是头对头、角对角碰撞,所以叫打头。绵羊平时看着温顺,要是打起头来,是很凶的。两只羝羊先是头对头抵在一起,互相打量、试探。要是一方感觉到对方的力量,胆怯了,扭头就跑。另一方追上去,在屁股上抵一头,就算结束了。要是互相都不服气,不退让,头抵在一起,犄角磨得吱吱响,这就开打了。它们互相对视着,身子开始慢慢往后退,各退后四五米远,互相使个眼色,就开始猛地向对方冲过去。"咣"的一声,盘角和头骨相碰,发出巨大的声响。一击过后,双方又互相对视着往后退,这次退得要远一些,退出五六米远,又同时向对方冲过去,头角又一次撞在一起。再退,再撞,越退越远,撞击的力量也越来越大。打过四五个回合,一方往往就坚持不住了,被撞倒了,或者趔趄了,就自甘认输,退阵跑开了。要是势均力敌,都不认输,就继续打,退出七八米远,再互相撞过去,撞击的声音更大了,两只羝羊头上的皮开始破了,脸上都有了血。见了血,羝羊的眼睛就红了,退得更远,冲得更猛,撞击的力量更大了,"咣""咣""咣"的声音一次次炸响,要是在山谷里,加上回响,简直像是打雷一样。

羝羊打头声势大,惹得村里人跑去看。娃娃大人都去。看的人很兴奋,大声地叫着、笑着。两只羝羊似乎也被鼓动了,打得更加卖力。羝羊打头当然不是为了给人看,主要是为了争夺母羊,母羊们却置身事外,没事人一样。母羊们不像人,不爱看热闹,躲得远远的,一边吃草,一边冷眼看着场上的局势。谁打胜了,谁就是群里的头羊,以后就听它的,和它交配,仅此而已。打败的,它们理都不理。

  羝羊打头,刚开始的时候,看着好玩,看到后来,就叫人心惊了。两只羝羊简直是拼命,退出二三十米远,肩胛耸起来,腰身弓起来,使足了劲,再互相冲撞过去,头角撞在一起,身子也撞起来了,像两辆车碰头了,撞到半空中。这时候,想把两只羝羊分开,是不可能的。要是谁逞能,想去把两只羝羊分开,防不住就会被打成肉饼。两只羝羊脸上也皮开肉绽,骨头都露出来了,碎皮肉挂在脸上,盘角也断了一截,喘着粗气,样子显得非常凶。这时候,看热闹的人都害怕了,真担心它们要是再打下去,就会给打死了。不光是看的人,连母羊们这时候也有些惊恐了,不再吃草,远远地看着。黑鹰呢,却似乎并不担心,坐在那里,静静地看着,也不拉架。直到一只羝羊被打败了,垂着头,沮丧地跑开了,另一只羝羊高扬着头角,在羊群里宣示似的走上一圈,黑鹰这才甩一声响鞭,赶着羊到另一块地方去吃草。

  羝羊打头,一般是在发情的季节。年轻的羝羊吃了一夏天的青草,长上了膘,感觉浑身都是力气,就想挑战头羊的位置。其他的羝羊,受了一年的压制,暗中积蓄了一年的力量,也想再争一把。头羊当然不可能轻易让出王位来,这就打头。平日里,羝羊们很少打头。但据说黑鹰平日里给其他羝羊多喂些草料,把它们喂壮了,鼓动它们互相打头。羝羊打头,他就在一边看着。他是羊把式,应该有办法把两只羝羊分开的,他就是不管。可见他心里狠着呢。

我放了多年的羊,知道羝羊打头争头羊,是羊的天性,要是为这就说黑鹰心狠,是没有道理的。

包产到户后,黑鹰和六指继续放羊。

原因是村里给他家分的土地少,又偏远瘠薄,没法种。黑鹰小时候没种过地,长大后,放了几十年的羊,也不会种地,只会放羊。最初是揽别人家的羊,收工钱,一只羊放一天五分钱、一毛钱。小羊五分,大羊一毛。村里的羊分到各家各户了,每家三五只。专门抽个人放的话,划不来,最好带给别人放。一只羊一天五分一毛钱,一年下来也就二三十块钱。剪下来的羊毛卖了,就差不多够了。能下个羊羔,就是赚的。带给人放,关键还在下羊羔。一家三五只羊,一般都是母羊,划不来养公羊。没有公羊,母羊就没法下羊羔。包产到户的时候,村里的公羊,谁家都不想要,最后只能分给黑鹰了。谁让他是羊把式,不分给他还分给谁呢。

黑鹰家分到几只公羊,公羊不会下羊羔,也没法经营羊公子的生意。羊和牛马等大牲畜不一样,发情了,拉到专门经营牛公子、马公子的人家去配种,就可以了。羊却不行,发情的时候并不明显,也不能由人拉着配种,得自然交配才行。再说了,羊不好圈养,得到外面去放。这样一来,村里人只能把羊带给黑鹰去放。他揽了一百多只羊，一只羊五分一毛钱，一天就能收入十几块，一个月下来，就是三四百。除掉下雨下雪天草料钱，羊丢了、死了、伤了赔偿的钱，一年下来也有两三千的收入。不几年，就成了万元户。那年头，万元户可是很少的。

黑鹰忽然有了那么多的钱，村里人完全想不到。村里人只会算自家的账，不会算别人的账。就怀疑黑鹰那么多钱的来路。有的说是放羊的时候，在山上挖出了宝贝。说得有鼻子有眼的。说六指在山上放羊的时候，羊四散吃草，六指闲着没事，用羊鞭捅一个老鼠洞。捅着捅着，捅出几个麻钱子。六指继续捅，出来的麻钱子越来越多。六指给黑鹰说了，黑鹰怕白天挖出来，村里人哄抢。悄悄埋住洞口，晚上父子两个人，到山上去挖。挖出来好几口袋麻钱子，两个人背了大半夜。

还有的说，是他父亲老地主给他留下的。他父亲当年听到风声不对，就把银子钱都埋了。没有埋在自家院子里，而是埋在地头上。他可能想的是，院子会变动，土地不会变动。他没想到的是，土地也变动了。先是分田地，后来又是合作化，人民公社，土地还在那里，但原来的地头认不出来了。黑鹰放羊的目的，就是找地头。黑鹰这些年，一边放羊，一边认地头，找到了他父亲当年埋下的银子钱。当然了，这些都是猜测，谁也没有见过黑鹰手里拿过银子钱，也没听说他倒卖麻钱子的事。

后来，有会算账的，算了黑鹰揽羊的收入，村里人一听，这才明白了。明白过来，都不愿把羊再揽给黑鹰放了。村里也有人学黑鹰，出来揽羊放，价钱也比黑鹰的要低些，村里人都把羊揽给他去放。放羊看着简单，把羊赶到山上，它自己吃，吃饱了，晚上赶回来就行了。实际上，放羊也是个技术活。哪个山头有草，哪个山沟里有水，必须熟悉地理。啥时候刮风，啥时候下雨，必须懂点天文。放出去多少羊，赶回来多少羊，还得会点算术。还要会点医术，羊不小心吃了毒草，要赶紧抢救；羊吃干草，容易结肠，要会疏通；羊下羊羔，要会接生。还有许许多多的问题，新手一般很难一下子学会。新手放羊，羊不容易上膘，不容易怀羔，有时候还丢了大羊，死了羊羔。村里人就不愿意叫他再放了。想回头找黑鹰，又有点不好意思。只能自己圈养些日子，嫌麻烦，都卖掉了。

村里人卖，黑鹰就买。黑鹰这几年一边给别人放羊，一边也买了一些，已经几十只羊了。再买了些村里人家的羊，又凑成一大群。这样一来，黑鹰看着还是那个放羊的，但不一样了，一百多只羊，全是他自家的。自家的羊自己放，收入全是自己的，每年的羊毛、羊羔、羊肉、羊皮卖了全是钱，攒下的羊粪也卖钱。还是卖给村里人，羊粪是最好的农家肥，种地需要。以前揽羊放的时候，攒下羊粪了，多多少少分给村里人。现在不一样了，他自家的羊粪，一个粪蛋儿也不白给。黑鹰的态度也不一样了，走路的姿势、说话的口气，都变了，就像是羊粪蛋的光面儿破了，露出里面粗糙的粪渣来。

黑鹰有了钱，又想办法弄土地。那几年，雨水不好，种地没有多少收成，村里人就出去打工，把土地都撂荒了。打工赚钱比种地好，也就没人把土地当回事了，给几个钱，就贱卖。还有些人家，到县城去做小买卖，连家搬走了，把土地全卖了。村里人卖，黑鹰就买。你家三亩，他家五亩的，卖给黑鹰，也都不在意。等人们注意到，几年时间，黑鹰就买了上百亩的土地，跟他父亲当年的土地差不多了。铜钱台那块地，几乎一半都成他家的了。

黑鹰家有上百亩的土地，黑鹰和六指都不会种地，也种不过来，就雇人种。犁地、播种、锄草、收打，全都雇人。农忙时节，要雇几十个人。村里一些人也到黑鹰家去打工赚钱。虽赚了钱，但心里总觉得不舒服。

这一下，人们对黑鹰就有些嫉恨了。

连我都看出来，村里人的眼神不对劲。

嫉恨归嫉恨，谁也拿他没有办法。黑鹰呢，好像是专门招人嫉恨。张罗着打地基盖房子，打算盖一院子红砖瓦房，地基起得比全村谁家都高。要让外面的人一进村子，远远就能看见。让村里人在自家院子里，一抬头也能看见。他还张罗着要给六指娶媳妇，娶方圆十几里最漂亮的姑娘，办最盛大的婚礼。这样的话不知是黑鹰自己说出来的，还是村里人猜测的，反正在村里传遍了。这样一来，村里人就暗中和黑鹰家对上了，像一群羝羊，伺机向头羊发起攻击。

村里人找村长去说，这不是明着要跟你争头人吗？村长说，我也没办法，公家都鼓励一部分人先富起来。村里人说，公家要先富帮后富。他这是要把全村的地都给占了去。村长说，谁让你们把土地卖给他的。土地是公家的，只能承包耕种，不能随便买卖。一句话提醒了村里人，既然公家说了不能随便买卖，黑鹰买那些土地就是犯法的。

事情就告到了乡上，乡上派人来处理。村上还有些事，各家各户娶儿媳嫁姑娘的，人口变化了。有些人口多了，地少了；有些人口少了，地多了。这些问题就都提出来了。乡上拿了两个办法：一种是从各家各户匀出一些来，给少地的人补地；一种是打乱，按人口重分，叫村里人投票决定。投票结果是，绝大多数人要求打乱重分。只有黑鹰等几户土地多的反对打乱重分。

黑鹰反对得最厉害。黑鹰说，土地是他花钱买来的。乡上的人说，土地是公家的。一句话，就把他噎住了。黑鹰扛不住，土地都给分掉了。他气不过，脑子里出了血，舌头直了，话也说不出来了，嘴里发出含糊的呜呜声。

这还不算，过了不久，他家的羊又中毒了。

那时候，刚兴起给田里打农药，人都还不知道农药的危害，就觉得用着方便。农药一喷，老鼠、虫子全死了，草也全死了，不愁粮食起虫了有老鼠，也省得锄草了。有些农药毒性大，田里打上，牛羊防不住吃了，也就给毒死了。牛羊吃人家田里的庄稼，毒死也是白毒死，理都没处说去。有一种农药叫"三代药"，毒性最厉害。田里打上,虫子死了,鸟儿吃了虫子,就毒死了,鹞鹰再吃了鸟儿,也毒死了;毒死老鼠,猫吃了死老鼠,也给毒死了,狗再吃了死猫,还能毒死。连着毒死三代,所以就叫"三代药"。

六指知道"三代药"的厉害,放羊的时候注意着,不敢叫羊跑到别人家地头上去。那天他明明是在山坡上放的羊,没有到谁家的地头上去。羊吃着草,突然就口吐白沫,一会儿栽倒抽搐,很快就死了。一只接一只,一群羊大多数都死了。

看着羊白生生躺了半山坡,我给吓喑哑了。

很显然,是谁故意在山坡上打了农药。六指吓蒙了,不知道该咋办。黑鹰也说不出话来,没法找人理论。他就红着眼,在家门口磨一把刀。那本来是早些年在山上放羊,防狼、防獾猪用的,二尺多长的一把大刀。黑鹰翻出来,在一块大石头上磨,磨得锵朗朗地响,半个庄子都能听见。铁锈的涩味儿飘得满村子都是。刀头的寒光,把一村子人的目光都夺了。

那些死羊还躺在山坡上,谁也不敢动,连狗都不敢吃,一天时间,就臭了。村里人闻着满山的死羊臭味,看着黑鹰在磨刀,每个人心里都惊恐着。不光是偷偷打了农药的,还有批斗过他的,占了他地的,送他劳改的,逼着他哑巴老婆改嫁的,欺负过六指的,每个人都觉得脱不了干系。

连六指都有些担心,有些害怕。他知道,黑鹰尽管手里有一把大刀，但要是跟全村人作对，肯定还是不行的。他不会说好话，这些年也很少跟黑鹰说话，不会劝说黑鹰。他只是注意着黑鹰的举动，要是黑鹰真的找村里人寻仇的话，就抱住他，夺掉他手里的刀。六指已经十七八岁了，是个大小伙子了，身上有力气了。他相信能抱住黑鹰，夺下他手里的刀。

六指没想到的是，守到半夜，他睡着了。第二天一早，发现黑鹰不见了，他到村子里找，就发现黑鹰吊在大榆树上，已经死了。黑鹰吊在树上，身子是蜷着的，就像是一只死了的鹰。

黑鹰浑身上下都是伤，连我都能看出来，黑鹰是被人弄死的，不是上吊死的。是谁弄死了他，我不知道。

埋了黑鹰，六指就跑了。

17. 破烂

我跑出去，近处不敢停留，从乡上、县上，一直跑到省城。

省城很大，人很多，蚂蚁一样，混进去，谁也找不到。省城人多，但谁也不给他一碗饭吃。他身上的钱花完了，就只能饿肚子。人饿肚子的时候，就自然被饭的香味牵着，往饭馆门口走。

他走到一家饭馆门前，蹲在饭馆门口，等了一整天，看着人进进出出。进去的人看着也是饿了，但他们身上有钱，理直气壮地就进去了，出来的都红光满面的。也有没钱的，进去讨剩饭吃，很快就被老板撵出来了，嘴里还骂骂咧咧的。六指不想讨要，但又没钱，只能在饭馆门口干坐着。直到饭馆打烊的时候，老板提了两桶泔水出来，看他还在那里坐着，就问他，你是干啥的？在我门口坐了一整天了，你想干啥？

六指说，我不干啥。

老板说，不干啥坐我门口干啥？

六指说，我饿了。

老板看了他一眼说，年轻轻的，不干活，当讨吃。

六指说，我不是讨吃。

老板说，不是讨吃就滚远点。

六指只能走开些。刚走了几步，老板喊他，哎，你站住。

六指说，干啥？

老板说，你帮我干活，我给你管饭吃。

  我一听有饭吃，就答应了在饭馆干活，工钱的事，一句话都没提。

饭馆不大，就一间房，后面是厨房，前面是饭厅。名字却很大，叫四海饭馆。干活的也就两个人，一个厨子，还有一个就是老板。厨子在后厨做饭炒菜,老板在前面收钱兼跑堂。老板三四十岁的样子,姓潘。老板问六指叫啥名字,他说叫六指。老板以为他姓刘、名志,就叫他刘志。这以后在城里,六指就叫刘志了。过了几天,六指淘米洗菜的时候,老板发现他手上多着指头,说,你是六指呀!六指说,六指是六指,我能干活呢。他怕老板撵他走。老板却没有撵他走的意思,老板想看他的指头。

老板说,你手伸出来我看看。

六指把手缩回去。

老板说,我看看,我还没见过长六根指头的。

六指还是不伸手。

老板说,我就看看那个小指头什么样子。

六指看着老板。

老板说,又不是个大姑娘,怕人看。就看个手指头。

六指勾下头。

老板说,不让看就别在我这里干活了。

六指慢慢地伸出手来。老板抓过他的手,看着多余的那根手指,拨弄了一下,忽然哈哈大笑起来。六指赶紧抽回手,藏在身后。

老板笑够了,又问,那只手呢?也多个指头?

六指说,没有。

老板又问,脚上呢?

六指不说话了。

老板说,我看看脚上的六趾什么样的。他硬让六指脱了鞋袜,看了六指脚上的小指头。脚上的指头老板嫌脏,没用手拨弄,用脚拨弄了几下,又笑起来。

六指呆呆地站着,像被人脱光了一样。他想就此走掉,又怕没地方吃饭,只能留下来。老板没有再看他的小指头,只是叫他干活。摘菜洗菜、搭炭生火、抹桌子端饭、洗碟子刷碗都是他的活。白天干活吃饭,晚上就住在店里看店。

干了几个月,有一回,老板给厨子发工资,六指看到了,才知道有工钱这回事。过后,在后厨干活的时候,六指试探着问厨子,老板还给你发工钱?厨子说,不给工钱,谁给他白干活。厨子问六指,给你每月多少钱?六指说,没有。厨子说,没工钱,白干活,你傻呀!六指不说话。厨子说,跟他要工钱,不能白干活。等店里没有顾客的时候,六指就给老板说了工钱的事。老板怒了,大骂起来,啥工资?说好的你给我干活,我给你管饭,要啥工资?住店的钱还没跟你算呢!小乡棒,肚子吃饱了,还真给我生出六指指来了。六指搓着手,藏住指头,不敢说了。

厨子却听不下去了,搭了话茬,骂谁乡棒呢?

老板说,我没骂你,我骂这个六指指。

厨子说,你骂谁我不管,别乡棒长乡棒短的,失火带邻家了。

厨子也是乡下人。

老板说,我不是骂你。

厨子说,我听着也骂我呢,也别太欺负我们乡下人了。

老板赔着笑脸说,对不起,我真的不是骂你。

看样子老板有点怕厨子，厨子倒是不依不饶的。老板要靠厨子挣钱，厨子生气不好好做，口味咸了淡了，客人就不来吃饭了。惹恼了，厨子不干了，饭馆就开不下去了。老板知道这一点，厨子也知道这一点。厨子二十七八岁了，在城里混了好些年了。厨子脸上有个黑痦子。痦子就长在正脸上，颧骨稍下面的地方，有指甲盖大小，上面还长着一撮毛。

厨子叫他要工钱，还替他出头，这叫六指非常感激，跟厨子走得更近了。厨子对他也更关心了。乘着老板出去买菜的时候，厨子对六指说，干活不给工钱，这不是欺负人吗？城里人就尽欺负咱乡下人，说实话，我也不想干了。我给你说，不给他干了。都不给他干，看他的店咋开，看他还欺负咱乡下人。你不要怕，十七八岁的大小伙子了，干啥还不挣几个钱。南门广场有个劳务市场，找活的人都在那里，干啥活的人都有，一天少说也能挣个七八块钱。

六指说，我过几天去看看。

厨子说，过几天干啥？乘着姓潘的不在，你这会儿就去。他要是回来了，你怕是就走不开了。姓潘的狠着呢！找几个城里的地痞来，看不把你腿给打折了。

厨子又催又吓唬的，六指就忙忙地走了。

找到南门广场，果然有找人干活的。砌墙搬砖、拉沙和水泥、铺路挖地沟，六指就跟着人干活。工钱是有，但吃饭住店下来，也剩不下多少。有时候几天找不上活儿干，吃住都有问题。六指就想起那个四海饭馆。有一回,正好路过饭馆,他向里面看,看了半天,不见姓潘的老板,厨子却在,又是做饭,又是跑堂收钱,忙出忙进的。六指悄悄溜进去,跟厨子打招呼。厨子见是六指,边干活边跟他说了几句话,六指问厨子,老板呢?厨子说,你说姓潘的?走了。干不下去了,饭馆转给我了,我现在是老板。厨子满脸得意,痦子上的那一撮毛一抖一抖的。

我后来才明白,厨子当初撺掇我跟姓潘的要工钱,让我出去找活干,就是想拆老板的台,让他开不下去,自己好接手。

六指觉得,厨子心里太阴了,不想跟他多说话了。厨子却对他很热情,六指走的时候,厨子说,你干啥着呢?找不上活儿,就到我店里来干。

有一段时间,六指没活干,就回到四海饭馆。他记着厨子的情分,也没提工钱的事。他还是摘菜洗菜、搭炭生火、抹桌子端饭、洗碟子刷碗,干得比以前更卖力。干了一个月,厨子,现在是老板了,不提工钱的事,干了两个月,还不提工钱的事。六指有好几次都想提,就是说不出口。干了三个多月了,他吞吞吐吐地说出工钱的事。厨子说,啥工钱?你找不上活,没饭吃,我留你吃住了几个月,没要你一分钱,你倒跟我要钱?

厨子的话跟姓潘的老板一模一样,只是没有骂他乡棒啥的,厨子自己也是乡下来的。六指最初以为，乡下人比城里人要好些，感觉亲近些，没想到，乡下人进了城，比城里人还狠。

六指没法跟厨子理论，刚想收拾了东西要走，厨子有点着急了，说，你看你这小伙子，咋这么个脾气！说风就是雨的。我不是不给你工钱。前面你来，没提工钱的事，对吧？咱农村有句话说，先说响后莫讲，对吧？现在你说要工钱，咱就说工钱，你要多少，说个数。

六指心里算了一下，在外面打零工的话，一天七八块，一个月刨掉吃饭住店，能挣一百多，再刨掉刮风下雨，找不上活儿，一个月也就能挣一百块。他就说，一百块。厨子说，一百就一百，你要好好干活。

六指本来就干活踏实，说好了工钱，他干得更卖力了，啥事都抢着干。厨子当然也干得很卖力，自己的饭馆，做饭做菜自然用心。饭馆的生意也越来越好，每天都能收一厚沓钱。到月底，六指想着该发工钱了，却不见动静。他提了，厨子说，说好的工钱，少不了你的。你说你有吃有住的，要钱干啥？装在身上小心弄丢了，先在我这里存着，你要花钱，我给你。

六指一想，也是的，自己没有家没有业的，平日里真没有花钱的地方，最多买点日用品。要是买个牙膏袜子啥的，他就跟厨子要钱，厨子也不拒，随手给他三块五块的。

六指记着工钱，也记着花掉的钱，从工钱里面减掉花掉的钱，就是他的钱。每月八十、九十地积攒着，到年底的时候，攒了有六百二十七块了。这在六指，是一笔不小的钱了。六指想着，到年底，厨子应该给他结工钱了。厨子却不见动静。他提了，厨子说，大过年的，这两天忙，等忙过了这阵，就给你算。

年过完了，厨子又找了个伙计，这才给六指算工钱。六指算好了，八个月八百，减去花掉的，还剩七百一十二块。厨子说没问题。厨子又说，工钱算了，吃饭钱、住店钱，也要算算吧？当时没说包吃包住的话。你一天三顿饭，一顿饭少少算一块钱，一天三块，三三见九，一月九十，八九七百二。住店一天算上一块，一月三十，三八二百四，你算算，总共多少钱，剩下的我都给你。六指不用算，就知道，前后干了一年多，还要给厨子倒给钱。这都是厨子使的阴招，六指也没办法，说也说不过，告也没处告，他只能卷上铺盖卷走人。这回，厨子也没挽留，他又找好了伙计。

伙计还是个农村来的小伙子，跟六指年纪差不多。六指本来想着给他提个醒，想想，还是没说。说了，他也许不相信，等经过了，他就知道了。

经过了这些，我也不敢轻易相信人了。

出去找活儿干，六指就多了个心眼，不要叫人骗了。挣上几个钱，装在身上，晚上睡觉，也生怕被人偷了。活儿也不好干，六指没啥技术，只能卖苦力，干些搬砖、和水泥、挖地沟、扛道牙之类的活儿。受苦不说，还叫人层层管着、骂着。晚上睡觉，也是在工棚里，十几个人睡在大通铺上，六指也不习惯。六指一个人放羊，一个人住惯了，不爱跟人说话，怕跟人打交道，就想着能找个自己一个人干，一个人吃住的活儿。

有一回，他在马路上挖地沟。路面本来挖开了，堆着些土，不好走。一个收废品的过来了，三轮车上拉了满满一车旧书报、纸箱子。他使劲地蹬着，就是过不去。六指放下铁锹，过去帮着推了一截，才过去了。收废品的感激地冲他一笑，露出一嘴黑牙。到下午的时候，还是那个人，又拉了一三轮车的废品过来，六指又帮他推了一截。帮人一把忙，六指并没在意。没想到，过了一会儿，那个人又回来了。废品卖掉了，三轮车空了。收废品的停下车，冲六指点了下头，脸上带着笑，但满脸的灰土把笑容盖住了。他自己点了根烟，又专门给六指递了根烟。六指不抽烟，推开了，但礼貌起见，就跟他说了几句话。六指问，收这个，挺好的吧！收废品的笑着说，还行还行。一笑，又露出一嘴黑牙。六指心里说，这个人抽烟，把一嘴牙都抽黑了。黑牙抽着烟，看着六指。六指就随口问，收一斤多少钱？黑牙说，一毛钱。六指又问，卖多少钱？黑牙说，两毛多。随便说了几句话，黑牙抽完烟，咳了两声，吐出一口黑痰来，冲六指又笑了一下，踏上三轮车走了。这回笑的时候，他的牙没那样黑了，有了点白气儿。六指这才明白，他的牙不是抽烟抽黑的，而是沾上了灰土。六指心里想，啥活儿都不好干，看这个人，收废品也不容易，满嘴满脸的灰土。

这样想着,忽然想到他说的话,收一斤一毛钱,卖两毛多。六指对数字很敏感。他心里一算,收一斤一毛,卖两毛多,一三轮车一百多斤,就能赚十几块钱。看着脏累,赚钱不少呢!再说了,一个人干活,一个人吃住,没人管没人骂的,正好适合他自己。

六指试着出去收废品。最初不知道在哪里去收,到哪里去卖,他就跟着收废品的看。看了几趟,就找到了门道,也学会了吆喝,在大街上,到小区里,大声地吆喝,收破烂了。开始,他没敢买三轮车,收到废品就在身上背着。看看还行,就拿出全部积蓄,买了一辆旧三轮车。

这样一来,我就成了收破烂的了。

那些年,收废品的人少。城里人不愿意干,农村人还没摸着门道。人少,收到的东西就多,价钱低,利润大,还不显山露水。人都看着一个收破烂的,收些旧书烂报纸破纸箱子啥的,能挣多少钱。人哪里知道,收一斤旧书一毛钱,交给废品收购站一斤两毛多,净赚一毛多,一三轮车能拉一百多斤,就赚十几二十块钱。有时候,一天能收三四车,算下来,收入七八十块,一个月就是两千多。那时候,多数人一月工资才二百多,六指的收入就是他们的十倍。

赚这么多钱,六指不给人说,也没人可说。他只是每天起早贪黑地收废品。满大街地吆喝，楼上楼下地跑，东家出西家进的，能多收一斤是一斤，能多收一两是一两。一年多下来，他就攒了两三万块钱。两三万，在那个时候，就是很大一笔钱了。有了点资本，他想开一个废品收购站。他算了，开收购站，比他这样一点一点地收，还要赚钱。开收购站，利润低些，但数量大，一斤赚五分钱，一车四五吨，就是好几百。不光是收废纸，还有破铜烂铁旧塑料啥的，都能赚钱。六指对数字很敏感，天生就有经商的头脑。

开收购站，需要大点的院子，租金还要便宜。城里面没有大院子，有的话，租金也太高，六指就到郊区去找。

找来找去，就找到吴芊芊家，这可能就是命。

吴芊芊家在郊区，家里有个大院子。吴芊芊的父亲在一家乡镇玩具厂上班，工资不高，母亲没有工作。吴芊芊上学，要花钱。吴芊芊爱穿新衣裳，也要花钱，家里收入少，开销大，她父亲就把院子租给六指了。院子里堆废品，说好的一月一百块；还有一间小房子，六指住，说好的一月五十块。闲置的院子和房子，租出一百五十块钱，跟自己的工资差不多了，吴芊芊的父亲很高兴。吴芊芊上学回来，却不高兴。尤其是，过了几天，废品堆得满院子都是，吴芊芊更不高兴了。吴芊芊骑着一辆凤凰牌女式自行车，穿着花裙子，进出院子的时候，踮着脚尖，皱着眉头，缩着鼻子，一脸的嫌弃。她不光是嫌弃废品乱，味道不好，更重要的是，怕名声不好。她给父亲说，你招来个收破烂的,知道的,说我们租房子,不知道的人,还以为我们家是收破烂的。她父亲说,厂子不景气,工资都快发不出来了,不租房子,有啥办法。

那一段时间,私营企业兴起,国营的、集体的企业都不行了。好多厂子倒闭,旧设备、旧材料都当废品贱卖了,反倒红火了废品收购站。收购站刚开的时候,来交废品的少,六指有时候也蹬上三轮车出去收。过了些日子,来交废品的越来越多,他就顾不上出去了,每天守着收货出货,有时候连饭也顾不上做。六指又跟吴芊芊父亲商量,在他们家搭伙吃饭。他们家吃啥,六指吃啥,一个月饭钱一百块。吴芊芊父亲一算账,老婆在家里闲着,多做一个人的饭没问题,除掉本钱,又是几十块钱的收入,就答应了。吴芊芊的母亲吴大妈是个懦弱女人,没有工作,挣不上钱,就说不起话,丈夫说啥就是啥。可吴芊芊放学回来,说啥都不行,大声嚷嚷起来,你让一个收破烂的,跟我们坐一桌吃饭,恶心不恶心,能吃下去饭吗!

吴芊芊闹得不行,吴大妈想了个办法,做好饭,单独给六指盛了,送到他房子吃,碗筷也是单独洗。这样,吴芊芊算是才不闹了。

虽然不闹了,但吴芊芊见了六指,却越发反感。上学放学进出的时候,碰上了,扭头斜眼的,看都不想多看他一眼。六指打小就受够了人的白眼,习以为常了,并不在意吴芊芊的态度。出进碰上了,还是老早就打招呼。吴芊芊不理睬,他还是照样问。六指想着租人家的房子,人家就是东家,得跟东家搞好关系。

我那时候并没有想到会跟吴芊芊有啥关系,更不可能想到会跟吴芊芊结婚。

18. 玩具

吴芊芊那时候上高中,准备考大学,正是前程似锦的时候。十七八岁的姑娘,也是最漂亮的时候。六指压根儿就没敢想过,能与她有啥关系。一个城里女子,一个女大学生,与他一个收破烂的,能有啥关系呢!

连周围的邻居都觉得,吴芊芊是一只凤凰,不属于这块郊区,早晚有一天会飞进城里去。吴芊芊个儿高挑,身材也好,两条腿又细又长,骑在一辆凤凰牌女式自行车上,高傲得就像是一只凤凰,见了周围的人,仰着头就飘过去了。周围的人也在议论说,凤凰飞起来了,看落到哪里呢。说这话,有羡慕的味道,也有些嫉恨的意思。

六指对吴芊芊没有羡慕,没有嫉恨,甚至也不喜欢。六指见惯了农村女人,他觉得吴芊芊的腿太细了,圆规腿儿一样。两腮没肉,下巴也太尖了,锥子一样,他不喜欢锥子一样的女人。尤其是她说话,也是句句锥子一样,直刺人心。六指更不喜欢。

但不喜欢归不喜欢，她是东家的女儿，避着点，让着点，也就过去了。六指尽量把废品收拾整齐些，怕吴芊芊回来，挡了她的路，招她骂。也尽量把自己身上收拾干净些，怕招她嫌。尽管这样，吴芊芊还是嫌他，找路子就骂他几句。她父亲老吴听到了，有时候还弹压几句。吴大妈听了，不敢管女儿，只是歉意地冲六指笑笑。

吴芊芊的母亲是农村人、农村户。

正因为她是农村人，丈夫老吴对她不太好。老吴心里对她不太好，但几十年的夫妻了，面子上还顾着。吴芊芊却不一样，她觉得，自己是农村户口，住在郊区，全都是因为母亲是农村人、农村户。所以，吴芊芊看不起母亲，还有点怨恨母亲，不仅不听她的话，对她说话也是尖酸刻薄、夹枪带棒的。女儿说她，她也是歉意地笑笑，不说话。

她在家里说不起话，也很少说话，就像个哑巴一样。

她和六指的哑巴母亲有些像，连长相都有些像，小个子，圆脸，大眼睛。尤其是眼睛，明亮、干净、湿漉漉、怯生生的。所以，六指对她有些亲近感，甚至还有些疼惜。她除了操持家务，还种着两亩多地。一半种菜、一半种粮食。菜园里有白菜、萝卜、黄瓜、西红柿啥的，家里吃的菜几乎不用买。还种点麦子、玉米啥的，口粮也能补贴一大块。老吴是城市户口，有商品粮。女儿的户口随母亲，吴芊芊也是农村户，没有商品粮。种上点粮食，口粮也基本够了。

地里的活儿都是她一个人干。老吴平日上班，顾不上帮她。星期天休息，也不帮忙。端着一缸子茶，滋溜滋溜地喝茶看电视。老吴爱喝茶，也爱干净，地里的活儿脏，他不愿意干。吴芊芊也是，平时上学，星期天在家，做一会儿作业，就出去玩了，也不帮母亲干活。六指看不过，有时候闲了，还帮她干一会儿。六指是农村出来的，虽说多年来一直放羊，没干过多少农活，但干起来，还是很顺手。

六指觉得，租用她家的院子，租住她家的房子，还在她家搭伙吃饭，帮点忙也是应该的。吴大妈却很感激，对六指也更好了。有时还帮六指整整旧书纸箱子啥的，给他盛饭也尽量多一些。

六指在她家搭伙吃饭。她做好饭，给六指送过去，六指感觉不像是东家给房客送饭，倒像是母亲给孩子送饭。她每次送饭来，都带着笑，六指也赶紧站起来，笑着接过饭盒。两个人都话少，不说啥，只是互相一笑。六指接过饭盒，赶紧吃饭，她有时候赶紧回去伺候老吴和吴芊芊吃饭，有时候站在那里，看着六指吃。六指给看得有点不好意思，又觉得心里暖暖的。

母亲对六指好，吴芊芊更不高兴了，找茬儿骂六指。比如说刮风了，院子里的废纸就飞起来，有的在地上打着旋儿，有的在空中飘悠着，有时候还飘进吴芊芊屋里去。吴芊芊就骂起来了，先骂母亲，这哪像个家？简直就是个垃圾场！接着骂六指，你自觉点好不好！不能把破纸压住吗！要是下雨了，更麻烦。烂铁废纸见了雨水，就流出黑乎乎的脏水来，还有一股怪臭味。吴芊芊回来，提着裙子，踮着脚尖，生怕脏了衣服鞋子。边走边嚷嚷，脏死了！臭死了！要脸不要脸！

六指不敢接茬，也没法解释，只能任由着吴芊芊嚷嚷。时间长了，六指就有些怕吴芊芊，也更不喜欢她了。

有一个人，却喜欢她，经常来找吴芊芊。他是吴芊芊的同学，名叫周逸飞。小伙子长得很帅气，穿得也帅气，完全像个城里小伙子。实际上，周逸飞也住在郊区，和吴芊芊家离得不远。不同的是，周逸飞是城市户口。他父亲有工作，母亲虽然没工作，但却是城市户口。他母亲本来也是农村户，但他父亲能耐大，给转了城市户。孩子户口随母亲，他自然就是城市户。他还有个姐姐，也是城市户。一家人都是城市户，自然就没有土地。这样，他们家更像是城里人，只是住在郊区。那年月，城市户和农村户有很大的不同，能吃到商品粮，吃上供应的肉，能领上这样那样的补贴。这些还是小事，关键的是，孩子考不上学，也能安排工作。虽说不是很像样的工作，但毕竟有个保障的。这样一来，有些孩子就不好好学，混到高中毕业，等着安排工作。整天把自己收拾得很干净，留着长头发，穿着喇叭裤，打架闹事找女朋友，像个公子哥儿。周逸飞就是这样。只是周逸飞不打架闹事，他胆子小，人也文雅，说话做事都很得体。

他来找吴芊芊，看到满院子的废品，最多皱一下眉头，掩一下鼻子。看到六指，也是客气地点一下头，没有嫌弃他的意思。每次见到吴芊芊父母,都脸上带着笑,自然地叫叔叔、阿姨。吴芊芊的父亲老吴,还端着点架子,说一声,来了。吴芊芊的母亲却笑眯眯地看着他,给他端水,让他吃饭,似乎当成未来的女婿了。

见了吴芊芊,他却有点脸红,动作忸怩,说话也不流利了。看样子,他是真的喜欢吴芊芊。吴芊芊对他却不阴不阳,忽冷忽热的。高兴了,咯儿咯儿笑着,两个人骑上自行车出去玩了。不高兴的话,就冷言冷语的,我还要学习呢,你跑来干啥?你有个好娘老子,有个工作等着。我呢,还要苦死苦活地学,考大学呢!考不上大学,哪来的工作?我总不能回来种地吧!我回来种地,你还能来找我吗?周逸飞听着,也不反驳,只是尴尬地笑着。脾气发过了,吴芊芊忽然又像换了个人,说,你看看,我前天烫的这个发型咋样?周逸飞说,好呢。吴芊芊说,好啥好,我感觉显脸大了。周逸飞说,没有,挺好的。那时候刚兴烫发,吴芊芊就烫了头发,一头的波浪卷儿。吴芊芊爱美,周逸飞觉得吴芊芊咋样都美。正因为这样,吴芊芊总是拿捏着周逸飞。周逸飞也似乎愿意被吴芊芊拿捏着。

吴芊芊爱指使周逸飞,我自行车脏了,你给擦一擦。周逸飞就拿上抹布,仔细地给吴芊芊擦自行车,一直擦得锃光瓦亮。吴芊芊说,我想吃冰棍。周逸飞就出去,买两根冰棍回来。一根给吴芊芊,另一根让吴芊芊的父母。吴芊芊父母推着不吃,他才吃了。吴芊芊说,今天作业太多了,你帮我抄点。周逸飞就模仿着吴芊芊的笔迹给她抄作业。抄完了，吴芊芊检查，看到有抄错的地方，还抱怨他，你能不能用点心，这都能抄错了。这个问题都不会，你还能干点啥！吴芊芊成绩不大好，周逸飞的成绩更差。

到考大学的时候，两个人都没考上。

周逸飞的父亲跑门路，给他安排了工作，在一家皮革厂上班。老吴找不上门路，没法给吴芊芊安排工作，吴芊芊就在家里待业。

待在家里没事干，吴芊芊心里烦，就想着法儿地作。作六指，也作父母。她母亲没办法，小心翼翼地伺候着，生怕惹着了她。她父亲老吴看到女儿待在家里，就有些自惭，有些发愁，唉声叹气的。

老吴觉得自己这辈子有些不得志。他上过初中，在那时候也算是知识分子，工作却分到了玩具厂，也没能当上厂长啥的，最高当了个班组长。他人也长得不错，细高个儿，白净脸，也算一表人才，吴芊芊长得像他。但结婚的时候，阴差阳错的，却娶了个小个子女人，还是农村的，这叫他一辈子没能离开农村。

老吴穿着打扮总像个干部，端着个茶缸子，滋溜滋溜喝茶的样子，也像个干部。但他实际上却是个工人，在集体厂子上班，生产的还是玩具。要说是生产电视机、自行车、缝纫机啥的，听着好，也还能弄点便宜电视机、自行车、缝纫机，赚点钱，或者做点人情。那时候，自行车、缝纫机紧俏，不是谁想买就能买上的。偏偏生产的是玩具,毛绒玩具,小熊、小羊、大熊猫啥的。没人求着买这些东西,领不上人情,最多有时候能顺带拿回来几个玩具,给家里的孩子玩。吴芊芊小时候还稀罕,长大了,也不稀罕了。老吴拿回来,也是扔在那里。尤其是那一阶段,厂子里生产的玩具卖不出去,发不出工资来,就拿玩具顶工资。老吴一下子拿回来一袋子玩具。拿回来也卖不出去,只能乱扔了,混在六指的废品堆里。六指捡到了,擦干净,放到自己屋里。有一只毛绒的羊,六指最喜欢,摆在床头上。

> 我小时候没有玩具,喜欢那些玩具。我放了多年的羊,也喜欢羊。

六指还觉得,要是在玩具厂上班,做这些毛绒玩具,也是挺有意思的。吴芊芊却不喜欢。老吴本来想着,给厂长说说,安排吴芊芊到玩具厂上班,虽说玩具厂不景气,发工资都困难,但那也是个工作,总比待在家里好。可吴芊芊说啥也不去。吴芊芊想的是坐办公室,不想到一线当工人。

周逸飞就在一线当工人。在皮革厂,熟皮子、裁皮子,身上总带着些羊皮、牛皮的骚臭味。周逸飞每次来找吴芊芊,都要洗澡换衣服,可身上还是有一股味儿。吴芊芊鼻子尖,就闻到了,皱着鼻翼说,你身上一股啥味儿?臭死了!周逸飞闻了闻袖口,又闻了闻身上说,没啥味儿呀。吴芊芊说,你这是入鲍鱼之肆，久而不闻其臭了。再过些天，你就跟那个收破烂的一样了。吴芊芊说着，用尖下巴努努六指这边。六指听到了，就当没听见；看到了，就当没看见。周逸飞却有些自惭，来找吴芊芊的次数就少了。

周逸飞不来，吴芊芊心里又不高兴了。拿六指出气，想着法儿整六指，还想把六指赶出去。母亲给六指送饭，她看不下去，嚷嚷说，给他送的干啥的饭？还盛得满当当的，他是你啥人？你儿子？你没有儿子，就我一个女儿！她又给父亲老吴说，都是你！招个收破烂的在家里，干啥啥不顺，倒霉死了！

老吴也觉得不顺，想把六指撵出去。但想想，工资发不出来，要不是六指出的租金，日子都没法过，只能作罢。

倒霉的事好像接踵而至。时间不长，玩具厂彻底倒闭了。那一段时间，私人企业兴起，也有办玩具厂的，生产塑料玩具、电动玩具啥的，都是新鲜玩意儿，孩子们喜欢，很快就把毛绒玩具厂挤垮了。好多国营、集体厂子都倒闭，工人没法安置，只能回家。厂房设备啥就当废品卖掉了。

老吴就介绍六指到玩具厂收废品。玩具厂没有多少机器，都是些落后的缝纫机啥的，好的已经被人挑走了，剩下些不值钱。几间厂房，也不值多少钱。管场子的人说，就这些东西，三千块钱，要的话，都是你的。工人都走了，没人给你拆卸。自己卸，自己拉去，赚多赚少，都是你的。

看场子的人还说，谁要是出两万块钱，这厂子都是他的。

六指心里一动，他手头攒下三四万块钱。更主要的是，他喜欢那些玩具，尤其是喜欢毛茸茸的玩具羊。

我就把厂子承包下来了。

19. 假人

六指脑子一热，把玩具厂承包下来，可他对办工厂、做玩具一窍不通。就请老吴出面，把原来的工人召集起来，恢复生产。工人们刚刚丢了饭碗，正在发愁，听说恢复生产，都高兴地回来了，还把顺回去的机器零件啥的，都带回来了。老吴也高兴了，不仅恢复了工作，还成了实际上的厂长。六指还在经营他的废品收购站，把厂子交给他全权管理。

这样一来，六指和老吴家的关系就越复杂了。六指租住在老吴家，租用他家的院子，老吴就是他的东家。六指聘老吴当厂长，六指又成了老吴的东家。这样的关系，老吴还能处理，想着再不收六指的房租，也就是了。老吴老婆还是原样，每天做好饭，给六指盛好了，送过去。吴芊芊就不好处理了。父亲在人家厂子里干活，再也不能拿六指撒气，更不能变着法儿地整他了。这让吴芊芊很不好受。更不好受的是，一个收破烂的，竟然攒了那么多钱，买下了一个厂子。

吴芊芊觉得，六指有那么多钱，一定是来路不正。有可能是六指假装收破烂，背地里入门盗窃，偷人家的东西，偷人家的钱。还有可能是哪个贪官，把钱或者存折放到旧书报里面，六指收废品收来了，就据为己有了。不管是哪种，总之六指的钱是不干净的。以前，她只觉得六指的人是脏的，这会儿觉得，六指的心也是脏的。

这样一想，吴芊芊心里好受些了，对六指也更加鄙视了。只不过，换了一种方式，以前是表面上的，现在入脑入心了。心里尽管鄙视，但见到六指，她不再当面辱骂了。吴芊芊觉得，这不是给六指面子，而是给父亲面子。

父亲老吴当上了厂长，工作热情一下子高涨了，不再端上个茶缸子滋溜滋溜地喝茶，几乎整天泡在厂子里。厂子变成私营企业，一下子活了。新开发了塑料玩具，销路很好，原来的毛绒玩具也打开了销路。几个月时间，就扭亏为盈，不仅工资能发出来，奖金也大幅度提高。这样一来，工人们就把厂子当成自己的，出工出力；老吴也把厂子当成自己的，尽心尽力地管理。一辈子不得志，没想到五十岁的人了，忽然成了厂长，他完全没有想到。有个工厂，上百号人在手里，他感觉志得意满，感觉人生的价值实现了。他一心想着要把厂子办好、办大，也没有想过厂子是谁的。六指把厂子交给他管理，厂子里的事，他就说了算，除非遇到大事，才跟六指商量一下，十天半月的，给六指说一下厂子里的情况。六指还在经营废品收购，很少到厂子里去，也不懂厂子里的情况，听老吴说，厂子里的情况越来越好,他就放心地交给老吴去管。

慢慢地,工人们以为厂子就是老吴的,有些见了老吴不叫厂长,也学社会上的叫法,叫他老板。时间长了,老吴自己也觉得,自己是老板,厂子是自己的。但静下心来一想,厂子不是自己的,是那个收破烂的六指的。他突然对六指有了一种深深的厌恶。

实际上,他对六指本来就是厌恶的。六指来租房子、租院子的时候,看着六指脏兮兮的样子,他就厌恶。看到六指手上多余的指头,他也厌恶。但考虑到自己的收入不高,厂子里越来越不景气,工资都发不出来了,他才把院子、房子租给六指。郊区的房子,很难租出去,更别说院子了。能租那么高的价,也是少有的。六指在院子里堆满了废品,乱糟糟、臭烘烘的,他也厌恶。但他忍着,不像女儿吴芊芊那样嚷嚷出来。女儿吴芊芊不养活家,不考虑收入,他得考虑。

那时候的厌恶只是厌恶,好像路上被乞丐缠着,躲开了,也就是了;就像院子里发现个癞蛤蟆,扔出去也就行了。想着等家里情况稍好一些,赶他出去,也就罢了。这回的感觉不一样,不只是厌恶,还有些憎恨,甚至有些仇视。一个乡里来的,收破烂的,凭啥能在城里拥有一个厂子?凭啥一百多号人给他挣钱?凭啥自己尽心尽力地管理,厂子办好了,到头来还是他的?

这样的想法越来越多,越来越强烈,叫老吴很难受。他想过把厂子里赚的钱悄悄划到自己的名下,可又一想,这肯定是犯法的。老吴胆小，犯法的事不敢做。他也想过不好好干了，让厂子倒了算了，可又想，厂子倒了，自己拿不上工资，当不成厂长，没法向一百多号人发号施令了。想来想去，厂子还得干好，好好发展着，等有机会，把六指蹬出去就是了。自己没办法蹬他出去，公家总会有办法的。厂子本来就是公家的，说不定哪天政策变了，就会收回去。他相信，政策还是会变的。

老吴对当时的政策有些不理解，好多企业都贱卖给私人了，不好的企业卖了，好的企业也卖了。卖给私人，企业立马就好了，赚钱了。赚的钱全归私人老板。连商店都卖给私人了，大商场、小商店，全都是私人的。老吴带着销售人员跑商店，推销厂子里的产品，感觉到处是商场，整个城市简直就是一座商场。商场里到处是人，城里人、乡里人，真人，还有假人——塑料模特。塑料模特做得跟真人一样，穿着衣服，站在那里，愣一看，以为是真人。老吴忽然又发现了一个商机，做假人，做塑料模特。他调查了一下，塑料模特需求量很大。厂子里本来就做塑料玩具、塑料娃娃，工艺上没有问题，进几台大点的机器就行了。他没有跟六指商量，就赶紧进机器、上项目，不长时间，产品就出来了。六指知道了，很不高兴。六指承包厂子，就是想做玩具，他喜欢玩具。看到做出那些光溜溜的男人、女人来，六指看着不舒服。他要老吴停止造假人，还是做玩具。老吴不答应，两个人第一次发生了冲突。

六指说，玩具不是做得好好的吗，做假人干啥？

老吴说，玩具利润小，做模特赚钱。

六指说，不能光想着赚钱。

老吴说，不赚钱，办厂子干啥！

六指说，做玩具不是也赚钱吗？

老吴说，现在电动玩具出来了，我们的玩具不好卖了，只能上别的项目。我是为厂子发展着想，为一百多号职工着想。

六指说，厂子是我的。六指第一次说出这样的话，把自己吓了一跳，也把老吴吓了一跳。

老吴也被激怒了，说，厂子是集体的，我们干了半辈子，怎么成了你的？你是出了几万块钱，承包了，我们可以把你的钱退给你。

老吴这样一说，反倒把六指吓住了。自己是个农村人，对城里的啥门道都不知道。厂子承包给他，出了钱，签了字，有合同，但是不是他的，他不知道。人家要是退给他钱，也没办法。再说了，自己只身一人，没依没靠的。老吴他们有一百多号人，弄他还不跟弄个蚂蚁一样。六指知道人多势众的道理。父亲黑鹰在村里一辈子抬不起头，说不起话，到最后连命都丢了，就是因为村长他们人多势众。他不想和父亲黑鹰一样，所以才跑出村子，没想到，在城里，还是一样。

我真有些害怕。

六指没有再挡着,任由老吴他们造假人。

老吴看到六指退缩了,心里自然高兴。这也助长了他心里的那个想法,把六指蹬出去。他到处打听,把六指的钱退给他,把厂子要回来,行不行。得到的回答是,不行,签了承包合同,就有法律保护。除非六指自愿解除合同,或者转手承包给别人。这就把老吴想蹬出六指的路给封住了,但没有封死,还有一条缝隙。想办法让六指自愿解除合同就行了,让他自愿,有很多办法,慢慢来。

老吴和六指的冲突暂缓下来,厂子生意却越来越红火,塑料模特销量非常好。城市到处在建商场,销售前景也非常好。城市不光在建商场,还在建工厂、写字楼、住宅楼,城市膨胀起来,原来的市区无法容纳,就向周边扩张,郊区很快就被征用开发了。

老吴家的院子也在拆迁范围内。刚开始听到消息,老吴和女儿吴芊芊都很高兴。老吴娶了个农村女人,住在郊区,一辈子半工半农的,心里不甘。这回开发了,自然就成了城里人。女儿吴芊芊更希望成为城里人,也盼着快点拆迁。

那时候,国家还没有明确的征地拆迁标准,各地都是土办法,补偿很低。一亩地一两千,一个院子两三万,更没有安置措施。两三万块钱,根本没法买一套楼房。听到拆迁补偿标准,老吴才傻眼了。这些年,虽说是在郊区,但有个院子,有个家,这一拆迁,家就没了,一家人到哪里去?周围的其他人家也一样,都面临着无家可归的局面。老吴就联合这些人家,共同抗拒拆迁。老吴是厂长,大家就推老吴当头儿,出面交涉,提高拆迁补偿标准,不行的话,就扛着不拆。

六指也支持老吴他们扛着。城市开发,对收废品来说,本来是一件好事。拆旧房,换新楼,很多人家就把破铜烂铁旧书旧报啥的,当废品卖了。旧房子、旧楼房拆下来的钢筋铁窗,也都当废品卖了。废品多了,六指的生意自然就好。但老吴家的院子拆了,他的废品收购站也得搬家。找一个新地方,麻烦,尤其是换了地方,路生了,送废品的找不到,就影响生意。可城市是个庞然大物,扩张的步伐根本停不下来,一路吞噬碰到的一切,老吴他们根本扛不住。

拆迁的事一天比一天紧了,一些人天天过来,挨家挨户催着搬迁。住户们有些扛不住,签了拆迁合同;有些人家没有明着签字,悄悄地往亲戚家搬东西;还有些跟着老吴硬抗着。老婆胆小,劝老吴签了算了,家里凑凑,再贷点款,买套楼房,老吴却坚决不签。老吴是推选出的头儿,当然不能带头签,在限期到来之前,必须硬扛着。

限期一到,拆迁队就到了。

老吴在厂子里,女儿吴芊芊打电话过去说,他们要拆房,开过去好些铲车。老吴一听,就赶紧打车往家里跑。刚进村子,远远地就听见车声和吵嚷声,稍近些,就看到那片房子周围有很多车,很多人。

那些大车都对着房子，有些房子已经推倒了，还有些房子前面挡着人，挖掘机、铲车不敢往前开。老吴先找到了自己家，自家的院门紧锁着，老婆、女儿，还有六指守在门前。看到老吴回来，老婆和女儿吴芊芊也松了口气，赶紧过来给他说情况。连六指也凑过来了。这会儿，老吴和六指第一次有了同仇敌忾的感觉。拆迁队的人就在跟前，他们谁都不想拆迁。

邻居蔡叔和冯阿姨家的房子前面，就有一辆高昂着头的大铲车。蔡叔、冯阿姨，还有几个老年人，站在大铲车下面，挡着不让铲车推房子。蔡叔身上沾了些土，看样子是摔倒了，白头发也显得很凌乱。他气呼呼地说着啥，听不清。冯阿姨和几个老人站在旁边，都青着脸。铲车突突地响着，铲头举着，随时要往前冲的样子。几个老人似乎一点儿都不怕，一点儿都不躲。

老吴看到像受到了鼓舞，看样子，只要以命相搏，他们也不敢强拆。这个一辈子谨小慎微的人，忽然有了一股豪气。他和周围的人商量好，要坚持抗下去。回到家里，老婆又劝他，再不挡了，让拆去吧。他还是不答应，说，拆我的房子，我死给他们看。

过了没几天，拆迁的又来了。铲车、推土机推过来，六指没敢动，老吴跑过去拦挡。驾驶推土机的司机没看见，连人带房子一起推倒了。老吴被埋在废墟里。老吴老婆吓喑哑了，六指和吴芊芊大声地喊，推土机才停下了。几个人从废墟里刨出老吴来。

老吴没有死，只是腰被砸断了。

房子被拆了，老吴的腰又断了，一家人无处可去。六指就出面租了一处房子，让一家人先住下来，再想办法给老吴看病。六指没办法，只能管起来。他租住老吴家的房子，老吴又是他厂子里的厂长，他不管谁管。

我不管，他们一家三口，咋活呢？

还有厂子，老吴不能管了，六指只能自己去管。他没有再开废品收购站，就到厂子里去。六指很少到厂子里去，厂子里的工人看到他，眼光里混合着陌生、胆怯，还有些敌视，这让他很不自在。厂子里到处摆放着假人，光溜溜的男人和女人，简直和真人一模一样，那些假人看着他，也叫他浑身都不自在。

我害怕真人，也害怕假人。

20. 老吴

六指怕得不是没有道理。

老吴的事，他本来想着帮他一把，没想到，却被缠上了，缠了一辈子。

安顿老吴一家住好后，六指和吴大妈、吴芊芊把老吴送到医院去看。医生一检查，说是脊柱断了，脊髓损伤了。吴大妈着急地问，能治好吗？医生说，怎么说呢，脊柱做手术接上了，骨头愈合就好了，脊髓是无法恢复的。吴芊芊说，你别玩医学术语了，说明白点！医生瞪了一眼吴芊芊，生硬地说，我可以明确地告诉你，没法治愈，病人肯定要瘫痪！

六指怯怯地问，到大医院，能看好吗？医生说，脊髓恢复，这是世界性难题，就算到北京、上海的大医院去看，也是没有实质效果的。

吴大妈带了哭腔说，真的就没救了吗？这可叫人咋办呀！吴大妈一辈子在家里不能做主，遇到这样的事，她也确实没有主意了。

医生看着吴大妈那样，也有点同情她了，心平气和地说，病人双下肢瘫痪，不光是不能行走，大小便也无法控制。你们家属要做好长期护理的准备，还有就是，长期卧床要预防褥疮，要经常给病人翻翻身。好在你儿女都大了。

六指听到了，小声说，我不是。大夫说，女婿也一样。吴芊芊尖声说，他不是。

不是儿子，不是女婿的，我还是帮着给老吴看病。

六指想着，老吴的腰，没有医生说得那么严重。他小时候放羊，一只羊掉到沟里，腰摔断了，拉着腰，走不动了。他背回去，没有喂药，就喂点草，过了些天，自己就好了，又上山下沟地找草吃，啥事没有。村里有个叫虎娃的，炸石头烧石灰，腰给石头砸断了。没钱看病，就在家里躺着。躺了半年多，也能站起来走路了，只是一条腿有点硬，使不上劲，走路一晃一颠的。老吴在城里，条件好，能进医院，吃药打针的，说不定，用不上半年就好了。

老吴也不知道自己的病有多严重。他最初觉得，就是腰压伤了，休息几天，也就好了。还想着，等休息好了，找拆迁队的算账呢。房子不能就那样给拆了，自己的腰不能白伤了。还有王法没有了！最主要的是，等休息好了，还要当他的厂长呢，那么大个厂子，百十号人在等着他呢。他哪里想到，休息了几天，一点儿不见好，下身使不上劲。到医院里看了，也一点儿不见好，腿脚还没了知觉。他问老伴，自己的腰怎么样，医生是怎么说的？吴大妈低下头，不敢给他说实话。他又问六指，六指说，缓上一阵子，就好了。吴芊芊嘴快，把医生的话原原本本说了。

老吴一下子绝望了。最初几天，他不吃不喝不说话。吴大妈急得淌眼泪，做好吃的，守在他床头，劝他吃点，他就是不吃。吴芊芊一看闯祸了，躲着不见。六指过去看，他也不理睬。六指话少，不会劝人，看一看，就回厂子了。

过了几天，他又大声叫骂起来。骂拆迁队的没王法，骂医院大夫不好好看病，骂吴大妈做的饭菜不好，骂吴芊芊去哪里疯跑了，骂六指不好好管他。他骂得越来越厉害，越来越难听，医院同病房的受不了，反映上去，医院就不要他了。六指、吴大妈几个只能把他拉回出租屋。

这一下，他骂得更厉害了。他说要回家，回自己的家。他大声喊叫，我的家呢？我要回我的家，这是啥地方，我不住这里。吴大妈只能哭着说，家没了，叫他们拆了。老吴大声喊，谁拆了？谁敢拆我的家！他接着开始骂拆迁队，骂当地政府，骂政策，骂时代，骂得最多的还是吴大妈，好像这一切都是因为吴大妈。要不是因为吴大妈，他就不会住在郊区，房子就不会给拆了，自己的腰也不会断了。吴大妈听着，不敢反驳，也不敢劝他。

他也骂六指，要不是你们这些农民、乡巴佬，一个个跑到城里来，城市就不会扩大，我们家就不会拆迁。你们不在农村待着，跑到城里来干啥？城市是我们的，不是你们的。你们来，抢我们的厂子，占我们的商场，住我们的房子，让我们无家可归。你们滚吧，滚回农村去，你们这些乡巴佬、野蛮人，滚回深山老林里去！

六指听不下去了，要走。他又开始骂，你想跑？把我害成这样了，你不管了？你不管谁管？吴大妈听不下去了，说，人家孩子帮我们租房子，帮着给你看病，还经常来看你，你不能这样说人家。老吴更生气了，我说他怎么了？他就是个祸害！自从他来到我们家，我们家就没有好事！我们的厂子倒了，芊芊没考上大学,现在,房子又给人拆了,有一件好事吗!吴大妈说,这又不是他的事。老吴说,不是他的事,是谁的事?是我呀!是我不想让芊芊上大学?是我要让厂子倒了?是我要把房子拆了?他是你什么人,你倒向着他说话!吴大妈说,你说说,他是你啥人?

老吴一时没话说了。

尽管这样,老吴以后还是把怨气往六指身上撒。他不光想着,是六指给他们家带来了霉运。他还想着,是自己让六指有了落脚点,还让他发了财。要不是租房子给他,六指就办不了废品收购站。要不是他让六指去收废品,六指就不能承包玩具厂。要不是自己当厂长,玩具厂就恢复不起来。要不是他转产塑料模特,厂子就没有这样好的效益。自己拼着命地阻挡拆迁,不光是要保护自己的家,也是在保护六指的废品收购站。要不然,六指为什么要管自己,管他们家?是他的良心过不去!这样一想,他觉得六指出钱出力,都是应该的。在潜意识里,他还想着,必须抓住六指,不抓住六指,还能抓谁呢?

要抓住六指,就得抓住他的厂子。他给六指说,自己有病了,一时半会儿起不来,厂子里的事,还得有人管,叫吴芊芊先顶替他,去厂子里当厂长。六指有点为难,说,去厂子里行,当厂长,怕是不行。厂子里那么多的人。老吴说,当厂长怎么了,她是高中生,有文化,肯定能干好。厂子里的人,都是我拉起来的,我女儿当厂长,他们肯定同意。

争执不下,等吴芊芊回来,老吴问,吴芊芊却不愿意到玩具厂去,不管是当厂长,还是干其他的,她都不想去。吴芊芊不想去,主要是因为六指。她不想到六指的厂子里去。尽管六指这一段时间帮着他们家租房子,给老吴看病,但吴芊芊对六指的态度还是没有一点儿改变。她讨厌六指。

老吴本来就对女儿娇惯些,拿这个女儿没办法,这会儿瘫痪在床,更拿她没办法了。他只能好言劝说,你要是不去的话,厂子就成六指的了。吴芊芊说,厂子本来就是人家的。吴芊芊倒是说了句实话。

吴大妈也劝吴芊芊去玩具厂。吴芊芊没考上大学,在家里待了两年了。好的工作找不上,差的工作她不愿意干。她一心想着做生意,可做大生意,没有本钱,摆地摊租柜台,她又不愿意干,只能出出进进地闲逛着。过去,有个家,老吴有工作,吴大妈还种着二亩地,过日子不愁,也不指望吴芊芊挣钱。但现在,家没了,地没了,老吴又瘫痪了,只能指望吴芊芊了。可吴大妈一说,吴芊芊很坚决地说,我才不去他那个破烂厂子呢!六指收过破烂,在吴芊芊眼里,好像他的一切都是破烂。

吴大妈对六指却一直有好感。最初可能是同情,一个农村孩子,没有父母(她问过,六指说父母都去世了),一个人跑到城里,没地儿吃,没地儿住的,咋说,都叫人同情。跑到城里来,没有依靠,就靠收破烂为生。他收破烂,整天穿着旧衣服,旧衣服也脏着。吴大妈有时候看不过,背着老吴和女儿吴芊芊,悄悄地给他洗一洗,缝一缝。吴大妈这样,又好像是出于一个做母亲的本性。六指倒感激得不行，帮着她干活，见了她就像亲人一样。他赚了钱，买了厂子，也没见有啥张狂的，见了老吴和吴芊芊还是那样，啥事上都忍让着。吴大妈就觉得，这孩子心眼好。他干的活儿脏，可心不脏。老吴腰伤了，他一个租房子的，本来没啥关系，又没欠着房租啥的，拍拍屁股走了，谁也没啥可说的。就说老吴是他厂子里的人，当厂长给厂子里做过些事，他给上几个钱，也就是了。可他帮着租房子，帮着看病，又出钱，又出力的，看着就跟儿子一样。

吴大妈曾经生过一个儿子，比吴芊芊大些，生下来就有病，只活了半岁就死了。要是活着，也是二十出头了，跟六指差不多大。吴大妈有时候觉得，要是六指是自己的儿子，该多好。这样的想法，当然不敢跟老吴说。老吴一直都盼着有个儿子，可吴大妈生吴芊芊时难产，破腹伤了子宫，再也不能生了。老吴嫌弃她，与她不能生儿子也有关系。只有吴芊芊一个孩子，两个人就娇惯着，惯得不像样子了，书不好好念，工作找不上，对象也找不上。吴大妈有时候也觉得，有六指这样个女婿，也挺好的。这样的想法，当然也不敢跟老吴说，更不敢跟吴芊芊说。老吴打根儿就讨厌农村人，不可能同意。吴芊芊讨厌六指，嫌他脏，更不可能答应。可是现在，一家人落到这一步了，老吴也许会同意。老吴要是同意，吴芊芊那儿，再慢慢说。

她找机会，弯着圈儿给老吴说了。老吴一听，像是被刺扎了一下，身子蹦起来，连瘫痪的腿都差点跳起来。他指着吴大妈破口大骂,你什么意思?让他给我当女婿!他是个什么东西!一个乡棒!一个残废六指指!一个收破烂的,我的女儿嫁给他!我老吴就是死了,也不可能把女儿嫁给他!你怎么说出这样的话?你脑子叫驴踢了?你给我滚,滚出去!

吴大妈走开了,老吴还气呼呼的。等平静下来一想,倒觉得这是个好办法。女儿嫁给六指,他就得给自己看病,管这个家。关键是,女儿嫁给六指,厂子自然就是他们家的了。老吴的身子不能动了,头脑却动得比以前更快了。他没有跟吴大妈商量,也没有跟吴芊芊商量。六指来的时候,他先试探六指。

六指没想到,老吴会说出那样的话来。吓得连声说,不行,我,不行。

我从来没敢想过,要娶吴芊芊当老婆。

六指知道,吴芊芊也不可能嫁给他。吴芊芊嫌弃他,讨厌他。

吴芊芊眼头高,一般人根本就看不上眼。连周逸飞,她都有些看不上。吴芊芊是有点喜欢周逸飞,却并没想着嫁给他。周逸飞人长得好,对吴芊芊也好,可吴芊芊总感觉有点不满足,太百依百顺的男人,吴芊芊心里有点瞧不起。她还觉得,周逸飞性格有些懦弱,干啥都不求上进,不是个成大事的人。吴芊芊心里的男人,不光是一个真正的城里人,还是一个能成大事的人。这样的男人还没有在吴芊芊的生活中出现,但她想着,一定有个这样的人在等着她。所以，她并没想着嫁给周逸飞。周逸飞喜欢自己，那是他的事。

周逸飞那时候还来找吴芊芊。尽管吴芊芊嫌他身上有股皮革的骚臭味，但他还是来，反复地冲澡，喷上香水，再来找吴芊芊。吴芊芊鼻子尖，越过香水味，还是能闻出他身上的皮革味儿来，并且毫不客气地就说出来，你也不好好洗洗，一身的味儿，好像是从臭咸菜缸里钻出来的！周逸飞就有些尴尬，有些气馁，来得少了。

尤其是拆迁以后，离得远了，就来得更少了。周逸飞家也拆迁了，他父亲没有拦挡，补偿的钱，还有积攒下的钱，在城里买了一套楼房，一家人都搬过去了，离吴芊芊家租的房子很远。周逸飞的父母听说老吴瘫痪了，吴芊芊没有工作，一家人租房子住，也不让周逸飞再去找吴芊芊，托人给他介绍新对象。一来二去的，还就介绍成了。新对象家庭条件好，工作也好，在国家机关上班，铁饭碗。周逸飞的父母非常满意。周逸飞心里不太情愿，但拗不过父母，也是对吴芊芊没有指望了，就定下了。时间不长，结婚了。

吴芊芊不想嫁给周逸飞，但听说周逸飞结婚了，还是很失望，很生气。她没有去参加周逸飞的婚礼，在家里摔碟子砸碗的。吴大妈看到她情绪不好，解劝她说，周逸飞那孩子，看着人长得好，性格也好，就是人太绵软了，靠不住。吴芊芊一下子发火了，你给我说这话干什么？他长得好不好，性格好不好，与我有关系吗？你以为我想嫁他？他算什么东西？绣花枕头一个，浑身臭烘烘的，跟捡破烂的一样，我嫁他！我嫁他，还不如嫁个捡破烂的！

吴芊芊冲着母亲发了一通火，摔门出去，钻到自己屋里去了。半天不出来，到吃晚饭的时候，还是不出来。吴大妈担心女儿出事，敲门进去看。她把跟周逸飞照的相，剪成碎片，扔得满地满床都是；把周逸飞送她的毕业留念册也撕成一堆；还有周逸飞送她的小礼物，也砸到地上了。吴大妈知道女儿心里不好受，又解劝了几句。吴芊芊尖下巴扬起来，冲着母亲又发火了，你干啥？你有意思吗？给我说这话！我好好的。他结他的婚，与我何干！我弄这些，就是不想跟他有任何瓜葛了。他找了个什么玩意儿？又矬又胖，跟个丑八怪一样。就是工作好点，有啥了不起的！

吴芊芊又发了一通火，情绪还是不好，不吃不喝、又哭又笑的。不光吴大妈看出来了，连老吴都看着不对劲，担心起来，跟老婆商量。以前，他很少跟老婆商量，家里的事总是他说了算，就是躺在床上，也很少跟老婆商量。女儿的事，没办法了，他才跟老婆商量。商量来商量去，最好的办法，是给女儿找个对象。找谁呢？两个人同时想到了六指。

老吴给吴芊芊做工作，吴大妈给六指做工作。

老吴说了，吴芊芊先是一惊，她没想到老吴会说出那样的话来。老吴和吴芊芊一样，一直都很讨厌六指的。吴芊芊说，你不是说他是个捡破烂的吗?老吴说,人家现在是一个厂子的老板,比周逸飞强多了。老吴还准备了很多话,要给女儿说。没想到,吴芊芊马上就答应了,你说我嫁给捡破烂的,我就嫁给捡破烂的!我嫁个捡破烂的,叫他瞧瞧!吴芊芊赌气,答应了。

  吴大妈给六指说,六指也是一惊。老吴前面已经给他说过这样的话了,六指知道,老吴的话,要么是试探他,要么后面有个坑。他没想到,吴大妈也说出这样的话来。吴大妈说的话,肯定不是试探,后面也没有坑。吴大妈说了半天,最后说,你和芊芊结婚了,你就是我的儿子,我就是你妈。

  吴大妈最后一句话,打动了六指。六指从小就没有母亲,是哑巴母亲抓养了他。哑巴母亲被逼着改嫁后,他又没有母亲了。他心里一直希望有个母亲。租住老吴家的房子,吃吴大妈做的饭,他才发现吴大妈长得像哑巴母亲。吴大妈不光是长得像母亲,对他也很好,六指就把她当成母亲。老吴算计他,吴芊芊嫌弃他,他都没有走,主要是不想离开吴大妈。他们家拆迁了,六指给老吴一家人租房子,帮着老吴看病,还是想着帮帮吴大妈。他一回回地跑过来看老吴,实际上也是想看到吴大妈。从心里,他已经把吴大妈当成了母亲。

  吴大妈说,我和芊芊结婚了,我就是她儿子,她就是我妈。我就答应了。

六指和吴芊芊都答应了,老吴和吴大妈怕夜长梦多,很快就给他们办了婚礼。老吴有病,一家人又租房子住,本来想着简单地举行了仪式就行了。吴芊芊不行,让六指买了楼房,还举行了很盛大的婚礼。那时候,城里的房子还不贵,还能买得起。买房子结婚的钱,都是六指拿的,结婚后,把老吴和吴大妈也搬过去了。这样算来,是六指把吴芊芊娶进家的,但老吴不认这个,他反复强调,六指算是上门女婿。

21. 娃娃

老吴强调六指是上门女婿,有他自己的打算。这样的话,六指所有的家产就算是吴家的,生下的娃娃也要姓吴。老吴瘫痪在床,身体不能行动了,但他的脑子比以前转得更快了。

  我那时候没有想过家产的事,更没有想过娃娃的事。

六指根本没想过会和吴芊芊真的住在一起,会和吴芊芊生娃娃。吴芊芊那么讨厌他,不可能真心嫁给他。六指也是,并没有真心娶吴芊芊。吴芊芊的母亲那样说了,他也就答应了。结了婚,也算是有个家。六指也想有个家。至于娃娃,他从来都没有想过。自己是从哪里来的,自己的父母是谁,他都没有搞清楚,生下娃娃该姓啥？该叫啥？祖上先人是谁，给娃娃咋说？

还有一点，他怕生出来的娃娃跟他一样，手脚上也长着六根指头。

吴芊芊肯定也一样，没想过跟我真的过夫妻生活，真的给我生娃娃。

夫妻之间的事，往往有着很多隐秘的缘由，很难说得清楚。有些互相打得头破血流的，却生下一堆娃娃，而看着相敬如宾的，却多少年都不在一张床上睡觉。吴芊芊讨厌六指，六指也不喜欢吴芊芊，但他们却过到一起了，还有了孩子。吴芊芊怀孕了。

吴芊芊怀孕的事，她不可能娇羞地告诉六指。实际上，连她自己也不知道，是母亲看出来了。母亲当然高兴了，给六指说了。结婚后，六指就把吴芊芊的母亲叫妈。六指叫得顺口，母亲也应得自然，好像本来就应该那样叫，好像本来就是母子，只是这会儿才相认了。他对吴芊芊的父亲老吴却不叫爸，六指叫不出口，老吴也不让他叫，让叫姨夫。女婿把丈人叫姨夫，这是农村人的叫法，老吴应该反对才是。再说了，老吴坚持强调六指是上门女婿，上门女婿就应该把他叫爸的，他偏偏不让六指叫爸。老吴的心理，六指根本就摸不透。

老吴对吴芊芊怀孕的事，也不高兴。这一点上，老吴的心思很明显。从吴芊芊和六指结婚以后，他就叫吴芊芊到六指的厂子里去,管理厂子,管住六指,把厂子抓住。把厂子抓住,就抓住了一切。他在那个厂子里干了半辈子,后来的厂子也是他一手办起来的,不能白白给了六指。虽然六指是他的女婿,上门女婿,他还是不放心,他要牢牢地抓住厂子。他好的时候,他抓着,他腰坏了,只能由女儿吴芊芊抓着。吴芊芊好像并不理解他的苦心,简直是故意跟他作对,一直都不愿到厂子里去,她一怀孕,这样有了借口,更没法到厂子里去了。

　　吴芊芊对怀孕也不高兴,她不高兴的理由与老吴不同。她就是怕影响她的体形,影响她穿衣服。她非常注重体形,非常注意打扮。除此之外,很少喜欢啥,爱啥。可以说,她只爱自己,爱自己胜过一切。她不爱六指,也不爱周逸飞,甚至连自己的父母也不爱。对父亲老吴还好些,对母亲一直都有些嫌弃。对父亲老吴实际上也不咋好,老吴腰坏了,躺在床上,她从来都不照顾,好些天都不进屋去看一眼。怀孕生孩子,她完全没有思想准备,没有想好。所以,怀孕以后,她一直都不高兴。尤其是肚子一天天大了,穿衣、吃饭、走路、睡觉都受影响,身子臃肿,脸上也长了褐斑,整个人都丑的没有看相了,她就更不高兴了。整天摔碟子砸碗、骂骂咧咧的,骂六指,骂母亲,骂衣服提包,骂桌子凳子。她嘴头子麻利,总能找出骂的理由、骂的对象。母亲和六指看她怀着孕,忍让着,连父亲老吴也压住了坏脾气,不敢大声嚷嚷了。

　　一家人最担心的是,她把孩子给打掉,可她竟然没有。也许是她不懂、不知道,也许是想办法打了,没打掉,谁知道呢。反正孩子是生下来了。

对男人,不管是情愿还是不情愿,一般的母亲对孩子,还是疼爱的,即使那是个孽种。吴芊芊对孩子却不疼爱,这不能说她不是个好母亲,她似乎还没有做好当母亲的准备,根本就不会疼娃娃,也不会抓养娃娃。对这一点,六指倒能理解。六指放过羊,有些生第一胎的羊就是那样,生下羊羔来,不知所措。不会舔羊羔,也不给羊羔喂奶,自顾自地走开了,吃草去了,好像生下的羊羔与它没有一点儿关系。遇到这种情况,羊把式就要抓住这只母羊,抱着羊羔,让它舔羊羔身上的胞衣。它要是舔了羊羔身上的胞衣,吃下去,这就算是跟羊羔建立了联系,就会给羊羔喂奶。有些母羊,就是不舔胞衣,扭头不理,显得很讨厌,好像生下的是一个怪物,那就没办法了。羊把式只能抓住母羊,扶着羊羔,在它身下吃奶。吃奶也能建立起母子之间的联系,小羊羔吃奶,母羊会扭头舔羊羔的尾巴,闻羊羔的气味,气味就是它们之间的纽带。还有的母羊,死活不给羊羔喂奶。羊羔饿得咩咩叫,它理都不理,羊羔跑到它身下吃奶,它厌烦地走开了,甚至用头抵开。

吴芊芊就像那样的母羊,对孩子一点儿都不喜欢,甚至可以说非常讨厌。她没有给孩子换过一次尿布,也没有给孩子喂过一次奶。她表面上说,喂奶会影响体形,城里的女人都不给孩子喂奶,但实际上,她就是不喜欢。儿子的一只脚上长了六根指头,这也许是吴芊芊不喜欢的原因之一。

儿子手上没有长着六根指头,左手右手上都没有。我仔细地看了,没有。左脚上也没有,右脚上却有。我右脚上没有,儿子右脚上却有,好像是给我补齐了。

六指自己也不喜欢儿子。六指不喜欢儿子,是觉得儿子长得太像自己了。儿子一天天长大,越来越像六指,小个子,大眼睛、圆脸盘,模样活像六指。儿子话少,性格怯懦,也像一只绵羊。像自己,像绵羊,六指都不喜欢。看着他,就像看着自己,六指不舒服。六指心里想着,儿子应该长另一个模样,是另一个性格,有另一种命运。他不想儿子也跟他一样,可儿子却越长越像他,好像故意跟他作对。他就不喜欢,几乎没抱过。

吴芊芊不管,六指也不抱。抓养娃娃的事,几乎都是吴芊芊母亲在干,喂奶粉、换尿布、喂饭、洗衣,忙得不亦乐乎。吴芊芊母亲倒非常喜欢那个娃娃,给他起了小名叫洋洋。洋洋、洋洋地叫着,听着就像是羊羊。吴芊芊听不惯,六指也听不惯。吴芊芊母亲却叫得更加热乎。有了孙子,不管长啥样,她都喜欢,整天抱着,忙乎着。

家里的事,几乎都是她在忙乎。一边看孙子,一边还要照顾老吴。老吴躺在床上,身体不好,脾气更大了。一天,嫌老伴给他做的饭不可口,抡起饭碗就朝老伴头上砸过去。老伴头上被砸出个血口子，滚烫的饭把她的头脸也烫烂了。吴芊芊不管，六指要领着她去医院，她又气又羞，不去医院看，就那样扛着，结果伤口感染，再送到医院已经迟了，很快就去世了。

吴芊芊母亲去世的时候，儿子六岁，到上学的年龄了，要给起官名。本来应该姓吴的，吴芊芊却让随六指姓，起名刘伶。好像让他姓吴的话，就是她的耻辱，玷污了吴家的门风。姓刘姓吴的，六指实际上也不在乎。他在城里叫刘志，但他不姓刘，而姓黑，也许还姓别的啥。这些当然没法跟吴芊芊说清楚，他自己也说不清楚。儿子姓啥没关系，关键是像自己，一看就是他的娃娃。

模样儿像，性格也像。虽然儿子刘伶的手上没有长着六根指头，但也像是长着的。儿子刘伶的六指是隐藏的，他经常袖着手，似乎是怕手被人看见。冬天袖着手，大夏天也把手藏进袖口里。他多不跟人说话，在学校里，一个人玩，回到家里，还是一个人悄悄蹲在一个角落里，玩他的玩具。那些玩具都是六指厂子里生产的，有毛熊、洋娃娃，还有电动玩具，他拿回来给儿子玩。儿子尤其喜欢绵羊玩具。长大后，他就玩手机，迷上了手机游戏。把手机藏到怀里，能玩一整天。儿子这样，六指不喜欢，吴芊芊当然也不喜欢。

吴芊芊又生了一个孩子，这回是个女儿，顺着刘伶的名字，起名刘俐。刘俐像吴芊芊，吴芊芊还算喜欢她。最喜欢她的是周逸飞。

周逸飞那时候还没完全来到这个家里，只是经常过来，陪吴芊芊说话，帮着管管家里的事。家里雇了个保姆做家务，照顾老吴。吴芊芊跟保姆合不来，总是吵吵嚷嚷的。换了几个保姆，都不行。六指也没办法，他不会处理家务事。周逸飞却很会管理家务事，他似乎天生就会，做那些事，他一点儿都不厌烦。吴芊芊也好像忘了过去的事，或者是正因为过去的事，高兴让他来。六指在厂子里忙，家里就剩下吴芊芊。吴芊芊没有多少朋友，在家里待烦了，就跟六指吵吵。六指也高兴周逸飞过来，处理家事，陪吴芊芊说话。再后来，老吴死了，就直接让周逸飞过来帮着管家。

那一段时间，厂子里的生意很好。城市在不断扩大，商场也不断增加，到处都需要假人，厂子里生产出来的假人不愁销路，六指赚了不少钱。六指没想着扩大生产，也没想着开发新产品。赚到的钱，除了厂子里留用的，都给吴芊芊存着。吴芊芊张罗着，换了新房子，还买了车子。剩下的钱，吴芊芊投资买了股票。

吴芊芊本来对赚钱兴趣不大，但那一段时间换了大房子，开上车子，一副贵妇人的做派，经常出去和一些同样有钱有闲的女人在一起，就学到了很多控制男人的方法，控制钱的方法，还学会了投资股票。六指不会控制人，也不会控制钱，就任由着她控制，任由着她控制钱，任由着她买股票。

最初一段时间，股票行情好，吴芊芊赚了些钱。她高兴得不得了，说话做事都变了一副样子，对六指也更加盛气凌人了。但好景不长，股票很快就大跌了，投进去的钱像雪一样，化了。她不甘心，听人的建议，又追加补仓，投进去了不少钱。哪里想到，股市就是个无底洞，投进去的钱连个水花也没溅起来，就又不见了。六指厂子里赚了多年的钱，几乎赔了个精光。

而那一段时间，六指的厂子也不行了，情况一年比一年差。塑料假人样式没有改进，销售情况不好。六指还一直坚持做毛绒玩具，毛绒羊、毛绒熊之类的，智能玩具流行，毛绒玩具也卖不动了。尤其是网上销售开始盛行，实体商店越来越不景气了。商店从扩张到萎缩，从热闹到冷清，只用了短短十几年的时间。很多商场里，假人比真人还多了。商店生意不行，纷纷关门，影响到了六指的厂子。厂子里生产的模特，六指一直叫假人，卖不出去了。假人一堆堆地压在厂子里，流动资金也没有了，工资都发不出去，厂子眼看就要倒闭了。

女婿李翻身给他介绍了一个投资人，是他的老乡，名叫马龙，三十出头，是个非常精干的小伙子。他愿意投资厂子，占股百分之五十一，六指一家占股百分之四十九。厂子归他管理，六指一家就等着分钱。女儿、女婿极力撺掇，吴芊芊也同意，六指只好同意了。他本来就对管理厂子兴趣不大，这会儿有人投资，有人管理，只要能把厂子办好，能赚钱，给工人发工资，就行了。

想不到，那个叫马龙的，把厂子改造了，专门生产充气娃娃。

六指知道了，坚决反对，到厂子里去闹了几次。刚开始，马龙还让着他，客客气气地给他解释，说办企业就这样，市场需要啥，就得生产啥。市场不需要模特了，但需要充气娃娃，就得生产充气娃娃。六指想不到，市场上竟然需要充气娃娃，谁买那东西干啥。慢慢地，他才知道，那些充气娃娃就卖给像儿子刘伶一样大的年轻人。

六指有一回到儿子刘伶的屋里去，就发现了一个娃娃。他忽然感到非常恶心，非常难受。这一下，他更坚决反对厂子里生产娃娃了。他跑到厂子里去问，这一回，马龙没有给他好脸色，还派保安把他架出去。几个保安把他推搡出去，威胁他再去就不客气。六指不怕，偏偏去了。他再次去，门卫老张挡住他，不让他进门。老张打工受了伤，找不到工作，是六指收来当门卫的。门卫说，我也是没办法，拿人家的钱，就得听人家的话，一家人还指望我活呢。

六指又一次去，门卫干脆换了，新来的门卫是个小伙子，不认识六指，问他，你是谁？哪里来的？干啥？找谁？六指一句也说不上。门卫说，走走走，一边去！

我只能回去。一路上生小伙子的气，也想着小伙子的话，我是谁？我从哪里来？我要干啥？我不知道。

六指这些年在城里，开工厂办企业，搞捐助做慈善，算得上是个成功人士，是有些名气的农民企业家刘老板——在城里他叫刘志。但他总觉得没着没落的，有时候也想，自己连自己是谁都不知道，亲生父母是谁也不知道，连个真名字都没有，要是儿子问起来，他都不知道该咋说。他一直想着，找个时间回一趟村子，把这些事情搞清楚。

厂子归马龙管了，他闲下来了，本来就想着要回去的。但看到自己辛辛苦苦办的厂子，生产那样的东西，六指气怒了。天天跑到厂子里去闹，还到政府去告，告马龙占了自己的厂子，非法生产那些断子绝孙的东西。闹来闹去的，厂子里的人都说他精神有问题。他再去，几个保安就抓住他，推推搡搡地把他撵出来，还威胁说，再闹的话，就弄死你。那些人还监视他，他出去那些人跟着他，他回家，那些人也跟着他，时时处处有人在盯着他，他们的眼神恶毒而又胆怯，分明有一种想抓住他，弄死他的意思。

女儿、女婿也说他精神有问题，连儿子刘伶都认为他精神有问题。只有周逸飞没有把他当成精神病，对他还是那样，不冷不热的。

吴芊芊那一段时间炒股失败，有些沮丧，跟着人信教了，周逸飞也跟着信教了。他们经常到教堂里去唱诗、祷告，回到家里，也满嘴我的上帝，我的天。吴芊芊要六指也入教，六指不入。吴芊芊对他更看不起了，憋着薄嘴，嫌弃地说，上帝呀，你有病！有病就看病。上帝呀！怎么造出这样一个人来。

六指说，我不是上帝造的。

吴芊芊说，那你是从哪里来的？

一句话又把六指噎住了。

我是从哪里来的？我只知道我的老家在村子。

吴芊芊信教，并不是她心里真有个上帝。她心里连人都没有，哪里会有上帝呢？她信教最主要的原因是，跟她经常一起玩的几个富婆信教了。谁要是还没信教，就显得土，显得乡巴佬。吴芊芊最怕显出土相，像个乡巴佬了，所以就信教了。嘴里上帝呀，My God 叫着，心还是原来的心，对六指也还是那样冷冷的。看到他精神出了问题，不管不顾的，就想着把他送进精神病院去。

他们要送六指到精神病院去，六指死活不去，拼命地抗拒着。他也小心提防着，怕他们在半夜里，趁他睡着了，把他送到精神病院去。他白天也害怕着、提防着，晚上也害怕着、提防着，神经一直紧绷着。时间长了，六指感觉他们不光是要送他进精神病院去，还想着要除掉他。

我越想越害怕，就跑出来了，不由得跑到村子来了。

22. 周逸飞

周逸飞来到村里，六指一点都不奇怪。儿子刘伶走后，六指就知道，周逸飞有一天会找来。刘伶胆小怕事，肯定会把六指在村里的事，告诉吴芊芊。吴芊芊就会派人来。吴芊芊最信任的人就是周逸飞，当然是派周逸飞来。派周逸飞来，还有个好处，六指对周逸飞也信任，不会过分提防。

吴芊芊还是了解我的。

六指也确实对周逸飞没有过多提防，周逸飞来到村里，他躲都没躲。周逸飞在村头出现，他就看见了，老远处就认出那是周逸飞。他穿着一身黑西服，梳着分头，他的穿着打扮总是非常合身得体。他走路的动作也是不紧不慢，有点文雅，有点拘谨，还有点一切都无所谓的感觉。他好像天生就是做管家的料，总是能不动声色地完成主人家的差事。

他走进村子，并没有多少惊慌，也没有东张西望。好像他来过这个村子，非常熟悉，又好像他知道六指就在村头等他，心里有把握。六指确实就在村头站着，周逸飞老早就看到了，竟然认出来了。他还是那样不紧不慢地向六指走过来。

他手里拎着一袋东西，东西不是很重，本来应该刚好趁手，但拎得时间长了，就有些重，他的身子就有点歪斜。他也肯定是坐车到路断的地方，车过不来，他走来的。他没走过这么长的路，显得稍稍有些狼狈。皮鞋早就沾满了尘土，黑西服上落了一层细细的黄土，头上出了汗，发型也有点散乱。

见到六指，他很自然地问了声好，好像不是大半年没见到六指，而是昨天才见过六指。他对六指的模样穿着也一点儿都没有惊诧。在路上跑了几个月，在村里住了几个月，六指衣服破旧，头发脏乱，胡子拉碴的，根本就不像个老板的样子，不像个主人家的样子。但周逸飞对他还是那样，不冷不热，不卑不亢的。

他随着六指到住的屋里，打量了一下，还是没有表现出过分的惊讶。只是他不知该往哪里坐，手里的提袋不知该往哪里放，显得有些不知所措。六指在炕头上坐下了，示意周逸飞把东西随便放下。周逸飞看了看，看到了做饭的灶台，吹了吹，才把东西放下了。他用手背掸了掸身上的土，又跺了几下脚，想把皮鞋上的土跺掉，没想到却惊到了屋里的鸟儿。屋里的鸟儿突然扑棱棱地飞起来。一只飞起来，紧接着好几只也飞起来，在周逸飞的头上盘旋。周逸飞这才慌了，以为是要袭击他，不住地躲闪，绕着手赶鸟儿。鸟儿更惊慌了，乱扑腾了一阵，一个个从门口飞出去了，几根羽毛还在半空飘着。一根羽毛晃晃悠悠地落下来，恰好落在周逸飞的头上。周逸飞从头上摸到羽毛，拿下来，惊魂未定，说，屋里还有鸟儿？六指说，还有长虫呢！周逸飞问，长虫是什么？六指说，蛇。周逸飞实在地惊慌了，往六指这边靠了靠。

看到周逸飞惊慌了,我才安下心来。周逸飞这样,说明他不是来抓我的。

其实,看到周逸飞一个人出现在村口,六指就知道周逸飞不是来抓他的。周逸飞一个人不敢抓他,他没那个胆子。对这一点,六指心里还是有数的。周逸飞不是来抓他,肯定就是来劝他回去的。吴芊芊心思缜密,先派儿子刘伶来探看,再派周逸飞来劝说,最后才找人来抓他。

六指问,你来干啥?

周逸飞说,太太让我来看看你,劝你回去。周逸飞没有撒谎,也没有绕弯子。

六指说,我在这里很好,用不着来看,我也不回去。

周逸飞说,一家人都等着你回去呢。

六指说,等着我回去干啥?把我弄进精神病院去?把我弄死!

周逸飞说,不是的。太太说,病看好了,就回家。

六指说,我没病!

周逸飞说,你看你住在这里,荒山野岭的,屋里还有鸟、有蛇,家里人怎么能放心。

六指说,我在这里,他们才放心了吧?我死了,你们才放心吧!

周逸飞说,不是我。

六指说，不是你，那是谁？谁想让我进精神病院？谁要我死？

周逸飞说，谁也没有。

周逸飞又说，是你病了，家里给你看病。

六指说，我没病！我好好的，你看我，哪里有病？

周逸飞看了看六指，嘴角露出不易察觉的微笑，意思是，你这样子，还说没病。六指对周逸飞太熟悉了，感觉到周逸飞的意思了。

六指说，你也觉得我有病？

周逸飞不说话了。过了一会儿，他岔开话头说，你还没吃饭吧？我带了些吃的东西来。

六指说，我这里吃的住的，啥都有。

周逸飞没有接话，过去解开提袋，从里面拿出些面包、方便面、火腿肠之类的东西来。东西拿出来了，却不知怎么弄。水在哪里，碗筷在哪里，他都不知道。六指就点火烧水做饭。周逸飞在一边看着，添不上手。饭好了，六指给自己盛上，给周逸飞也盛上。破碗黑筷子的，周逸飞也没敢嫌弃，端过去吃了。也许是走了长路，又累又饿，他边吃边说香。六指听他这样说，才高兴了点，有点得意地说，香吧，看着简单，吃着就是香。这里好吧，城里哪有这样香的饭菜！周逸飞附和着，就是就是，现在的东西，就是不香。现在的人，吃啥都不香。

吃过饭，六指领着周逸飞到村里转，看他种的粮食蔬菜。

周逸飞和刘伶一样，看到荒凉的村落，最初也很感兴趣。

拿出手机来,不停地拍照。看到土墙塌院子,不住地拍照;看到野草野花,也不住地拍照。他显得很兴奋,少有的兴奋,不时地跑到六指前面去看。人都这样,在城里住久了,对乡村、对土地、对花草,都有一种亲近感。看到乡村的一切都觉得新鲜,但这样的新鲜感很快就会过去。儿子刘伶也是,住了两三天,就住不下去了。周逸飞更不可能住下去,他身上还肩负着任务,要把六指劝回城里去。他只是暂时忘记了自己的任务,也忘记了自己的身份。

这会儿,身上落了土,脚上沾了土,头发也散乱了,耷拉在额头上,他都不顾了。这个人难得邋遢一次。周逸飞本来非常爱整洁,尤其是头发,总是梳得一丝不乱。他也是五十多岁的人,头发花白了,但他总是及时地染发,连发根处都看不出一点儿白茬来。看上去,这个人是高贵的、儒雅的,像一个有知识的教授,一个成功的官员。可谁也不知道,他却是委身在恋人和情敌的家里,做一个管家。他好像并没有感到不自在,并没有感到伤自尊。他好像对尊严、荣誉、金钱、名利等一切都看透了,对一切都漠然,对一切都没有兴趣。

这会儿,他难得对乡村、土地,对那些土墙、塌院子有兴趣。六指就任由着他观看、拍照。六指还领着周逸飞去看他种的小白菜、萝卜、洋芋、玉米。

白菜已经是第二茬了,六指留了菜头,自己打的白菜种子。自己收打的种子,再种上,长势不是很好,但还是长大了,绿茵茵的一片，一个人吃，说啥都够了。鸟儿、野兔也偷吃，还有虫子，白菜叶子上到处是眼儿，菜帮子上也有啃咬的痕迹。六指也没办法，没有农药，也不能整天守在菜地里。

周逸飞说，我们家也种过白菜。

六指想起他们家那时候和吴芊芊家一样，都在城郊。

周逸飞说，你这白菜还是纯有机的呢。

六指有点得意地说，那当然了。

周逸飞笑了一下，不易察觉的那种笑。周逸飞很少笑。

六指掰下一片菜叶，放在嘴里吃起来。周逸飞看着他。六指又掰了一片菜叶给周逸飞。周逸飞擦了擦，小心地撕了一小块，放进嘴里，咀嚼了几下，咽不下去，又吐出来了。不好意思地说，我吃不下。说着，把剩下的菜叶子扔了。

六指捡起周逸飞扔掉的菜叶子，拿起来吃了。周逸飞有些尴尬。

六指说，我小时候吃草，吃了好几年的草。

周逸飞说，为什么吃草，没粮食吗？

六指说，不是，我还当我是一只羊。

周逸飞不解地看着他。六指说，我是在羊群里长大的，吃羊奶长大的。也许就是羊生的。周逸飞越发疑惑了。六指从没有给别人讲过这些事，没有给吴芊芊讲过，更不可能给周逸飞讲了。

周逸飞问，你跑回来，也有这个原因？

六指说，有。

我跑回来，肯定也有这个原因。

六指又领着周逸飞看他种的萝卜。萝卜种子是在一家的瓦罐里找到的，种下去，也已经长大了。上面的叶子不大，下面的萝卜却憋鼓鼓的，把地皮子都顶破了，露出半截萝卜头来。萝卜头是紫红色的。六指说，这种萝卜辣，生吃不好，刮肠子，越吃越饿。到冬天，有点肉，一起炖熟了，才好吃，也大补。

周逸飞说，你还想在这里过冬？

六指说，当然了。粮食、蔬菜都备好了，还有玉米呢。

六指就领着周逸飞到玉米地里。玉米长了有一人多高，远远就能看见。六指只找到几个玉米棒子，还吃掉了一些。种子少，六指种得很稀，每株玉米都长得很舒展，手脚都伸开了，头上还有穗子，头发一样，真像站着的人。有这一片玉米，村子里都显得热闹了。六指平时就爱到玉米地里来，看玉米在那里站着，听玉米叶子飒飒地响，像是人在说话，感觉有了伴儿，就不孤了。

玉米已经结上棒子，棒子头上的须子还红红的。这说明棒子还没成熟，等棒子成熟了，须子就干了，颜色也浅了。六指明明知道棒子还没熟，但他还是揭起包着的玉米皮。棒子上长了一颗颗的籽粒，籽粒还小，瘪瘪的，白中透着点黄。他又小心地把玉米皮盖住了。皮破了，风钻进去，玉米籽粒就不长了。那些玉米是他过冬的粮食，明年的种子，一点儿都不能糟践。

周逸飞看着六指小心翼翼地揭开玉米皮，又小心翼翼地覆上，就知道劝不回六指了。

周逸飞内急，想找厕所。六指说，宽天宽地的，你随便。周逸飞躲到玉米后面去，好半天才解决了。出来见了六指，还一脸的尴尬。他说，这样的地方，你怎么住，还是回去吧。六指说，我住惯了，没事。

六指领着周逸飞在村里转了，又到山头上转，还看了老墙。六指叫老墙，周逸飞说，这应该是长城。不像是明长城，应该还要古老，说不定是秦长城。可惜没好好保护，都塌了。六指说，是孟姜女哭塌的。周逸飞说，孟姜女哭长城是在这里？六指说，嗯。周逸飞问，谁说的？六指说，老辈人说的。她男人七两，脚掌上长着几根飞毛。每天晚上飞回去，第二天一大早又飞回工地。他老婆孟姜女，给丈夫泡脚洗脚，看到丈夫脚掌上有几根毛，给剪掉了。七两清早醒来，飞不起来了。跑到工地上，耽误了时间，就被杀了，尸体埋进城墙里。孟姜女哭了三声，老墙就塌了。

周逸飞说，我听过孟姜女的故事，她的丈夫好像是叫杞梁，故事好像也发生在另外的地方。

六指说，老辈人说的，我也不知道。

周逸飞说，传说的事，谁也没法证明，也许就是在这里。这里的长城很古老，村子也很古老。

六指说，嗯。老辈人说，一两千年了。

周逸飞说，这样古老的村子，随便丢弃了，也可惜了。周逸飞还真的有点喜欢这个村子了。

六指说,要不,你也住下。

周逸飞说,不行,我吃不了苦,在这里也住不惯。

他是来劝六指回去的,没想到,这会儿却成了六指劝他留下。周逸飞忽然惊醒了,赶紧找回了自己的身份,对六指说,村子里再好,一个人住着也不行,你还是回去吧。六指说,我就住这里,哪里都不去。一句话又把周逸飞挡回去了。

晚上吃过饭,六指点上油灯,就在炕上躺下了,自然地拉过一床烂被子盖上。周逸飞却勉强上了炕,和衣躺着。

躺了一会儿,周逸飞说,家里别墅楼房空着,你就住这样的地方?

六指说,我感觉这样舒服。

周逸飞说,你这样,家里人不舒服。

六指说,他们还有啥不舒服的?把我送进精神病院,他们就舒服了?等我死了,他们才舒服?

周逸飞说,没有,他们都是为你好。

六指说,为我好?为我好要送我进精神病院?

周逸飞说,一家人都想着给你看好病。

六指说,一家人?谁一家人?你们一家人吧?我走开了,你们一家人过着去,别管我!别伤害我儿子!

周逸飞一下子坐起来说,刘老板,你这话说的。

六指说,我说错了吗?你们才是一家人。吴芊芊一辈子都嫌弃我,她喜欢的人是你!还有刘俐,她也嫌弃我。她不是我女儿,她是你女儿吧?

这些话压在我心底很久了,终于说出来了。

六指说出这些话,周逸飞反倒不慌张了。低着头,坐了半天,才说,刘老板,吴芊芊是你的妻子,刘俐也是你的女儿,与我没有关系。

六指说,你敢说你跟吴芊芊没关系?还有刘俐,她对你多好!看长相就是你的女儿。

周逸飞说,你这样说,我还能说什么。

六指说,你没话说了吧?

周逸飞说,我有话说。我本来不想说,给谁都不想说。你既然把这话说出来了,我只能说了。我承认我喜欢过吴芊芊,你也知道,那是很久以前的事了。后来我结婚了,时间不长,就离婚了。不是离婚,是她走了。为什么?谁也不知道。我今天就给你说了吧,我做不了男人。

六指惊叫了一声,啊!

周逸飞说出这样的话来,我真的没想到。

周逸飞说,知道自己这样,我心灰了,啥事都不想干了,混吃等死。后来碰到吴芊芊,看我没事干,就让我来你们家管事。吴芊芊找我来,可能是想羞辱我吧。我不知道。我都这样了,还有啥羞辱不能受的。我是喜欢刘俐,我希望她是我的女儿。我希望有个女儿。就是这样。你还有什么要问的?

六指一句话都说不出来了。

两个男人默默地躺了一夜。第二天一早,周逸飞就走了。到下午的时候,他又来了,领着两个人,带了些东西来。有粮食蔬菜,还有一床新被褥。最主要的是带了一把剪刀和剃须刀。

周逸飞说,你的头发胡子长得不像样子了,我给你剪剪。六指就任由着他剪。说过那些话,两个人反而亲近了,不像是老板和雇员,倒像是朋友了。

剪完了,六指一下子变了个样儿。周逸飞说,来,我给你照张相吧。拿回去,也好交差。

六指说,我不回去,你咋交差?

周逸飞说,我给她说,你想在这里住一段时间,过些天就回去了。

两个人相视一笑。

23. 白云

周逸飞带来些粮食,六指暂时不为吃饭发愁了。但吃了好些天的青菜野菜,六指有点馋了,想吃肉。他努力地克制着,还是想吃肉，有些想法人无法控制。看到屋里飞出飞进的鸽子、麻雀，他动了心思，要是抓住宰杀了，烤了吃，一定很香。炖了，煮半锅汤，味道也一定很香。这样一想，他看着鸽子、麻雀的眼神都不对劲了，鸟雀们可能感觉到了，有些惊恐，不敢靠近他。他再看一眼，鸟雀们更惊恐了，慌乱地飞出去，不敢回来了。飞在半空中的鸟雀，也被他的眼神惊吓了，叽叽啾啾地乱叫。

六指使劲地压制着心里的想法。刚来村里的时候，饿得不行，他也动过吃鸟雀的念头，最终还是没有下手。这一次，他也控制住了。控制住吃鸟雀的想法，但控制不住想吃肉的念头。他想到了兔子。他吃过兔子，最初是苍狗给他送来的，后来他为了救苍狗，也抓了兔子给苍狗吃，自己顺便也吃了一些。他觉得，兔子还是可以吃的。就像牛羊鸡鸭一样，本来就是让人吃的。不像鹁鸽鸟雀，是不能吃的，它们是飞的。

飞的东西就不能吃吗？我不知道。

六指记得村里的人打兔子吃，用土枪打，放鹰抓。谁也没说过兔子不能吃，只有怀娃的女人不能吃，吃了就会生豁嘴的娃娃。杨万仁的婆姨害口嘴馋，吃了兔子肉，就生了个豁嘴的娃娃，上半个嘴唇缺了一绺，门牙都露出来了，说话含含混混的，听不清楚。从此以后，村里的女人就不敢吃兔子肉了，怕生出个豁嘴娃娃来。谁也没说男人不能吃兔子肉。

他想打一只野兔来吃。没有土枪啥的，他就下铁丝套抓。铁丝套下到兔子必经的路上，兔子不小心中套了，就抓住了。他在山上下了七八个铁丝套，就等着兔子中套。

第二天，他到山上去看，还真套住了一只兔子。他刚宰了兔子，拎在手里。不远处的草丛里忽然一动，一只小羊跳出来，冲着他咩咩地叫。小羊本来是在草丛里藏着，可能是听到了人声，跳出来了。看到六指，他慢慢地向六指走过来。六指手里拎着一只刚宰的兔子，看到小羊走过来，有些不知所措。

> 手里拎着的兔子血淋淋的。我有点羞愧，好像做了啥见不得人的事。

六指把兔子背到身后。小羊似乎并没有发现六指手里的兔子，还是慢慢地向他走过来，边走边咩咩地叫，叫声有些委屈，有些惊喜。它大概有两三个月大的样子，可能刚跟着羊群上山不久，对周围的一切很好奇，到处乱跑，找不到母亲和羊把式了。羊把式也没注意到丢了一只小羊，赶着羊群走了。它本能地钻到草丛里藏起来。听到人声，以为是羊把式，这才跳出来了。它还太小，并没有认清羊把式的样子，大概是把六指当成羊把式了。

快走到六指跟前的时候，它犹豫了，也许是认出六指不是羊把式，也许是闻出了六指手上的血腥味，它站住了，疑惑地看着六指。六指轻轻地学羊叫着，咩——咩——。他小时候就跟羊在一起生活，长大后又放了多年羊，会说羊的话。他还伸出手去，想把小羊招过来，没想到，却忘了手里的兔子。小羊看到他手里的兔子，惊惧地往后趔趄了两步。小羊也许见过宰羊的场面了，有点害怕。六指赶紧扔下兔子，双手摊开，咩咩地冲着小羊叫。小羊看着他，不动了。六指慢慢往小羊跟前走，瞅准机会，一把抱住了小羊。小羊咩咩地叫了几声，浑身的肉颤抖得厉害，不知是激动，还是害怕。

六指抚摸着小羊的背、头，还有尾巴。小羊吃奶的时候，大羊总是用嘴触摸小羊的尾巴，小羊的尾巴就不停地摆动，用来回应。六指抚摸着小羊的尾巴，小羊的尾巴也摆动起来，还咩咩地叫着，身上不再颤抖了。

它是把我当成母亲了。

六指向四周山坡上看了看，没有羊群，也没有羊把式。他只能先把小羊抱回家去。小羊不大，抱在怀里很轻，但还有兔子。六指不想扔掉兔子，他还想吃肉呢。他只能一手抱着小羊，一手拎着兔子。兔子尽量拎在后面，不让小羊看见。只是兔子身上有血，他宰兔子时手上也沾了血，小羊也许能闻见。

小羊也许闻见了，但并没有挣扎，安静地蜷在六指的怀里。六指把它小心地抱回家。

把小羊抱回家干啥，六指还没想好。是等着羊把式来找？是宰杀了吃肉？肯定都不是，他只是想抱回去养着，养一只自己的羊。他从小长在羊群里，后来又放羊，看见羊就觉得亲近。有一只羊养着，他就不孤了。

村里只有他一个人，有点孤。虽然还有苍狗，但苍狗总是跟他若即若离的。自己出去找吃的，有时候出去好些天都不回来。最关键的是，它和六指并不亲近，绝不会像城里人家养的宠物狗一样，黏着人，撒娇，取宠。它一直都保持着一种自尊自立，甚至有一种冷傲。它的眼神中总是有着一种警惕，对六指并没有完全的信任。六指对它也没法信任，它的眼神中有一种野性，那种野性越来越重。狗毕竟是狗，它跟狼是亲戚，身上总有着狼的影子。

羊就不一样了，它的大眼睛总是湿漉漉空茫茫的，里面没有野性，没有恶意。看着叫人放心，叫人信任。就像是一个兄弟，就像是一个孩子。

它就是个孩子。六指就准备把它当孩子养着。

小羊本来就是个羊羔，是个孩子。它不知断奶了没有，不知会不会吃草。要是还在吃奶，还不会吃草，那就麻烦了。

他试着拔了点青草来，给小羊吃。小羊大概是刚学会吃草，吃得很慢很细。它湿润的小嘴触摸着青青的嫩草，就像一个害羞的小姑娘。六指盯着它的嘴看，他自己的嘴也给帮着使劲，看到一点细细的草叶被小羊吃进嘴里，他也咽下一嘴口水。羊羔边吃还边摇着尾巴,就像是在吃母亲的奶水。六指看着高兴。

羊羔吃下一些嫩草,六指看着,说不出的高兴。羊羔吃了点草,肚子填饱了,也显得高兴了,撒了个小欢子,过来偎在六指腿边。它似乎是已经把六指当成羊把式,或者是当成母亲了。六指出出进进地忙碌着,收拾兔子,煮兔子肉,它也一直跟着。它好像还不知道害怕,但六指还是怕它看见,尽量躲着它,有点偷偷摸摸的意思。但兔子肉的血腥味,还有快煮熟时的香味,却无法掩盖,它肯定还是闻到了。羊的鼻子不灵,比狗鼻子差远了。

也许是闻到兔子肉的香味了,苍狗回来了。也许是站在羊羔身边,它显得更高大了,所以黑黄的毛色也更加鲜亮。

我知道,只有野物儿才有那样鲜亮的毛色。

苍狗走进家里,还是有些警惕,看到六指,并没有多少亲昵的表示。它好像不是回家来,而是顺路过来看一个故人,一个同伴。它确实是把六指当成同伴了,好像是沙漠里遇到的两个人,结伴而行,相依为命,但走出沙漠,就各走各的路了。六指回到村里,想在村里住下去,苍狗却走到山里去,回来的次数越来越少了。每次回来,六指明显感觉到,它身上的野性又重了一层。这次回来,更加明显。

苍狗看着羊羔,完全把它当成了兔子,当成了猎物。伸出舌头舔了舔嘴唇，身子有一种扑上去的冲动。它看了一眼六指，控制住了扑上去的欲望，眼神里却有一种狼一样狡黠的光。那是要等六指不在的时候，或者背过身去的时候，它就伺机扑倒羊羔。

六指认为，苍狗是饿了，才有那样的想法，那样的眼神。他把兔子的蹄脚下水给苍狗吃了，苍狗舔着嘴唇，好像没有吃饱。六指又把煮熟的兔子肉都给苍狗吃了。苍狗眼里的光焰才慢慢熄灭了，走到大门口，趴下来，就像一条听话的狗，在那里看家护院。

六指那时候还把它当成一条狗。六指觉得，狗和羊一起很多年了，应该不会吃羊的。从没有听说过，谁家的狗吃了羊，或者咬了羊。不光是不吃，狗还会护羊。六指小时候放羊的时候，就有一条狗跟着，保护羊，怕羊被狼吃了。羊要是跑远了，有时候还帮着他赶羊。

  我想着，苍狗不会伤害羊羔。

尽管这样想，到晚上，六指还是把羊羔放到屋里。屋里点上了灯，羊羔听话地卧在地上，很快就安心地睡着了。在灯光下，羊羔显得更白了，就像一团雪，一朵云。这个季节，没有雪，只有云。就叫它白云吧，六指心里给它想好了名字。有个名字好，这样好叫一些。天天在一起，没有名字，没法叫它。六指已经想好了要把它养大。六指看了,它是一只母羊羔,养大了,还能下羊羔,羊羔再下羊羔,过不了几年,就是一大群的羊了。他就可以在村里住下去,继续放羊。

六指最感兴趣的不是办工厂,而是放羊。

六指有些兴奋了,坠入鸡生蛋蛋生鸡的连环套中,连最基本的常识都忘了。只有一只小母羊,没有羝羊,是不可能下羊羔的。再说了,这只羊羔要是没了,一切就都没有了。

六指根本就没想过这只羊羔会没了。羊羔是哪里来的?谁家的?他没想过。羊羔是捡来的,肯定有主人,主人找来了咋办?他没想过。他就觉得羊羔是上天给他送来的,他要好好地把羊羔养大了,把他的白云养大了,生出一大片白云来。他赶着一群羊,苍狗跟在后面当牧羊狗,帮他赶羊。六指最想做的就是放羊,赶着一群羊在山上放。他觉得那是最自由、最自在的。

第二天一早,六指就出去给羊羔找草。他本来想把白云带出去吃草的,但他怕带出去,被丢羊的人发现了。他心里有了占有羊羔的念头。有这样的念头,他知道不好,但这样的念头却压不下去。

他把白云放在院子里,让苍狗看着。苍狗也许是吃饱了肚子,也许是得到了信任,表现得很和善很顺从,还冲着六指摇了摇尾巴。

六指出门,拣最鲜嫩的草,铲了半筐。想着回去了,白云一定爱吃,想着白云湿润的小嘴吃着嫩草的样子,他心里特别舒服。忽然，他心里感觉不好了。他想到了苍狗，苍狗有点太和善太顺从了，这里面好像有些阴谋。他仔细地想象着苍狗的样子，它的眼神躲躲闪闪的，肯定有阴谋。

他赶紧往回跑。快到家的时候，就听到羊羔惊惧地叫了一声。六指边跑边喊，白云，白云！苍狗，苍狗！这样喊着，已经迟了。他跑到大门口，就看到苍狗咬倒了白云，正要下口吃。

一只乌鸦在墙头上看到了，拍着翅膀呱呱地叫着，有点兴奋。它兴奋是有原因的，它也想吃肉。苍狗吃了羊羔的话，总会留下些碎肉烂肠子，它就可以吃了。六指没想到，苍狗会对白云下口，更没想到，鸟雀竟然也有这么恶毒的心肠。老人们说，乌鸦会反哺，是最有孝心的鸟儿，也是最聪明的鸟儿。看来它不光是聪明，简直是狡猾了。

苍狗却很老实，看到六指，放下羊羔，蹿上墙头，跳下去跑了。墙头上的乌鸦惊得飞起来，哇哇地叫了几声，又落到院子里，往羊羔身边走。它是想乘机叼一块肉吃。六指赶紧跑过去，赶开了乌鸦，抱住了白云。白云已经不动了，脖子上一片血，血还在往出渗。

苍狗咬死了白云。

  我总觉得，狗是不会吃羊的。我哪里想到，苍狗
  已经不是狗了。

白云苍狗，六指好像在哪里听过这样的话，不知道谁说的，也不知道啥意思。

苍狗跑了，白云躺在那里，六指不知道该咋办了。他蹲在那里，满心的失落和懊悔。不应该把白云放在家里，交给苍狗看着。苍狗一个在山上几年了，已经有了野性，它就靠抓兔子吃。在它眼里，羊和兔子没啥区别，都是猎物。是自己把白云交给苍狗的，是自己杀死了白云。

羊羔蜷在那里，六指蹲在院子里，垂着头，不敢看死了的羊羔。又有几只乌鸦赶来了，歪着头，一会儿看看羊羔，一会儿看看六指，看到六指不注意，悄悄地往羊羔身边溜过去。六指起身赶跑它们，它们又来，赶跑它们，它们又来。六指怀疑，就是它们鼓动着苍狗咬死白云的。

六指心里气恼，却没有办法。

过了一会儿，一个小伙子找到他家里来。就是那个放羊的小伙子。山那边鸦儿沟人，高颧骨，宽脸膛，鹰钩鼻。

小伙子探探索索地走进院子里，他可能没想到院子里真的有人。看到六指，他认出来了，就说，你真的住在村里呀！六指抬头一看，也认出小伙子了，嗯了一声，他还没有把小伙子与羊羔联系起来。

六指问了一句，你们还没有搬迁？

小伙子说，搬迁啥呀！又不搬了，说是要建新农村呢。

六指说，那多好呀！

小伙子说，好啥？搬到有水有路的地方多好，谁愿意守着干山沟沟。

六指说，这里多好。

小伙子说，你当然说好。城里住够了，回来躲几天心闲。住烦了，抬起沟子走了。我们呢？

六指说，我就在这里住呢。

小伙子说，哄谁呢！放着城里的好日子不过，跑到这里来，谁瓜着呢？

六指说，城里也有城里的不好。

小伙子说，还不好？吃好的，喝好的，住楼房，坐小车，不下苦，还不知足！

六指说，城里一样得干活。

小伙子说，城里人干的啥活，乡里人干的啥活？能一样吗？再说了，出门方便，娃娃上学不愁，村里好多人都搬到城里去了。

六指说，人都搬走了，这地方就荒了，啥物儿都成野的了，连狗都变成狼了。

小伙子说，你说这话，我想起来了，我的一只羊羔丢了。说是狼吃了吧，一点儿印记都没有，怕是走丢了，我到处找不见，你看见了吗？

六指这才明白了，没敢回答，但不由得向躺在地上的羊羔看了一眼。小伙子顺着六指的目光看过去，就发现躺在地上的羊羔，紧跑几步过去，抱住了羊羔。

发现羊羔死了，小伙子一下变了脸，就大骂起来，你偷我的羊羔！你是个贼！

六指说，我没偷。

小伙子说，贼赃在这里，你还说没偷！

六指说，我捡的。

小伙子说，哪里捡的，你再给我捡一个来！

六指说，真是捡的。

小伙子说，我看你就像个贼！上次就想偷我的羊。

六指说，我没有。

小伙子说，你就是个贼寇，村子人都是贼寇。明明偷了，还死不承认！就跟你爷爷老子一样！坏事干了，还死不承认。

六指说，我爷爷老子？

小伙子说，我上一回就打听清楚了，你就是黑地主的后代，六指指，对吗？你手伸出来我看！

六指不说话，下意识地缩了一下手。

小伙子说，你爷爷老子心黑，到你这一辈了，心还一样黑。

六指没话可说。

小伙子说，偷就偷了，你还杀死了它，你这个屠户！

六指说，不是我。是苍狗。

小伙子问，苍狗？村里没有人，哪来的狗？狗在哪里？

六指说，跑了。

小伙子说，跑哪里了？

六指说，不知道。

小伙子说，你胡诌啥！谁见过狗咬羊？是你咬死的吧？你是狗呀！

六指说，小伙子咋这样说话？

小伙子说，你叫我咋说？人赃都在，你赖不掉，你就说咋办，赔多少钱！

六指说，我没钱。

小伙子说，听说你在城里发了大财，你没钱，谁信！

六指说，我没带钱。

小伙子说，你给家里人打电话，叫送钱来。

六指说，我没有电话。

小伙子说，我这里有电话，你给打，叫送钱来。

六指说，我不能打。

小伙子说，为啥？

六指说，我以后给你赔。

小伙子说，以后？啥时候，你说个准数。

六指说，我有钱了就赔你。

小伙子说，等你有钱了？你啥时候才有钱？你住上几天偷偷跑了，我上哪里找你去呢？你家里还有啥东西，拿出来给我赔。

六指说，啥也没有。

小伙子不相信，到六指的屋里乱翻乱找，除了半袋米，再啥也没有，他有些气急败坏了，抓起羊羔，扔到六指的身上，嘴里骂骂咧咧的。突然，他不出声了，他看到一只狼，露出满嘴的尖牙，冲着他低吼着。小伙子吓坏了，转身就跑。跑出老远了，看到狼没有追上去，才站住了大声叫骂，你偷我的羊，还养着狼，咬死了我的羊，你等着！我跟你没完。

24. 苍狗

苍狗吓跑了小伙子，它也赶紧跑了。咬死了白云，它大概有些羞愧，不敢见六指了。也许它是害怕才跑的，但六指认定它是羞愧，狗也有羞愧心呢。那些乌鸦却没有丝毫的羞愧，它们怂恿着苍狗咬死了白云，还站在墙头上，落到院子里，趁六指不注意，就想跑过去，叼一块肉吃。它们简直跟人一样。

鸟雀好像真不知羞耻，它们交尾踩蛋的时候，都不避着人。

那个季节，好多鸟儿都忙着交尾踩蛋。乌鸦、鸽子、麻雀，本来都是不咋好看的鸟儿，但那一段时间，它们的毛色鲜亮了许多，好像化了妆。连模样神态也变了，一个个满面红光的，像喝了酒一样，显得兴奋、聒噪。叫声也与以往不同了，鸽子咕咕哝哝的，麻雀唧唧啾啾的，连乌鸦的嗓门都没有那样粗了，轻声细语的。

变了模样，变了脸色，变了声音的大多是公鸟儿，母鸟儿好像并没有多大变化。母鸟儿表面上显得平静，实际上也满怀着心事。一只母鸟儿在枝头站着，伸颈扭头地卖弄着，一边看着周围的其他母鸟儿，一边注意地看着公鸟儿，还不时地叫几声。公鸟儿经不住叫唤，来到它的身边，叽叽咕咕地说上一阵儿，瞅准机会，侧身跳在母鸟儿的背上。鸟背上并不平，公鸟儿怕站不稳，就把翅膀张开，保持平衡，尾巴探下来。母鸟儿却把尾巴翘起来。双方尾巴交合在一起，左右摆动，发出欢快的叫声。交尾之后，公鸟儿跳下来，抖动身体，疏松全身的羽毛。然后就飞到另外一根树枝上，找另外的母鸟儿。母鸟儿愣愣地看了一会儿，有时跟着公鸟儿去，有时飞到墙头上，找另一只公鸟儿去了。

它们好像对这些不在乎，它们在乎的是尽快下蛋孵小鸟，所以就没有顾忌了。等做好了窝，下了蛋，鸟雀们似乎又从激情中冷静下来了，一对儿一对儿地孵蛋喂养小鸟，忙忙碌碌地飞出飞进，完全就是一对好夫妻、好父母。

实际上，鸟雀们还是有顾忌的，似乎没有鸽子跳到乌鸦背上的事情，没有乱交乱伦的事情。鸟雀也好，驴马畜生也好，万物都有个规矩，在冥冥之中起着作用。驴马交配，能生骡子，骡子却不能再生育，这样就不会乱了。

我想到了苍狗。

六指记得来村里不久，苍狗就被狼咬了。它被狼咬，可能就是因为发情。那些天，六指也听到了狼的叫声，有长长的嚎叫声,也有短短的呜咽声,有点像狗的叫声,但却分明是一只狼发出的声音。长长短短地叫着,显得很急切,很焦渴,它应该是在呼唤另一只狼。

这地方过去有过狼,而且成群结队地在山里跑。很多古今里都讲到狼,村里老人们也经常讲狼的故事。那时候,人和狼各过各的,狼在山上,人在村里,人白天上山干活,狼晚上出来找吃的,谁也不打扰谁。人不招惹狼,狼也轻易不招惹人,互相保持着一定的距离。有时候防不住碰上了,就互相躲开了。实在是狭路相逢,面对面碰上了,也会侧身而过。老人们说,狼的脖子直,不会转弯,碰上人了,不会扭头跑。人也不能转身跑,要是跑了,狼就会追上来咬人。遇到狼了,尤其是独狼,不能跑,不能后退,要看着狼的眼睛,直直地往前走。狼也直直地往前走,人和狼就擦肩而过。这时候要注意,回头盯着狼,防止狼偷袭。狼很狡猾,人要是不注意,狼就从后面咬住人的脖子。还有的说,要是在山上远远地碰到狼,就赶紧弯腰捡起一根棍子,狼是麻秆腿,最怕人拿棍子打。实在没有棍子,也要假装从地上拿起棍子,哪怕是根麻秆树枝草茎,狼以为是棍子,也就跑了。要是晚上遇到狼,最好的办法是点火,狼最怕火。要是没有火柴,就使劲搓头发,头发上冒出火星,狼也就跑了。

说是这样说,村里人很少遇到狼。狼越来越少了,六指没见过狼。六指小时候,村子周围还出现过狼,跑到羊圈里偷吃羊,咬死了好几只羊。六指没见过狼,但见过被咬死的羊。后来,村里民兵手里有了枪，打死了几只狼，剩下的狼听到枪声，闻到火药味，都跑到深山里去了。到六指放羊的那些年，再也没有见到狼的踪影，没有听到过狼的叫声。

这几年，人搬迁走了，狼才又回来了。不知是从哪里跑来的一只狼，在这里安家了。鸦儿沟那个放羊的小伙子就说有狼，把他的羊咬死了。可见狼真的来了。

可能是一只狼，山上野物儿多了，它应该能吃饱肚子，但一只狼，还是有点孤得慌，一到晚上，就在东边的山头上叫，在南边的山头上叫，在西边的山头上叫，在北边的山头上叫。狼的叫声飞得很高，传得很远，到底在哪里叫，很难听清楚。

听到这样的叫声，苍狗也叫上几声，像是一种宣示，又像是一种回应。苍狗有时候还寻着那样的声音，撵出老远去。它是跑去撵走狼，还是去和狼见面，六指也有点怀疑。

苍狗也孤得很。

苍狗一个在村里住了很久了，一年，两年，也许是三年。这几年，它没等来主人，也没见过其他的狗，确实孤得很。鸦儿沟还有人，也还有狗，但鸦儿沟人与村子人有世仇，基本上不相往来，狗之间大概也不相往来。

六指回到村里来，苍狗才算是有个伴儿了。但人是人，狗是狗，人不通狗言，狗不懂人语，可以互相做伴儿，但心却总是隔着的。尤其是，狗到了发情的时候，它希望看到的是另一条狗，哪怕是一只狼。

狼和狗是亲戚,村里人说,狗是狼的姑舅表亲。虽然一个在山林,一个在人世,有时候打得头破血流,互相咬死咬伤的,但它们有着同样的血缘,自然就有着吸引力,尤其是发情的时候。那只狼也许发情了,嗅到了苍狗的气息,围着村子嚎叫,给苍狗传递信息。苍狗收到那样的信息,有点警惕,但也有点吸引,就跑过去,跟它见面。

毕竟一个是狼,一个是狗,隔绝了上千年了,它们的见面并不顺利,认亲认得很凶险,交配也很血腥。也许是交配之前厮咬,鲜血相溶,它们才相认了;也许是交配之后,头脑清醒了,厮咬起来,咬得浑身是伤。

六指记得,那天晚上,苍狗随着狼的叫声撵出去,半夜回来受了伤,浑身都是血。脖子上,头上尤其厉害,简直成了个血榔头。苍狗舔着身上的伤口,脖子上、头上的伤口舔不上,还在流血。

六指救活了它,和它相依为命。但苍狗却一直对他若即若离,有时候出去好些天都不见踪影,也许就是去找那只野狼了。每次回来,六指都感觉到它身上的野性越来越重,眼睛里的光焰越来越亮。

这次回来,它看到六指抱回来的小羊羔,眼睛里就有杀气,但六指想着,苍狗毕竟是一条狗,狗是不会咬羊的。六指大意了,出去了一会儿,苍狗就咬死了白云。

六指这才明白了,苍狗这会儿其实已经算是半狼半狗了。

也许有一天,它还会和狼在一起,生出一些半狼半狗的野物儿。

25. 恨猴

恨猴就是一种半鸟半兽的野物儿,据说长着鹰的身子、猴子的脸,村里人说是鹰和猴子乱伦生出来的怪物。村里人对一些怪诞的事物,总有些奇怪的说法。比如说蝙蝠,村里人说是老鼠偷吃了盐,就长出膀子,变成个半鸟半兽了,白天羞愧,不敢出来,到夜里才敢飞出来。恨猴也是乱伦生出来的,偷生在山沟下面幽黑的洞穴里,白天躲藏着,晚上才出来找吃的。叫声也奇怪,细听像是"悔——呀,悔——呀",是因为悔恨,才发出那样的叫声。

鹰和猴子,一个飞禽,一个走兽,能不能交配生子,谁也没想过。既然马和驴能生出骡子来,鹰和猴子大概也能生出恨猴来。不然的话,咋会长出鹰的身子、猴子的脸来?世间万物,长相奇怪的很多,村里人只是没见过。

六指后来看电视,就看见过很多叫人意想不到物儿。他还看到老鹰抓猴子吃。猴子在树头上找果子吃,老鹰飞过来了。放哨的猴子发现了,尖叫起来,其他猴子也跟着尖叫起来,那是互相通气,叫猴子们赶紧躲藏起来。有的猴子躲藏不及,就被老鹰抓住了。老鹰抓猴子,几乎是一招致命,猴子根本就没机会反抗。老鹰拎着猴子，飞到窝里，大口地叼下肉来，给窝里的小鹰吃。猴子的模样毕竟有点像人，看着猴子被老鹰吃，六指还是有些不忍心。

老鹰吃猴子的时候，六指就想起恨猴，想起听过的那些传说来。老鹰的窝里有一只小鹰，嘴巴是黄的，羽毛是白的，跟老鹰不太一样，但模样就是鹰，没长着猴子的脸。猴子只是食物，老鹰一口一口地叼下猴子的肉来，给小鹰喂。老鹰一点儿怜惜之情都没有，小鹰也没有。鹰和猴子看着不可能乱伦，生下个恨猴来。也许还有一种情况，老鹰的配偶死了，它抓来了一只猴子，没有杀死，还活着，老鹰寂寞，移情到猴子身上，交配生子，也是有可能的。这个世上，啥事都有可能发生。

狼那么凶狠，也抓养人的娃娃呢。狼的儿子死了，就会把人的娃娃抓去养大了，变成狼孩。村里就有关于狼孩的传说，说是往年间的事了。黑家人的一个娃娃被狼给抓去了，四五年不见，人都以为死了。有一天，一个人在山上找草，发现了一群狼，赶紧躲起来看。就看见一群狼的后面，跟着个娃娃模样的在跑。说是跑，不是站着跑的，跟狼一样，四肢着地，趴着跑。跑得很快，几乎跟狼一样快。狼群也是有意等他，跑出一段，回头看他落远了，就站下等一会儿。他跑到狼群里，低着头，俯下身子，舔那些狼，那些狼好像也认他，舔他的脸。他的脸上长出了毛，身上也长出了毛，不像是个娃娃了，但模样还是人，是个娃娃。

那个人回来给村里人说了，村里人不信。又过了些日子，村里好几个人在山上收麦子，狼群又出现了，后面果然跟着个娃娃，这才都相信了。分明是一个娃娃，跟着狼跑，毕竟不是个事。有好事的，就牵头组织村里人打狼，救那个娃娃。村里人爱热闹，参加的人多，把狼群打散了，救出了那个娃娃。

问他是谁家的娃娃，娃娃不说话，龇牙咧嘴的，发出狼的叫声，还不断地扑上来咬人。找村里丢了娃娃的人家来，也认不出是自家的娃娃。村里人没办法，就把他绑住了，拴在一个屋子里。给他饭吃，他不吃，给他生肉，他才吃，吃得满嘴是血。村里人这才知道，他完全变成个狼孩了。

那些狼也没忘了他，半夜里跑到村里来找他。一群狼围在村里，不住地嚎叫，狼孩也在屋里嚎叫。听到狼孩的叫声，那些狼有些发疯了，要冲进村子里来。村里人就拿着长矛铁锹锄头之类的武器打狼。村里人多，狼没有冲进来。狼冲不进来，就改变了策略，分头进攻，跑到人家的羊圈里，咬死了好几只羊。连着几天夜里，狼都来，把村里祸害得不行。

村里有人提议，干脆把狼孩放了，让他跟着狼跑去。说是这样说，眼看着是个娃娃，放到狼群里去，毕竟心里不落忍，又坚持了一两天。狼群大概也是看到救不出去了，长嚎了几声，一起撤走了。

留下狼孩，村里人也一时没办法处置。狼孩不住地蹦跳、嚎叫、撕咬，人近不得身，给东西也不吃。过了好几天，再也听不到狼群的嚎叫了,他才稍稍安定了些,又变得非常害怕,缩在墙角里,眼睛里满是惊恐和警惕。他的眼睛也有些变色了,在暗处发着绿光,就和狼一样。

人们又找附近丢了孩子的人家去认他,大多数一看他的样子,就摇头说不是。黑家的女人看得仔细,拨开他身上的毛,在屁股上发现了一块黑色的胎记,这才认定是她丢掉的孩子。丢了六七年了,变成狼孩了,但胎记还在,当妈的一眼就认出来了,就把他牵回家里去。

娃娃变成狼孩,但当妈的还是当成自己的娃娃,不忍心拴着他,给他解开了绳索。狼孩却根本不认识他母亲,冲着她嚎叫,还扑倒了她,胡乱撕咬,差点把她的脖子咬断了。家里人赶过来,把他抓住,又用绳子绑了,像狗一样拴起来。本来七八岁的娃娃,因跟着狼群长大,力气很大,野性也很大。

过了好长时间,大概是养熟了,他才慢慢好些了。见了人不再惊惧,也不再撕咬,尤其是他母亲到跟前,他显得很温顺,给他喂饭菜熟食他也吃。拉着他站起来走路,他也跟着走;天冷了给他穿衣服,他也穿。只是不会说话,偶尔惹急了,或者是月黑风高的晚上,他就失了人情,发出狼的叫声。母亲一字一句地给他教说话,他就是学不会。一直教到十七八岁,他只学会了简单的一些话,就跟三四岁的娃娃一样。身子却长大了,比同龄人个儿小些,腰腿也弯些,身上脸上有黑黑的毛发,但看上去,还是像个人了。

是个人，快成年了，父母想办法给他找媳妇。他那个样子，谁家的姑娘愿意嫁给他呢？跑了好多人家，最后找了个身上有狐臭，别人嫌弃不要的女子。婚后的生活还算正常，生下一个儿子，也和正常人一样，只是脸黑、话少，身上毛发多。二十七八岁上，狼孩死了，儿子却活下来了。

据说他就是黑姓人的祖先。

这样的故事，肯定有些取笑我们黑姓人的意思，但我们黑姓人的确都有些少言寡语，有些沉默孤独，也许我们真的是狼孩的后人。

村里人还说，黑姓人是养不熟的狼娃子，心野得很，也独得很。这样的话，当然就有些歧视的意思。这是刘家人说的，刘家人是村里的大姓，他们的先人当然是名门正宗，冠冕堂皇。他们还说村里的马姓人是毛野人的后代。据说那会儿——那会儿表示很古老，马姓人的一个女子，被毛野人抓去了。毛野人抓了女人去，生下两个娃娃来。娃娃全身长毛，也是半人半毛野人的。女人为了娃娃，跟毛野人过了好些年，哄着毛野人，取得了它的信任。有一天，趁着毛野人到外面打猎找吃的，领着两个娃娃逃出山洞，回来了。两个娃娃没有姓氏，就跟着母亲随了马姓，结婚生子，也传下后人。马姓的很多人，都是那两个毛娃娃的后人。

这么说来，父亲黑鹰是狼孩的后人，哑巴母亲是毛野人的后人。我和荞麦，当然也是狼孩和毛野人的后人。

这样的故事，六指小时候就听过，据说是老先人传下来的。有些找不到根据的，解释不清楚的，村里人就推给老先人。老先人的话，当然是不会错的。老先人的话，还含着一层意思在里面的。说老鼠偷盐成蝙蝠，那是叫人不要偷东西。说恨猴"悔——呀，悔——呀"地叫，那是让人不要乱伦。

我一直都没见过恨猴，但听到过它的叫声。

按理说，六指是个放羊的，经常在山上跑，应该能看见的，但他一直没有在跟前见过，只有几次隐约看到它从沟底里飞过去，是黑色的，有半人高，翅膀宽大，就像是黑鹰，脸面是不是像猴子，没看清楚，声音却真真切切地听到过，真有点像是"悔——呀，悔——呀"。

那一天，恨猴的叫声特别明显。

那是秋天，六指去放羊，荞麦跟着他去拔沙葱。沙葱是一种野菜，可以拌着吃，也可以腌着吃。村里人没菜吃，经常到山上拔沙葱当菜。沙葱长在山坡沙地里，有点雨水，一天就长出五六寸高。六指经常在山上放羊，知道哪里有沙葱，知道哪里的沙葱长得最鲜嫩。正好头天刚下过雨，荞麦就跟着六指去拔沙葱。

荞麦是马家人,是哑巴母亲的远房堂妹,算上是六指的姨妈。

荞麦打小就对六指好。六指长着六根指头,小时候不会说话,还跟着羊吃草,村里其他娃娃取笑他、欺负他,但荞麦从来都没有欺负过他。当然了,她对六指手上脚上多出的小指头也很好奇。她让六指伸出手,她看那些小指头,摸那些小指头,显出一种惊讶,却没有一点儿取笑的意思。看到六指吃草,她也会和哑巴母亲一样,把他拉开,掏出他嘴里的草,擦掉他嘴上的草汁。她做这些的时候,大概就是因为,她算上是六指的姨妈,她把六指当自己的外甥,自己的亲戚了。

她从小就很懂事。我那时候还分不清辈分,就觉得她像是个小姐姐。

实际上,她比六指还小半岁。长得也不大,瘦瘦弱弱的,头发也黄黄的,真像一株荞麦。荞麦长不高,红秆,绿叶,黑籽,熟得早,但不好吃,也叫苦荞。荞麦家的情况也不好,母亲去世了,父亲又给她找了个后妈。后妈又生了两个儿子,对她不待见。后妈不待见,父亲对她也就不待见了。四五岁上,就开始看弟弟。她那么小,抱着弟弟,真像虱子抱虮子。弟弟爱哭闹,饿了,不舒服了,就抓她挠他,常把她的脖子上抓出很多血绺子。后妈下地干活,她还得背着弟弟去地头上让后妈喂奶。背得路远了,弟弟就滑下来,她就想办法,用半截草绳绑在腰上。到了地头上,再解开,抱给后妈。后妈要是发现儿子尿布没换好,或者是鼻涕没擦干净,就会斥骂她。后妈在人前一般不打她,只是骂几句,回去以后才收拾她。

后妈到家里,就变了脸子,家里啥活都让荞麦干。后妈做饭,她跪在地上烧火,拉不动风匣,火烧不旺,后妈就踢她一脚。吃饭的时候,也给她盛小半碗。吃完了,就让她洗锅,灶台子高,够不上,就踩个小板凳洗。碗筷洗不干净,或者防不住把碗打碎了,那就麻烦了,得挨一顿打。七八岁上,洗锅做饭她都学会了。

七八岁的娃娃一般都上学,荞麦没有上,就在家里洗锅做饭,看两个弟弟。后妈打骂她,但她对两个弟弟却很好。领着一个,抱着一个,还要把家务活儿都干了。干不好,后妈打她,父亲也跟着打她。经常挨打,她显得非常胆小,就像受惊的小羊羔一样。那时候,六指很少见她。

再大一些,她还要到山上去找柴草,到沟里去挑水。六指跟着父亲黑鹰,随着羊群在山上吃草,到沟里饮水,有时候就碰见了。也许是荞麦从小拉扯弟弟习惯了,自然像个小大人了,见了六指,她总是把他当作自己的弟弟一样。

我那会儿还不会说话,但心里明白,荞麦对我好。

十三四岁的时候,荞麦学会了针线活,就先学着做鞋。第一次做鞋,她本来要给弟弟做的,怕做不好,后妈会斥骂她取笑她,想来想去,就给六指做了。六指的脚跟一般人的脚不一样,一只脚上六根指头,一只脚上五根指头,一双鞋就一只宽、一只窄。荞麦让六指脱了鞋,用手量他的脚。六指一般不让人看他的手,看他的脚,但荞麦看,他不在意。荞麦说给他做鞋,他当然更愿意了。那几年,父亲黑鹰劳改了,哑巴母亲改嫁了,家里就他一个人,没人给他做鞋穿,他只能捡别人扔掉的烂鞋,或者胡乱地编双草鞋穿,不挡刺,不挡冷。好在他光脚平日跑惯了,脚上的皮厚实,刺扎不怕,冷也不怕。不过,有鞋穿,还是不一样,荞麦给他做鞋,他当然高兴了。

荞麦给他做了一双千层底的布鞋,让他试着穿。六指穿上不太合脚,有点大了,荞麦羞红了脸,低下头,显得很不好意思。那是六指第一次看到荞麦红脸。六指以为荞麦是鞋子做得不好,难为情了。为了不让荞麦难为情,六指赶紧捡了点羊毛塞在鞋里面,鞋也不显大了,里面更软和了。那样一双鞋,穿在脚上,心里尤其暖和。

六指爱惜着穿,穿了一年多。还没穿烂,荞麦又给他做了一双。这一次,荞麦有经验了,鞋子做得很好看。黑布鞋面,白布沿口,麻绳纳的千层底儿,针线密,针脚细,看着就顺眼,穿上更合脚了。

那是六指穿过的最合脚的鞋子。后来买的鞋子,他从来都没有穿舒服。买的鞋子,不可能做成一只宽,一只窄,总有一只硌脚。他喜欢穿做的鞋子，但没人给他做。妻子吴芊芊不可能给他做鞋子。他只能买大码的鞋子，一只松，一只紧，总是不合脚。有钱以后，他定做过鞋子。定做的鞋子完全是按照他的脚做的，六指还是穿不舒服，总觉得硌脚。左脚上的小指头一直疼，隐隐地疼。

我后来再没有穿过合脚的鞋子。

那时候，六指还没明白荞麦给他做鞋子的意思。在村里，一个姑娘给小伙子做鞋子，一般是定情的信物。六指却以为是荞麦看着他没鞋穿，怜惜他，心里并没多想。

他不多想，村里却有操心的人。荞麦给六指做鞋的事，传开了，传到荞麦后妈的耳朵里了。后妈看着荞麦长大了，心里早就盘算好了，嫁个条件好的人家，收点彩礼，正好给儿子娶媳妇。听说荞麦给六指做鞋子，她就生气了。六指手脚上多长着指头，这个她不管，六指有点瓜，她也不管。荞麦嫁个咋样的人，她才不管，她想的是彩礼。六指家里一个老光棍，一个小光棍，给别人放羊，除了一个塌院子，啥也没有。那时候黑鹰刚劳改回来，六指家里啥也没有，根本就拿不出彩礼来。她追问荞麦，荞麦不承认，她劈头盖脸就把荞麦一顿鞋底子，还骂她不要脸。父亲也骂荞麦，父亲算上是六指的外爷，知道和六指的辈分，还骂荞麦乱伦。

这样的话，在村里也传开了，传到六指的耳朵里。再次见到荞麦的时候，六指就觉得对不住荞麦，有些不好意思了。荞麦却好像并不在意，还是一样地找机会见六指。六指到山上去放羊，她就跟着六指去拔沙葱。荞麦平日里胆小怕事，但在这个事情上，却显得特别大胆，挨打挨骂也不管不顾了。

六指经常在山上放羊，知道哪里有沙葱，知道哪里的沙葱长得最鲜嫩。他就带着荞麦去拔沙葱。羊群散在山坡上吃草，六指给荞麦帮着拔沙葱。荞麦自己眼睛看着沙葱，心却不知在哪里，拔几根，停下了，想说啥，又开不了口的样子。六指听见沟底里传来恨猴的叫声"悔——呀，悔——呀"。

荞麦也听到恨猴的叫声了，有些心烦。她突然问六指，家里给你说媳妇了吗？六指说，没有。荞麦说，那你自个儿也没找？六指说，没有。荞麦说，那你心里有人吗？六指说，没。荞麦说，你就没看上谁？六指说，我……六指听到"悔——呀，悔——呀"。

过了一会儿，荞麦说，我们家里要把我给人呢。六指问，给人干啥？你给家里干活呢。荞麦说，叫我嫁人呢，瓜子。六指说，你才多大，就嫁人。六指看着荞麦，他从没有仔细地看过荞麦，六指这才感到荞麦长大了，十五六岁的姑娘，突然间就长大了，身子饱了，脸子白了，头发黑了，有个姑娘的样子了。荞麦说，我十六了。六指说，才十五。荞麦幽幽地说，快十六了。六指说，没有，你比我小。荞麦不说话。六指说，你辈分大。荞麦忽然变了脸色。沟底里恨猴在叫"悔——呀，悔——呀，悔——呀"。

荞麦说，这是啥东西在叫，烦人死了。六指说，恨猴。荞麦忽然显得很紧张，脸色白惨惨的。恨猴的故事村里人都知道。

荞麦问，你见过恨猴吗？真的长着鹰的身子，猴子的脸？

六指说，我没见过。

荞麦又问，它真是鹰和猴子生出来的？

六指说，我不知道。

荞麦突然生气了，流着眼泪，大声嚷嚷说，你啥都不知道！啥都不知道！

  荞麦从没对我发过那么大的脾气。我当时不知道为啥。

荞麦当年冬天就嫁了，嫁到鸦儿沟去了。来了一辆蹦蹦车，一辆手扶拖拉机娶亲。她穿了一身红，上了蹦蹦车。周围很多人围着，她就像一朵红花，被众人捧着，捧上蹦蹦车。她一直都挨打受气的，但那一阵，她好像又是最贵重的。六指远远地看着，就像放羊的时候，羊群里的一只羊被拉走了。他明明知道被人拉去宰了，但没有任何办法。

鸦儿沟离村子很近，但两个村子一直有仇，几乎不来往，也不互相嫁娶。除非是犯了啥罪孽的，才嫁给另一个村子。嫁过去，也几乎不互相来往。

六指以后再没见过荞麦。这次回来，本来想着有可能见到她，还是没能见到，连她的一点儿消息都没有。鸦儿沟那个放羊的年轻人也不知道。

六指知道荞麦娘家的院子，荞麦在那里过了十几年，以后也可能回娘家来，也许能找到些痕迹。六指点着灯，看了很多人家。他最想看的是荞麦家，又最不敢去看荞麦家。一直拖了好些天，六指才去看。

去荞麦家那天，他特意洗了澡，洗了衣服。去荞麦家，应该干干净净的。

他在荞麦家点了一盏亮亮的灯，他希望能看清楚些。但在荞麦家里，六指没有发现任何关于她的痕迹，好像是这个人从来就没有存在过。三十多年过去了，她也嫁到鸦儿沟去了，她的痕迹找不到，也能想得通。想不通的是，他点起灯来，竟然看不到荞麦的面容，想不到荞麦的模样。村里那么多人，活着的、死了的、见过的、没见过的，他都能想出来，最想见的，最想念的人，却想不出来。

  我把荞麦的模样忘掉了。

六指觉得，他最不可能忘掉的就是荞麦，但却说啥也想不起荞麦的模样来。他仔细地想，从小时候到长大，从衣服到头发再到眼睛、眉毛。一双绣花的鞋出现了，那是荞麦自己给自己做的，黑布鞋面上，绣着一朵牡丹花，牡丹花上飞着一只蝴蝶。一件蓝底碎花布衫出现了，那是荞麦给人做针线活换来的，是她穿过的最好的衣裳。走路的样子出来了，头发眉眼也快出来了。突然刮起一股风，把六指手里的油灯浇灭了。他又点起灯，雨就下起来了。风刮着，雨下着，油灯再也点不起来了。荞麦的模样看不到了。

六指待了一会儿，风雨不停，他只好回去了。

六指不死心，天亮了，他又跑到荞麦娘家的院子里去。白天看起来，院子里显得更凌乱。尤其是下过雨，显得更乱了。院子中间，堆着些旧门窗。可能是拆下来准备拉走，可又看着实在不行了，盖新房用不上，才又扔下了，堆在一起。在一堆门窗的中间，六指发现了一株花，不是野花，而是牡丹花。花株二尺多高，叶子长得很密，花也开得很繁，紫红色的花瓣一层叠着一层，着实好看。

六指想不通，荒废的院子里，哪里来的牡丹花？

那实际上是大丽花，六指不知道。村里人也不知道，都把它叫千层牡丹。那种花好养，好多人家都在院子里养。开春，把根茎埋进土里，十几天就发出一簇叶子来。叶子黑绿，埋上点羊粪，浇上点洗脸的剩水，枝秆能长半人高。大夏天开花，花又大又圆，红的、黄的、紫的，各色的都有，最多还是红色的。红色的喜庆，村里人都喜欢。院子里种上几棵，单调的土院子都有了喜色。到秋后，花开败了，枝叶也落了，就挖出根茎来。根茎怕冻，留在土里，冬天有可能给冻死，最好是挖出来。

挖出来也是为了分株，大丽花的根茎像红薯一样，一棵能分出四五棵来。多的送给村里人，剩下的放在地窖里保存着，等来年再种。

可能是搬迁的时候，花正开着，家人没有舍得挖，把它留下了。怕有野物儿糟蹋，用旧门窗围起来。有那些旧门窗围着，根茎也没有给冻死，扛过严寒，存活下来了。没有人管护，它还是活着，有点雨水，就艳艳地开了。

六指心里想，那株花也许是荞麦在的时候就种下的，一年一年的，一直活到现在。一直等着六指来看。六指看得出神了，那株花就像是荞麦，变成了荞麦，站在那里，望着他笑。

我觉得，那株花就是荞麦。肯定是荞麦。

26. 薪火

下了一场雨，把树枝枯草都打湿了，六指想做点饭吃，找不上柴火，也没办法了，只能干嚼了点玉米，生吃了些菜叶子。好在他已经习惯了。小时候，他就跟着羊吃草，青草的味道他一直觉得很香。后来放羊，也大多吃的是干粮，拔几把沙葱，就着吃。村里人家也都这样吃，干馍馍下葱叶子，就顶一顿饭。

六指记得那会儿，村里不光粮食少，烧柴也少。没有烧柴，即使有点粮食，饭菜也做不熟。

最好的烧柴当然是煤炭了，那要掏钱买，还要从外面拉回来，费钱费力，村里除了村长家，谁也烧不起。其次就是木头树枝了。村里的树不多，一棵大榆树，几棵柳树、沙枣树，在村头上，算是公共的，其他的桃树、杏树、枣树的，都在人家的院子里，算是私有的。公共的几棵树，大家都盯着，上面就那么点树枝子，折不下多少来。再就是麦草谷草豌豆草，这些粮草牲口还要吃呢，哪能舍得烧。

最常用的柴火就是山上打来的柴草。山上有一种蒿草，长得多，也长得高，打来晒干了，就能烧火。干蒿草发火快，一点就着，不费火柴。但蒿草不耐实，过火快，火苗刚一起来，就烧光了，做一顿饭，要费一捆蒿草。有一种猫儿头刺，烧火耐实。那是一种草不像草、苔不像苔的东西，紧贴着地皮子生长，叶子像针，一团团，一簇簇的，一个个看着就像猫儿的头。表面上看着是个猫儿头，下面比狗头还大，根又大又深，挖起来很费劲。尤其是天旱地皮子硬，铁锹都挖不动，要用镢头挖才行。挖回来晒干了，就是很好的烧柴，但费很大的力气，也挖不了多少。

所以说，家家都缺烧柴。村里人为了烧柴，想了不少的办法。有一样烧柴，外面的人说啥也想不到，那就是粪，羊粪、牛粪、驴粪。羊牛驴都是吃草的，拉出来的粪包裹着柴草，是很好的柴火。最好的是羊粪。羊粪蛋结实紧凑，没有臭味，一粒粒黑光油亮的，药丸一样，看着也不脏。更主要的是，羊粪火焰好，耐烧。做饭烧火的时候，抓一把扔进灶洞里，风箱一拉，火苗子又蓝又硬，直扑锅底，一会儿就烧开一锅水，做好半锅饭。冬天填炕，用点羊粪，炕头能热一天一夜。炕头的热气散发到屋里，屋里也不用烧火取暖了。牛粪也好，就是结成块了，烧火做饭还行，填炕就不好烧。最差的是驴粪，表面看着光堂，里面是一包草，火焰软，不耐烧。

就是这样的柴火，也不是常有的。那时候大集体，牛羊驴都是生产队的，私人家里没有。生产队的牛粪羊粪驴粪还要积肥，不是谁想要就能要的。冬天实在没有柴火了，村长就想了办法，分粪。

分粪。没听说过吧？

听过分土地、分钱、分粮食，还真没听过分粪的。分粪可不能像分粮食一样，集中一大堆，你家几斤，他家几斤那样分。那样不好看，也不好听。村长的办法是，让各家各户到牛圈羊圈驴圈里去扫。村里有四个驴圈、三个牛圈、一个羊圈，安排八家人，每家扫一个圈里的粪。第二天再安排八家人，这样轮着扫，全村人都轮完了，再开始新的一轮。

这样看着很公平，实际上也有很多问题。比如说，羊粪、牛粪、驴粪质量不一样，有些人家没有轮到羊粪、牛粪，只轮到驴粪。还有，四个驴圈，三个牛圈，牛和驴的数量、大小不一样，拉的粪多少就不一样。要是遇上饲养员那天偷懒，给牛和驴喂的草少，粪也就少了。还有，要是哪个圈里的牛和驴正好用了，出去耕地推磨驮水的，粪也就拉到外面了，圈里的粪就少。能扫多少粪，这就看谁家的运气好坏了。

也不光是凭运气，还有权力在起作用，除了村长安排，饲养员在这中间也有很大的权力。有的饲养员老实，顺其自然，有的饲养员就动心眼子。比如说，跟谁家不对劲，他那天就故意把牲口赶出去，到山上吃草，圈里的粪就很少了。再比如说，他那天就故意在驴圈里撒些黄土，粪就被盖住，扫不上了。他撒黄土，谁也没啥说的。牲口不光拉粪，还要尿尿，必须撒些黄土，盖住尿，牲口才能卧下休息。尿与粪和在一起，牲口踩踏了，也就没法扫了。他要是使坏，在驴屁股上抽几鞭子，驴就转着圈乱跑，把驴粪全踩碎了，根本扫不起来。他要是向着谁家，就只用土把牲口尿湿的地方盖住，这样好扫粪，又不糟蹋。他要是特别向着谁家，牲口拉了粪，他就用耙子扒拉到一边晾着，牲口不踩踏，粪又多又完整。所以说，谁家扫的粪多少好坏，这就要看饲养员了。

其他的饲养员没有动这个心思，刘瘸子却动了心思。

村里人故意说，刘瘸子是趴驴尻子，叫驴一蹄子，把腿给踢瘸了。其实，刘瘸子的腿并不是驴踢瘸的，是小时候在山崖上掏鸽子窝时摔坏的。他跟几个小娃娃一起掏鸽子蛋吃。鸽子窝一般都在崖壁上，离地面很高，要搭起人梯才行。他踩在伙伴的肩头上，手伸进鸽子窝里去，掏出蛋来，烧着吃。村子人对鸽子敬着，不敢拿回家，拿回家大人要打骂的，只能在山上找柴草烧火，把鸽子蛋用泥包裹了，放在火里烧。烧熟了，剥掉泥皮吃。鸽子蛋、喜鹊蛋、麻雀蛋都能这样烧着吃。烧出的鸟蛋，吃起来别有一番味道。只是这样掏鸟蛋吃，也很危险。有时候长虫会钻进鸟窝里偷吃鸟蛋，吃饱了，趴在鸟窝里睡觉。要是掏鸟蛋的话，有可能碰上长虫。有一回，刘瘸子把手伸进鸟窝里，没有摸到温热的鸟蛋，却摸到了一堆软乎乎、冷冰冰的东西。他一想，大概是长虫，赶紧抽手。一着急，从伙伴的肩膀上掉下来，腿给摔坏了。

腿其实没有断，就是胯骨那里出了问题，也许就是脱臼。但刘瘸子回去不敢给家里大人说，哪里敢说实话，就说是脚上扎了刺。他就那样忍着疼，斜抽着身子走路，想着过些天就好了。谁知道越来越严重，一个多月后，等家里大人看出来问题，找捏骨匠来看，已经迟了，没法治了。捏骨匠从他的脚捏到胯，又捏到腰，捏完了，直摇头。

捏骨匠是那一带有名的神医。人摔断了腿脚，不用进医院开刀钉钢板，找他来，捏一捏，把断了的骨头对上，用纱布缠上，过两三个月就长好了。驴马的骨头断了，他也能给接上，过后照样犁地拉车。捏骨匠看不好的，拉到医院去，也是白搭。刘瘸子的父亲也就没有再送他去医院，就让他那样瘸着。他小时候还瘸得不厉害，一条腿有点直，走路身子摇摆着。慢慢长大了，一条好腿长得快，一条坏腿长得慢，一长一短，一粗一细，就瘸得更厉害了，走路使劲摇晃着身子。他就成了个恓惶人。

农村恓惶人多,有些聋哑的、麻眼的、脑子有点毛病的,都能娶上婆姨。刘瘸子却一直娶不上婆姨。他本来是腿坏了,但别人看他那样走路,都以为是腰坏了。男人的腰坏了,就做不了男人,也就没有哪家的女儿愿意嫁给他了。

刘瘸子一直没结婚,四十岁了还打光棍。

饲养员一般都是恓惶人,要么是身体上有些残疾,不能下地干活;要么是头脑有点问题,种不好庄稼;还有就是躲奸溜滑,不好好出力干活的。就是这些恓惶人中,也有高低贵贱之分。其他几个饲养员都有个家,都有后人。刘瘸子没有婆姨,没有娃娃,在饲养员里,也算最下贱的人。

最下贱的人只能干最下贱的活计。靠边的、最破烂的一个驴圈就分给他,几头不听话的犟驴,还有几头坏脾气的骡子,也分给他饲养。他也不争辩、不嚷嚷,知道争也白争,嚷也白嚷。靠边的驴圈拉草料远一些,多跑点路就是了。村里有句话说,瘸子路多。不听话的牲口呢,他也有办法治。村里俗话说,瘸子不瘸升天呢。

刘瘸子的心眼就是多。他走路摇晃,为了保持平衡,他就自制了一根木棒当拐杖。他的拐杖确实就是木棒,大概是枣木棒,随便砍下来的,并没有怎么收拾抛光,红皮还在,上面有些结疤,手抓的地方正好有个弯把手,抓了很多年了,把手很滑溜,显出很好看的木纹来。

尽管有木棒撑着,他走路还是慢,跟不上驴。放驴的时候,赶驴去饮水的时候，驴有时候就乱跑，他追不上，就靠叫骂。他腿瘸，可叫骂声却非常尖亮，鞭子一样抽过去。骡马惊得跳起来，撒个欢子，放几个响屁，跑远了。刘瘸子更气恼，拉着瘸腿，提着鞭子，骂骂咧咧地去追赶。往往是追不上。骡马也是欺负他腿瘸，跑出几步，照样干坏事，有些警惕又有些鄙夷地看着他晃晃颠颠的样子。刘瘸子没办法，只能再高声叫骂几句："我把你个扁毛畜生，看我抓住不抽死你。""你个白顶子，我盯住了，回去别想吃草料。""你个秃尾巴，你劲多，明儿谁家推磨，你就去。"

再后来，他就想出个办法，给驴脖子上挂个铁丝圈，铁丝圈下面吊个木棒。铁丝圈是软的，下面吊的木棒就摇摇晃晃的。驴子往前一走，就碰前腿，只能斜着头，叉着腿走路，这样根本走不快。要是想跑的话，更不可能，木棒一下又一下敲打着前腿，驴子疼得受不了。

这样一来，他喂养的驴子跟他一样，也是斜抽着身子走路，跑起来，更是扭扭晃晃的。村里人看到他赶着驴子、骡子出来，就都笑起来，说谁养的牲口像谁，看着就是一家子。这样的话一方面是笑他腿子瘸，另一方面是笑他没有家人，和驴马畜生是一家。也许没有这样的意思，但刘瘸子心里敏感，听出了这样的意思来。刘瘸子对自己的身体缺陷很敏感，别人说瘸、跛、晃，他敏感；别人说高低、上下、摇摆，他也敏感；最敏感的当然是别人说婆姨娃娃。

他说，我也是个男人。他这样说，别人更笑话他，你说你是个男人，你咋不找个女人？你见过女人吗？你见的是女人的皮皮，女人的瓢瓢你见过吗？没见过吧。你见过啥？见过草驴吧？草驴也是母的，你就弄草驴去吧。这样的话传开了，就有人说刘瘸子偷着弄草驴呢，说得有鼻子有眼的，还说是亲眼看到的。刘瘸子也没办法反驳，只能忍着，但在心里，找个女人的想法更坚定了。没有女人愿意嫁给他，他就想着睡别人的女人。村长能睡别人的女人，我为啥不能？

村长手里有权，他没有。但村长制定的驴粪政策，让他有了权力。驴粪蛋大的权力也是权力，就看能不能抓住。他很快知道了这里面的门道，找到了这里面的机会。

到驴圈里扫驴粪的，一般都是大姑娘、小媳妇。他就在这方面动了心思。

他先是试探，对能下手的姑娘媳妇言语上挑逗。有些听到话头不对，给他甩脸子，或者干脆骂开了，你个瘸驴，说啥屁话！他也就不敢了。有的明明听出他的话音，假装不明白，一边扫粪，一边任由着他说。还有些为了多扫点驴粪，忍受了他的污言秽语。刘瘸子找出可欺的，就进一步动手动脚。动了手脚，有些女人就不答应了，抬手就是一个耳刮子，瘸驴，找打呢！有些脾气好，挡开刘瘸子的手，也就是了。懦弱些的，不敢抬手打，也不敢挡，就那样让刘瘸子占了便宜。言语上、手脚上，占到了女人的便宜，刘瘸子能兴奋好些天，走路摇晃得更厉害了，嘴也扭得更歪了。

刘瘸子也不白占便宜，给女人帮着扫粪、装车，驴吃剩的草结子啥的，也一股脑儿都给装到架子车上了。女人看到比平时扫的柴草和驴粪要多一些，能多烧几次火，填几次炕，心里也高兴，言语上、手脚上让刘瘸子占点便宜，也觉得值了。

还有的女人就因为多扫点驴粪，让刘瘸子给睡了。睡了女人，刘瘸子更兴奋，在其他饲养员面前夸海口，说他睡了女人，见了女人的瓢瓢。其他饲养员还是笑话他，你这个样子，咋睡女人？你说你睡了谁？有本事说出个人来。

那样的事，发生在驴圈里，谁也没有看见，只有驴看见了。驴又不会说话，不会说出去。他要是不说，也就过去了。但刘瘸子一着急，还真说出人来了。

他说睡了马占虎的婆姨。

马占虎的婆姨人长得小巧，胆子也小，叫他占了便宜，本来就后悔，怕他说出去，脸面上不好，专门给他送了两个玉米棒子。玉米棒子是刚掰下来的，皮包得严严实实。刘瘸子刚开始没明白女人的意思，还以为女人关心他，想跟他好下去。还想了一些猥琐的意思，高兴得像驴一样，龇着牙笑了一整天。回去煮了玉米棒子，一层一层地剥开皮，露出清清白白的玉米来，就像女人给脱了衣服一样。他张嘴咬的时候，忽然明白了女人的意思。包着皮的玉米，这是一种暗示，是叫他不要说出去，保住女人的清白。但他还是说了。终于沾了女人，知道女人的瓢瓢了，终于当了一回男人，巨大的兴奋在心里根本就装不住。他就想跟人说，想让所有的人都知道。话一说出来，就很快在村里传开了，传到了马占虎的耳朵里。马占虎逼问婆姨，婆姨不敢承认。婆姨不承认，马占虎也没办法。马占虎的妈，女人的婆婆，也知道了，就说，刘瘸子胡说，你要是没有的话，就当着众人的面，把脏裤衩甩到他脸上。

女人总是能想出奇怪的办法。

婆婆领着女人，马占虎跟着，去找刘瘸子。刘瘸子正要出去放驴，走到村街上，被堵住了。婆婆先骂了刘瘸子几句，马占虎也瞪着眼，刘瘸子看到情况不妙，抽身就跑，却一瘸一拐地跑不动。还没等马占虎上前抓他，早叫村里人拦住了。村里人爱看红火，很快围了一圈的人，把刘瘸子围在中间。刘瘸子的驴也脖子上吊着木棒，站在那里看红火。

一群娃娃也跑过去看热闹，看到是刘瘸子被抓住了，都有些想不通，娃娃们当然不懂刘瘸子做的事，看着他被抓住，不光是想不通，还替他担心。刘瘸子对娃娃好。

也许是没有婆姨娃娃的原因吧，刘瘸子稀罕娃娃，对村里的娃娃都好。见到小娃娃，他就要抱一抱，闻一闻。村里小娃娃在土炕上长大，又不洗澡，身上有一股土腥味、奶腥味，本来不好闻，但刘瘸子抱着小娃娃，使劲吸一口小娃娃身上的味道，就像有烟瘾的人吸烟一样，吸一口进去，半眯着眼睛，品味着，好像那股味道把他的心打通了，把他全身的筋脉都打通了，他的面容都舒展了，本来歪斜的嘴脸都端正了。

村里人却说，刘瘸子抱小娃娃心里不端。要是有女人在外面给娃娃喂奶，刘瘸子就盯着看，嘴唇微动着，好像是帮小娃娃吃奶，嘴里也咽着唾沫，喉结上下滚动着，发出"咣咣"的响声来。他根本不是稀罕娃娃，就是稀罕女人。他从女人怀里抱过娃娃来，也主要是顺手在女人身上蹭一把。他抱过娃娃来，亲上几口，还要深深地吸吸娃娃身上的味道，那也是隔着娃娃亲女人，隔着娃娃吸女人身上的味道。

说是这样说，地上乱跑的，五六岁的娃娃，他也稀罕。抱起来逗娃娃笑，还给娃娃给豌豆吃。他口袋里经常装着一把豌豆。豌豆本来是驴饲料，冬天没草，驴吃不饱，就给加点豌豆当饲料。刘瘸子可能是偷偷地抓一把，炒熟了，装在口袋里，自己不吃，就拿来哄小娃娃。见到小娃娃，就给几颗，小娃娃牙口好，嚼得咯嘣响，嘴里冒出豆香。刘瘸子看着，就像自己的娃娃在吃，就像自己吃了一样高兴。对大些的，八九岁的娃娃，他也惯着。娃娃爱骑驴，刘瘸子从来不拦着。小娃娃爬不上驴，刘瘸子把娃娃扶到驴背上。有些驴调皮捣蛋，骑上去乱蹦乱跳，刘瘸子就挡着不让娃娃骑，怕把娃娃摔了。

所以说，村里的娃娃看到刘瘸子被围住了，都怕他吃亏。大人们却不一样，自己的娃娃吃过他豌豆的事，早就忘记了，心里怀疑的是自己的女人是不是也被他占了便宜。有些明知自己的女人被他占了便宜，也不好说破了，脸上不好。这会儿，见马占虎把事情弄破了，也算是个出气的机会。看到马占虎女人手里拿着脏裤衩，知道有好戏看了。有些还起哄，喊着，扇他！扇他！马占虎女人手里拿着备好的脏裤衩，却低着头，不想上去。婆婆逼着她，男人也逼着她，她只能上前，用脏裤衩在刘瘸子脸上甩了几下。刘瘸子不敢动，任由着女人甩。

女人把脏裤衩甩在刘瘸子脸上，证明了自己的清白，也挽回了家人的脸面，但却把刘瘸子辱没了。女人的脏裤衩甩在脸上，这是对男人最大的侮辱。刘瘸子此后再也不敢吹牛说睡了谁的女人了，但他占女人便宜的毛病还是没改。

他腿瘸脸歪的，又受了那样的辱没，更找不上婆姨了。他还是利用驴粪的权力，找别人的婆姨。看到能得手的女人，他就把驴喂得饱饱的，多拉粪，拉出的驴粪他早早扫在一边晾着，一点儿都不糟践。扫驴粪还有个时间问题，早扫迟扫也不一样，早了扫得少，迟了扫得多。他故意让前一家的早扫一个时辰，这一家的迟扫一个时辰，这样延长了时间，就能多扫些驴粪。贪便宜的女人，还是照样中他的招数。

也有不全为了驴粪的，比如说刘满福的婆姨。刘满福的婆姨娶来七八年了，一直不生养。刘满福家的光阴还好，领着婆姨到处看病，吃药打针用偏方，啥办法都想了，婆姨的肚子还是瘪瘪的。时间长了，村里人都说她是石女，不生养。在村里，不生养的女人还不如不下蛋的母鸡，在家里不受待见，在外面也抬不起头。女人经常低头纳闷的，没有精神，脸面上也死黄死黄的，没有喜色。家里的脏活累活也都是她干，到驴圈里扫粪当然是她了。

过了一段时间，女人的肚子大了。多年来怀不上，忽然有了身孕，一家人应该高兴才是，可刘满福一家好像并不高兴。对女人也并不疼惜，照样让干重活累活，还不时地打骂。打的时候还专门往女人肚子上用拳脚，不怕把女人怀的娃娃给打掉了。也是娃娃命硬，挨了很多打，就是没打掉，生下来了。生下的娃娃咋看都不像是刘满福家的人，倒是越来越像刘瘸子。

这一回，刘瘸子没有说，也不承认娃娃是他的。是女人说出来了。女人先给婆婆和男人承认了，说娃娃就是刘瘸子的。她不是看上刘瘸子，就想借个种，生个娃，给家里留个后。跟刘瘸子借种，是想着刘瘸子是个恓惶人，在村里说不起话，不敢说出来，也不敢闹到家里来要娃娃。

女人要是死不承认，不说出人来，婆婆和刘满福也许慢慢就认了。但一说出人来，婆婆和男人更无法接受了，见了女人就气不打一处来，想着法儿打骂她。女人受不住刘满福和婆婆的打骂，给一个妯娌诉苦，说出了实情：刘满福是二尾子，不能做男人。这些年领着婆姨到处看病，是做给人看的，怕人知道他不是男人。

虽然不能做男人，但男人的脸面还在。叫人戴了绿帽子，还给人养娃娃，心里窝着火，又说不出来，只能想着法儿地打婆姨。婆姨受不住，说出实话，他才后悔了。弄得满村人都知道了，不好收场，只能把事情弄大。家族的人都出面了，连村长刘满财都出面了。

刘满福是村长刘满财的堂弟，出了这样的事，他当然得出面。刘瘸子虽然也是刘姓人，但已经出了五服，不是很亲。再说了，刘瘸子家里穷，又是个瘸子，在刘姓人中也不受待见。这一回又是欺负到自家人头上，欺负到村长堂弟的头上，刘姓人自然就不答应了。

他们抓住刘瘸子，要用家法处置。村里本来有乡约乡规，各姓宗族还有家法，传了几百年了，管着村里的人。破了"四旧"后，也就不遵行了。刘姓人的家法很严，尤其是对犯了奸淫罪的，女人沉井，男人乱棍打死。这样的家法也不执行了，主要是村长刘满财带头犯了，谁敢执行。这一次是刘瘸子，一个恓惶人，竟然做出那样的事，还是屡犯，就有人提议用家法处置。村里人拿来了木棍，还有铁锹把、橛头把，准备执行家法。

都想着刘瘸子会趴在地上，像狗一样哀号、求饶，没想到刘瘸子不但没求饶，还大笑了几声说，你们就打吧，打死我也不怕，死就死球了，我有后了，我有后了！

六指在刘瘸子家点起油灯，就看见刘瘸子咧着个大嘴，大笑着说，我有后了！

27. 榆树

刘瘸子最终没有被打死。一群人乱棍打了一阵,眼看着打得不行了,村长一看不对,赶紧喊了住手。村长毕竟是村长,知道国有国法,不能随便打死人。

刘满福的婆姨也没有被沉井,但自此以后,她等于沉入黑暗的深井。男人、婆婆隔三岔五地就打她一顿。村里人见了她,也没有好脸色。男人们见了她,说一些挑逗的骚话,有的还动手动脚的,女人们骂她烂婊子。连小娃娃都起哄,骂她是狐狸精,骂她的娃娃是瘸种。女人受不住了,自己在大榆树上吊死了。

六指白天在村里转的时候,又看到了那棵榆树。大榆树被砍掉了,根上发出新树丫来。六指刚到村里来的时候,新树丫才指头粗,二尺多高。六指想把它拔掉,却只将掉了叶子,折断了头。没想到,过了几个月,树头上发了杈,长出新的枝叶,快一人高了,完全有了一棵小树的模样。靠着那么大的树根供养着,小树苗当然就长得快了。也许过不了几年,就会长成一棵大榆树,跟原来的榆树一样大,一样粗,又能吊着人了。

大榆树上吊过好几个女人。

六指记得,早上上学的时候,有同学说,大树上吊死了人。小孩子不懂事,都跑去看热闹,六指也跟着去看。树上吊着个女人,头发散开着,是个年轻媳妇,三十多岁,叫男人打了,想不开,上吊了。男人也去了,不哭也不喊,袖着手,站在那里,说,你还寻死呢,我也不想活了。村里人问他为啥打婆姨,他不说,一遍又一遍地说,我也不想活了。

男人叫马德仁,女人叫刘梅花,是两口子。两口子名字般配,人也般配。很普通的农村人,中等个儿,中等长相,放到人堆里,找都找不出来。人也收拾不利索,穿着破旧、邋遢。马德仁的衣服不拢身,经常腰里系着根草绳,就得了个"草绳"的外号。刘梅花衣服穿得还算周正,头发却不梳洗,总是乱糟糟的,神情也乏沓沓的,日子过不好,还经常挨骂挨打,她也没心劲收拾。两个人看着都像是没脾气的人,但却经常吵架打仗。

他们吵架打仗几乎没有原因。

马德仁并不像刘满福那样是个二尾子,刘梅花也不像刘满福的婆姨那样跟了人。他们生了三个娃娃,有儿有女,两个女儿,一个儿子。肯定都是他们的娃娃,眉眼模样就能看出来,穿着打扮也能看出来,都穿得破破烂烂的,脸上手上也总是脏兮兮的。

马德仁嫌婆姨没有把家操持好,没有把娃娃收拾好。婆姨嫌马德仁没本事,赚不上钱,家里穷。他们家里也确实穷,一孔窑洞,一个土炕,半个白院子。一家五口人挤在一个窑洞里,一个土炕上。土炕上就一个光席子,两床旧被子,家里啥值钱的东西都没有。两个人都下地干活吃苦的,可就是过不好,日子越来越穷。两个人似乎都失去了心劲儿,没有了奔头。唯一能做的就是吵架打仗。

晚上，我在他们家点起灯，就看到他们在骂仗打架。

吃过晚饭，没有啥事。马德仁斜躺在炕上，磨了两下牙，呸地吐了一口，冲着婆姨刘梅花说，你今儿做的啥饭？

婆姨刘梅花凑在煤油灯下补娃娃的破衣裳，头也没抬，接过话茬说，我做的米饭，你说啥饭。

马德仁说，米饭里头哪来的沙子？我到现在牙缝里还钻着沙子。

刘梅花说，糜子就是沙地里长出来的，米里头咋能没有沙子？

马德仁说，知道有沙子你咋不拣掉？

刘梅花说，窑里黑得很，咋能拣干净？

马德仁说，天亮的时候你干啥着呢？

刘梅花说，你说我干啥着呢？我下地干活着呢！干活回来，你往炕上一趟，我还要做饭，操心娃娃。你说我干啥着呢！

马德仁说，你叫我干啥呢？我一个男人，叫我做饭抓养娃娃？娶妻娶妻，做饭洗衣，你不做饭还叫我做呢？

刘梅花说，我也没叫你做饭。你把话说全了，娶妻娶妻，做饭洗衣。还有半句，嫁汉嫁汉，穿衣吃饭。我跟上你，吃的啥，穿的啥？

马德仁说，就你那姿势，饭都做不好，还想吃个啥，穿个啥呢？

刘梅花说，你拿来个啥，我就做个啥。有本事你把好东西拿来,我也会做呢!

婆姨说出这种话来,马德仁一下子就火了。男人最怕女人说他没本事,即使真没本事的男人也不让女人说他没本事。刘梅花也知道说出这样的话来,男人不高兴,但她还是说了。最初的时候,男人找事儿骂她,她不出声。她知道顶撞了男人,就会吵架挨打。但她不出声,男人还是越骂越厉害,还照样动手打她。打骂的次数多了,她也皮了,回嘴顶撞,男人打她,她也还手。

马德仁蹦起身子,过去就给刘梅花一巴掌。刘梅花的头巾被打掉了,头发散乱开来。刘梅花知道男人要打她,她正好手里拿着针,顺手就在马德仁手上划了一针。马德仁手上火辣辣的疼,吸溜了一下,骂了一声,这个婊子,还拿针戳人呢!扑过来,对刘梅花一顿拳打脚踢。刘梅花也不饶他,腾出手,在马德仁的身上脸上乱挠。

两个人纠缠在一起,几个娃娃吓得哭叫起来。马德仁和刘梅花最开始打架的时候,娃娃吓得哭叫起来,他们就停了手。时间长了,就不理睬娃娃的哭叫了。继续打他们的,娃娃们慢慢习惯了,趴在被窝里不出声,看他们打。打完了,一家人再睡觉。那时候家里没电视啥的,反正也是闲得没事干。

马德仁和刘梅花吵架打架,也差不多是闲得没事干。

还是晚上吃过饭,外面有月亮,窑里也照得半明半暗,就没有点灯,省点是点。

刘梅花说，存女儿该上学了。存女儿是他们的大女儿。

马德仁说，一个女娃娃，上啥学呢。

存女儿钻出被窝说，我要上学呢。人家燕燕、桃花都上学了。

马德仁说，上学，上学！鼻涕都擦不干净，上啥学！

存女儿吸了一下鼻子说，我没鼻涕了，我上学呢。

马德仁躺在暗处不说话。

刘梅花说，人家女娃娃都上学，存女儿咋不能上学？

马德仁说，我们家的女娃娃就不上学，咋了？

刘梅花说，不上学眼睛瞎，我就吃了没上学的亏了。

马德仁不吭声。

刘梅花说，没文化，将来连个好女婿都找不上。

马德仁说，你说的意思是，你没嫁上好女婿吗？就你那个姿势，还能嫁个啥样的。

刘梅花说，我姿势咋了？

马德仁说，你看你自己的样，你看你把娃娃抓养的样儿。

刘梅花说，啥样儿？你要个啥样儿？

马德仁说，衣裳洗不干净，脸都洗不干净，你看她那样，有个上学的样子吗？到学校丢人去呢！

刘梅花说，娃娃没新衣裳，丢人也丢的是你的人，不是我的人。

马德仁说，没有新衣裳，你总给洗干净呢吧？娘儿母子都脏兮兮的。

存女儿用手擦了擦脸说，我洗脸了，脸上干净着呢。

马德仁呵斥女儿，干净个啥，睡你的觉！

刘梅花说，你是怕她花钱。

马德仁说，就是怕花钱，咋了？

刘梅花说，连娃娃上学的钱都没有，还嫌我们娘儿母子。

马德仁说，你不依不饶的干啥呢？我看你不是像叫娃娃上学，是成心想辱没我呢。

刘梅花说，我……啊……

她话还没说出口，马德仁从暗处就是一脚，把她从炕上踹到地下了。刘梅花从地上顺势抓了把笤帚，照着马德仁抡过去。屋里暗，笤帚没打到马德仁，但马德仁一看婆姨拿东西打他，跳下炕来，抓住刘梅花的头发，又是拳又是脚的，对刘梅花一阵乱打。刘梅花也挣扎着挠他。女人毕竟是女人，刘梅花本来就身子弱，哪里打得过马德仁，只有哭喊的份儿。

娃娃们看不清他们打仗，但能听见哭喊。两个小些的娃娃不敢出声，大女儿存女哭叫着说，我不上学了，你们别打了。

存女以为是她上学的事，才惹得他们打架。其实根本就不是，他们就是找由头打架。打累了，没意思了，才停下。存女还在哭着说，我不上学了，你们别打了。你们天天打架，羞死人了。

女儿说出这样的话来，马德仁和刘梅花这才感到，娃娃大了。

娃娃们大了些，不能在一个屋里睡了。就在院子里搭了个土坯房子，几个娃娃睡在土坯房子里，这边打架，他们也看不到了。当然能听到声音，听到了，他们也不敢过来。邻居们也是，最初听到两口子打架，还跑过来劝架。时间长了，也习惯了，门里都不出来，听他们打架。听完了，他们就睡觉了。男人打女人，在村里本来就很常见，也没啥稀奇的。男人吼，打；女人哭，骂。村里很多人家都差不多。

本来两口子吵架打架，要是一方骂不还嘴打不还手，一般是女方，另一方，一般是男方，也就没意思了，骂几句打几下也就停了。要是互相骂，对着打，就越骂越生气，越打越厉害。马德仁本来是个懦弱人，经常袖着手，在村里说不起话，也没见对谁发过火，看着不像个打人的，但到家里，打起婆姨来，却很厉害。刘梅花也是，本来胆小怕事，跟谁都没发生过口角，家里的鸡被人偷吃了，也不骂街，但和马德仁吵起来一句不让，好像故意惹马德仁打她。马德仁打她的时候，她明知打不过，偏偏还手，这样就多挨些打。刘梅花经常被打得浑身青伤紫印的，马德仁脸上脖子上也经常带着血绺子。两个人就像是斗出仇的公鸡一样，见了面就互相叨，叨得双方头上冠子上全是血。

马德仁似乎打得没意思了，晚上躲着不回家，在村里人家打牌打牛九。打牌打牛九不只是玩，还有点赌博的成分。赌博就需要钱，看着公平，但实际上是钱多的赢钱少的，胆大的赢胆小的。马德仁没多少钱，也没多大的胆，就经常输。越输越急，种地卖粮的几个钱全赌光了，刘梅花喂鸡下蛋攒的几个钱也哄去输了。刘梅花当然不答应,这又成了他们吵架打架的一个原因。马德仁输红了眼,本来就心里泼烦,刘梅花一闹,他就打。不光是拳打脚踢,还拿东西打。擀面杖、烧火棍、灰耙子,顺手拿起来就往婆姨身上头上打。

刘梅花的头被打破了,渗出血来,血在她的头发上洇开了。她的头发本来就像乱草一样,沾上血,看着有点可怕,刘梅花伸手擦了一把,抹得半个头半个脸上都是血,显得非常丑陋。本来把婆姨的头打破,马德仁还有些害怕,有些歉疚,但看到刘梅花的模样,他看着非常厌恶,一点儿怜惜的心都没有了。没有了怜惜之心,他打起婆姨来,下手更重。

刘梅花也不依不饶,声音嘶哑着哭着喊着,跟马德仁对着打。这样一来,挨的打更多了。马德仁拿了铁锨把、锄头把,就往她身上抡。好像赌着气,要把她给打服了。这样打了好多次,刘梅花好像真给打服了,马德仁打她的时候,不动手了,也不求饶,坐在那里,任由着马德仁打。马德仁好像不是在打人,而是在捶打一袋粮食,一个荞皮枕头。又不像是粮食口袋,不像是荞皮枕头,口袋和枕头是软的,婆姨的身上是硬的。刘梅花干瘦,棍棒打在身上,就直接打到骨头上了,硬碰硬,咯嘣嘣地响。有时候还有破茬声,不知是棍子断了,还是婆姨的骨头折了。马德仁心里都有些害怕了,婆姨却好像一点儿都不害怕。她的骨头好像也特别硬,就是打不折。折了也不说,她的嘴更硬。马德仁打着,她受着,一点儿都不躲闪,嘴里说,有本事你就把我打死。打死算了,我也不想活了。院子里有斧头,案板上有菜刀,你拿来呀!拿来砍死我。你是你爹的儿子,你砍死我呀!

马德仁当然没有拿菜刀和斧头来,他不敢砍死刘梅花。真砍死了,没婆姨了,打谁去。再说了,打死人要抵命,他还没有完全失去理智。

刘梅花却有些不对劲,好像是有点瓜了,眼睛里上了一层白雾,目光有些呆滞,动作也越来越迟缓,嘴里说着死死活活的话。她不光是嘴里说说,是真动了死的念头。她拿着菜刀切菜,但拿起菜刀就往脖子上比画。她到水窖上去打水,就站在窖沿上,往窖里看,半天不下来。马德仁最初以为她是吓唬自己,但马德仁不在的时候,她抓着裤带往脖子上勒,拿着剪子往心口上扎,让娃娃看到了,哭着拦住了。她看着娃娃的眼神也怪怪的,好像很疼爱,又好像很憎嫌,摸着娃娃的头,唉声叹气的。马德仁担心她不光是自己想死,还会把娃娃拉上一起死。村里有个女人就这样,抱着两个娃娃一起跳了水窖。女人要是动了死的念头,就啥也不管不顾了。

马德仁有些害怕了,时不时地提防着,怕她做出啥事情来,尤其是怕把娃娃也给害了。马德仁虽然打起老婆来,下得了手,但对儿女,他还是有些心疼的。

白天,他盯防着婆姨;到晚上,睡着了,就没法盯防了。刘梅花半夜里跑出去,上吊了,吊死在大榆树上。马德仁早上醒来不见婆姨，听人说有人吊死在大榆树上了，他过去一看，就是婆姨刘梅花。马德仁站在大榆树下，不哭也不喊，袖着手，一遍又一遍说，你还寻死呢，我也不想活了。村里人都骂他打婆姨，把婆姨逼死了。他也不辩解，一遍又一遍地说，我也不想活了。

村长骂他，人死了，你还说这屁话。把人打死了，你怕是想活也活不成了。

马德仁最后并没有死，也没有去坐牢。女人自己上吊死的，他没啥责任。女人就那样死了。为啥死的，马德仁也不说。村里人都说，日子太苦了，活不下去了。

女人死后，马德仁家的日子却越来越好了，这是后话。三个儿女都长大成人了，娶的娶，嫁的嫁，都进城打工，忙自己的日子，谁也不管他。他再也没有结婚，打死了婆姨，谁还敢嫁给他呢？一个人过了大半辈子，经常站在门口，袖着手，佝偻着腰，一站就是大半天，一动不动的，好像有根无形的绳子在半空中吊着他。

28. 电影

日子不好过，村里人就想办法。天旱少雨，土地里长不出多少粮食，抓不出多少钱来，最好的办法还是进城做小生意，或者是打工。做生意需要本钱，还得头脑灵，眼睛活，不是谁都能干的。打工卖苦力，谁都能干。城市在扩大，到处都需要劳力。只要肯下苦，到哪儿都能找上活儿干。没有知识，没有技术，大多都找的是砌墙、搬砖、扛水泥、挖下水道之类的体力活。但同样是下苦，在田地里苦死苦活的，雨水不好，一年到头也打不了多少粮食。在城里打工，月月有个麦子黄，一个月挣的工钱，比种一季的粮食还好。

第一个进城打工的，尝到了甜头，就把兄弟、亲戚带去了。亲戚又带亲戚，一个牵一个，一个串一个，很快村里的年轻人都进城去了。以后说起来，村里到底是谁最先进城的，都想不起来了。有人说，第一个进城的就是六指。

实际上，我不是第一个进城的。第一个进城的应该是刘三姐。

刘三姐是个男的，他本名叫刘满仓。那年头，村里放了一部电影叫《刘三姐》，刘满仓看了，就给迷住了。在村里看过了，又跑到下一个村子去看。这还不算，他跟着放电影的人，一个村一个村地走，一遍又一遍地看。据说他跑了十八个村子，看了十八遍。

精精神神的一个小伙子，回来后，变得痴痴呆呆的。村里人都说，他是中了魔障了。也有人说，他是被刘三姐给迷住了。还有人说，他是叫山歌把魂儿给勾走了。村里人还给他起了个外号——刘三姐。

刘满仓不辩解，嘴里喃喃自语，世上还有那么好的地方！

他不是被刘三姐，也不是被山歌迷住了，是电影上的山水，把他给迷住了。他想不到，世上还有那样好的地方，山是绿的，水是清的。不像村子，山是枯黄的，水是苦咸的。在那样的地方活着，也不枉来人世一遭。

刘满仓打定了主意，要出去找电影中的那个地方。

村里几个小伙子都笑话他，也有人好心劝他说，电影是假的，世上根本没有那样的地方。

他说，明明是真的，那么高的山，那么多的水，还能作假。

人说，电影上的水咋不淌下来，山咋不掉下来？

人说，就是，那么多水，淌下来，我们村子也不缺水了。

人说，瓜子，那么多水，怕是把山都给淹掉了。

人说，电影上还有那么多吃的呢，你咋不抓下来吃？

人说，就是，有一回，电影上的人在吃肉，我还专门到幕布后面去抓，屁都没抓住。

人说，就是，十年前的电影儿，人那个样儿，十年后，还是那个样儿，一点儿都不变老。

人说，电影就是假的，这个村里演的时候，人死了，到下一个村再演，人又活了。

人说，到后面还是死了。

人说，死是死了，放一回，死一回，哪个人能死几十回？

人说，要是不放的话，那个人是不是就一直活着呢？

人说,那也不是,已经放过了,那个人已经死了。

人说,我说要是一直不放的话。

人说,一直不放的话,也是死了。本来死了的人,就是死了。

人说,本来活着的人呢,一直都活着?

人说,拍到电影上,就一直活着。

人说,本来就是假的,是个影影子,咋可能一直活着!

人说,电影就是个画片,跟照相一样,都是照上去的,都是假的。

说到最后,几个小伙子一致认为电影上都是假的,人是假的,山水也是假的。刘满仓没法反驳,但他心里却认定,青山绿水,那样的地方一定是有的。他要去找那个地方。

家里人也着急了,以为是他想要媳妇了。到处打听着给他找媳妇,有个媳妇,成了家,就能把他的心拴住了。外面村里的一时找不下,一着急,就找了鸦儿沟的一个姑娘。家里张罗着借钱送彩礼,定亲,连结婚的日子都定下来了,刘满仓却不见了。

村里找不见,亲戚家也没有。这才知道他还是走了。到乡上、县城找了,也没有踪影,不知道去了哪里。那时候,村子人很少有人出过远门,最多到县城去跟集,买点东西。再远处的地方,很少有人去过。刘满仓的父亲也不知道去哪里找,只能回去了。

回去赶忙跑到鸦儿沟去退彩礼,几百块钱的彩礼,全是借的,还有几百斤粮食,那可是一家人半年的口粮。女方家也听说女婿跑了的事,正在生气,彩礼、粮食说啥也不退。不光是不退,还要人,要女婿。

刘满仓的父亲也说不出话来,亲事定下了,儿子不见了,这时候退彩礼,本来就没道理。找了村里几个有头有脸的人又去说,女方家占着理,还是说不通。女方家看面子,让了一步,说亲事还在,叫刘满仓的父亲去找儿子,找来了,媳妇还是他们家的。人家姑娘大了,不可能等十年八年,限定期限是一年,一年后,要是还没找回来,姑娘就另许人家,彩礼也不退。

刘满仓的父亲没地方去找,只能等着儿子自己回来。等了一年,没回来。两年三年还没回来,女方家就把姑娘另许了人家。刘满仓的父亲又去要彩礼,彩礼没要上,还被女方家骂了一顿。他咽不下去这口气,回来给村里说了,刘家是村里的大户,也丢不起这个人,纠集了几十个人,到鸦儿沟去闹事,打了一仗,差点出了人命。

彩礼没退回来,还搭了些医药费。刘满仓的父亲窝了一肚子气,等着刘满仓回来,好好收拾他。一直等了十年,刘满仓才回来了。刘满仓父亲还了十年的债,生了十年的气,担了十年的心,本来想着等刘满仓回来,好好骂他一顿。但刘满仓回来了,他却高兴得淌眼泪,一句话都骂不出口。问他到底去哪里了,刘满仓说,在城里。

刘满仓出门,果然找到了电影上的地方。地方好看,他却过不下去。后来就到了城里,在城里当盲流,当小工,摆小摊,当老板,赚了不少钱,还娶了城里的姑娘当老婆。村里人本来也等着看他的笑话,想当面问他,刘三姐,你找到你的刘三姐了吗?可等见到了,看到他的模样穿着,就不敢笑话了,外号也叫不出口了,都叫满仓哥,满仓叔的。

刘满仓回来,给父亲还了欠账,盖了新房。这一下,村里人才知道,城里满地是钱,弯腰就能捡上。有些年轻人就跑到城里捡钱去了。

还有个叫杨七娃的,坐牢回来,没有回村,就在县城开了个电器修理铺,也挣了不少钱。

杨七娃坐牢,是因为私造电台,窃听军事机密。

杨七娃名字土,却是个高中生,那时候算是知识分子。他学习好,尤其是数理化学得好,本来想上大学当科学家,可高中毕业,赶上取消考大学,他只能回乡务农了。他身子细长瘦弱,干农活本来就不行。干活态度不好,俯不下身来,虾一样弓着身子,再加上眼睛近视,戴着个厚眼镜,草和苗都分不清,经常是受嘲笑的对象。

人说,像你这个样子干活,哪像个农民?

杨七娃说,我又不是农民。

人说,你不是农民你是啥?

杨七娃说,我是知识分子。

人说,哎哟,念了几天书,把根本都忘了。

杨七娃说,不是的。

人说，你不是农民的后代？

人说，人家当然不是农民的后代，人家是富农的后代。还想着当地主，使长工呢。

杨七娃说，我没想着当地主。我是知识分子。

人说，就算你是知识分子，知识分子也得干活，不干活吃风屁呢？

杨七娃说，知识分子有知识分子的活。

人说，那你不干知识分子的活儿，跑回来干啥？

杨七娃不说话了。

人说，回来了，不干农活你干啥呢？

杨七娃说，当科学家。

人说，科学家是个啥官？有村长大吗？

杨七娃说，村长算个啥！

人说，你咋骂村长呢？看不给村长告。

杨七娃说，我没骂村长。

人说，你说村长不算个啥。

杨七娃说，我是说村长这个职务，比不上科学家。别说是村长，县长也比不上。

人说，科学家比县长还大，那是啥官？

杨七娃说，科学家不是官。

人说，那科学家是干啥的？

杨七娃说，造飞机、火箭、卫星的。

人说，就你？你造卫星？你怕是就会嘴里放卫星。

村里人都笑话他，说是书把人念废了，农民不像个农民，知识分子不像个知识分子，成个二杆子了。还有人形容说，狼不像狼，野狐子不像个野狐子，麻叽叽的。

像他那样回来的高中生，有些推荐上了大学，还有的当了民办老师，再不成也当个村会计啥的。他家里成分不好，偏偏又学生气儿重，性格执拗不合群，把村长得罪了。大学上不成，民办老师也当不上。村里人说，他是书把脑子念坏了。村里人教育娃娃的时候，也拿他做反面典型，念啥书，睁开个眼就行了，你看杨七娃，书念多了，把人念废了，脑子也念坏了。

杨七娃的脑子在有些方面却很好使，他爱鼓捣个电器啥的。那时候能有啥电器，也就是收音机、手电筒、广播。收音机村上只有一个，在村长家里放着。一尺见方的一个匣子，支棱着一根天线，两个旋钮，能收听到中央的、省上的、县上的电台。村长通过那个话匣子，了解国家大事、省里县里的大事。其他人家，只能通过有线广播收听公社的消息。就这一点上，村长和其他人就分出高下了。村里人有广播听，已经觉得很好了。广播上不光有消息，还放歌曲、快板书啥的，大人娃娃都爱听。广播也是个木匣子，当然比村长家的收音机匣子要小很多，也粗糙。木匣子上面镂刻着一个红五角星，里面装的是啥，谁也不知道，也不敢拆开来看。有些小娃娃，心里好奇，看那么点小匣子，里面又说又唱的，以为里面装着好多人，偷偷拆开了，却只有一块磁铁,几根电线。拆开来,就装不上了。大人发现了,把娃娃下死劲地打一顿。听不成广播事小,要是给定个破坏分子的罪名,那就事大了。不敢给人说,偷偷找杨七娃来修。杨七娃手巧,很快就能修好。

修了很多广播,杨七娃掌握了广播的原理。自己用一块磁铁,一个装润脸油的铁盒子,还有些电线啥的,做了个广播匣子,随身带着,随便挂在广播线上,就能听广播,挂在军用线路上,还能听军事机密。杨七娃听军事机密的事,有人告发了。报到上面去,变得更重了,说他是个特务,私造电台,窃听军事机密,就给判刑坐牢去了。

杨七娃坐牢回来,也许是羞于见村里人,也许就是不想干农活,在县城开了一间电器修理铺,生意做得很红火。村里人想起他当年说的话,他不想干农活,还想当啥科学家。一个想当科学家的人,最终成了个修电器的,多少有些叫人叹息。但村里人却不这样看,村里人觉得,他不干农活,不用弯腰受苦,照样赚钱,这就已经很好了。

城里的钱当然不是弯腰就能捡上,还是要受苦,比地里的苦还重,但挣钱也比守在地里强多了。就这样,一个带一个,年轻人大多都跑到城里去打工赚钱了,连四五十岁的人都跑出去挣钱了。挣了钱,回来盖新房。那时候,谁都还没想着离开村子,所以新房盖得一家比一家大,一家比一家高,有的甚至高过了村长家的房子。

房子盖得再高再大，总感觉还是不行，村子里没了人气。男人们几乎都出去了，村里只留下些老人、女人和娃娃。娃娃上学，老人看家，女人种地。种地，守家，是老年人和女人们的事，年轻人守在家里，会被人认为没出息，会遭人笑话的。

男人们春天出门，到冬天才能回来。打罢春，过罢年，风动了，地动了，人心也动了，村里的老年人，心里开始筹划种地的事。哪块地种麦，哪块地种豆。尽管连年大旱，种瓜收不上瓜，种豆收不上豆，但土地还得种，农民不种地，还叫个啥农民。老年人有老年人的想法。年轻人则三个一群、五个一伙地商量着外出打工了。去新疆的，去内蒙古的，去深圳广州的都有，哪里赚钱去哪里。一开春，村里的年轻人就走了，散到天南地北去了。村子只红火了一个多月，就又冷清下来。

很多年轻人回来，也住不惯了，觉得路不好走，饭不好吃，水不好喝，白天太安静了，晚上太黑了，电视图像不好，手机信号不好，尤其是娃娃上学不好。娃娃上不好学，就走不出山去。自己这辈子打工受苦，说啥也不能叫娃娃和自己过一样的日子。他们在城里打工，看到城里人过的日子，那才叫日子。

这样一想，鹞子客的儿子牛虎，买谷子的儿子买面，杨占山的二儿子杨有成，还有几个做生意的、当包工头的，就在城里买了房，把家搬到城里去了。不光是有钱的，连摆摊租房的，都把家搬到县城去了。杨占山的二儿子杨有成，没到外面去打工，在县城摆了个水果摊，租了两间房住着，把婆姨娃娃都带去了。婆姨给帮着看摊子,娃娃们在县城上学。县城的学校好。杨有成在县城摆水果摊,主要是为了娃娃上学。父亲杨占山为了种地,把他们弟兄三个都拉回来干活,没让上学,他心里一直有遗憾。杨有成说,自己一辈子没念成书,不能把娃娃再耽误了。杨有成刚开始到县城,村里的院子、房子还留着,怕一旦城里混不下去了,再回来。这一点倒跟他父亲杨占山有点像。过了几年,他干脆把房子院子都卖了,土地也转包了,断了退路,这是多难都要在县城住下去了。

陆陆续续的,就有十几家人搬出去了。

29. 火禁

村里人大规模搬迁,与一个叫刘温的有关。刘温年纪不大,六指离开村子的时候,他还是个流着鼻涕的小娃娃。

刘温长了癞头疮,头上经常有脓水,黄叽叽、烂稀稀的,看着叫人害怕。他的头发本来厚实,因为有疮,推又推不成,剃也剃不成,只能让他妈用剪子给铰。他妈不知是怕碰烂他头上的疮,还是怕剪子上沾了他头上的黄水,铰得很潦草,长一撮短一撮的,像给老鼠啃了一样。也是因为头上有疮,他妈又不能给他洗头,他的头一直脏着。黄水沾着头发,沾着土,把他的头弄得像个烂香瓜。也不能说就像香瓜,香瓜还有香味,他头上有一股熏人的腥臭味,臭得谁都不想接近他,不想和他一起耍。

村里的娃娃不和刘温一起耍,主要还是害怕被他传染——在村子叫"惹"。谁要是靠近了他,沾上他头上的黄水,就给惹上病了,也长烂疮。刘温待人就和别人不一样,和他好的,他反而离远些;和他不好的,刘温就把烂疮的黄水抹在他头上。刘温给人抹黄水不用手指,他怕再给自己惹上,而是用柴棍。他嘴里常咬着一根柴棍,柴棍在他的嘴角那里戳着,被他用牙咬得一撅一撅的。趁人不注意时,他就拿柴棍把自己头上的黄水往别人头上抹,村里有好些娃娃都叫他给惹上疮了。头上或者身上起了红斑,红斑很快变成黄豆大的水泡,一两天又变成脓疱。脓包烂了,脓水淌到哪里,哪里就感染,又长出新的脓疱,这在村子叫"洇"。不小心惹上疮,就洇得到处都是。好在这疮不是很痛,就是瘙痒,惹得人直想用指甲抠。疮抠烂了,就洇得越多。家里大人也不咋管,肚子都吃不饱,谁还顾上管几个烂疮,最多安顿几句,说不要抠,过几天结了疮痂,就好了。有些人家重视娃娃,找来村医给看。好像也没啥有效的药,最多是给抹点紫药水。说抹上紫药水,慢慢就好了。抹上紫药水倒弄得黄一块、紫一块的,更难看,害疮的人都不想多抹,就只能等着疮自己好。

害疮的每个人不一样,有些过几个月,结了疮痂,长成疤皮,脱了疤皮,还就自己好了。还有些一直脓脓水水的,不见结痂脱皮,不见好。最严重的就是刘温,头上的疮几年都不见好,眼看着结痂了,就是不脱皮。刘温头上长满疮痂,没地方长头发,弄得像个秃子。平常的秃子,头上没头发,但头皮光洁,看着还顺眼。刘温的秃头上满是疮疤,比平常的秃子更难看。村里人给他起了外号叫秃疤疤。

"秃疤疤,把那个癞呱呱抓掉。"

"秃疤疤,爬到树上去,把那些沙枣子揪下来。"

刘温胆子大,让他爬树他就爬到树梢上去了,让他抓癞呱呱他就抓了癞呱呱扔远了。他那样做,是讨好大家,想和大家一起玩。他本来也胆子大,不要说爬树抓癞呱呱,连毛虫、长虫都敢抓,连村里最野的骡子都敢骑。

为了能骑马骑骡子,他经常给饲养员刘瘸子帮忙,吆骡子赶驴到河里去饮水,到山上去放。刘瘸子一条腿长,一条腿短,走路不方便,骡马一跑,根本追不上,就让刘温帮忙。有刘温帮忙,刘瘸子不必拉着瘸腿,晃颠着身子追骡马了,他当然很乐意。所以,经常能看见刘温和刘瘸子一起赶着一群骡马,刘瘸子一高一低地走在后面,啥事不管的样子,指着刘温跑前跑后,拦骡子挡马,不知道的还以为是爷儿俩呢。刘瘸子有个儿子,不在自己家里,但却没想过有刘温那样的儿子,他实际上并不喜欢刘温。

正因为这样,看到那些驴马做畜生事,刘瘸子还故意跟刘温开玩笑。驴马到底是畜生,冷不防就有了畜生样,做出畜生事来。那些骟驴走着走着,不知想起了啥,胯下就吊出黑黑的半截物件来；那些儿马，哎儿哎儿地叫几声，就趴到母驴背上了；就是那些不能生养的骡子，也时常会露出羞丑来。刘温看母骡子尿尿，刘瘸子就笑说："看啥看？没见过你妈尿尿？"刘温不解地说："它那里一翻一翻地干啥？"刘瘸子说："驴又没长手，不会擦沟子，不翻一翻，那里咋能干净？"刘温似乎更想不明白了，刘瘸子就笑得露出黄牙。

刘温有一回骑一个草驴，他骑上去，草驴浑身颤着，嘴一张一张的。刘温打它屁股，它一步都不走。刘温以为草驴有病了，就赶紧下来了。他一下来，草驴浑身不颤了，嘴也不张了。他又骑上去，草驴还是那样嘴张身子颤的。他问刘瘸子，刘瘸子坏笑着说，它把你当成叫驴了。你脱了裤子我看看牛牛，像不像叫驴？刘温还是不明白，嘴里嘟囔着，它把我当成叫驴干啥呢？刘瘸子又笑着说，干啥呢？是叫你给它行驹呢！行驹也不懂？你大你妈睡觉你总知道吧。刘瘸子这样一说，刘温就想起睡觉时，迷迷糊糊听到的一些声音来。乘着刘瘸子不在跟前时候，他又骑到草驴身上。草驴还是不往前走，嘴一张一张的，流着口水，像是吃了酸杏子，刘温也是满嘴的口水。草驴身子还是颤颤的，像是站在筛子上。刘温的身子也跟着颤颤的。他从草驴背上爬下来，草驴又开后腿，抬起尾巴，尿了一泡黄尿。尿水溅到他腿上了，他都没注意，他注意的是草驴尾巴下面，那里红红的，像开了一朵花。他捡了根柴棍，不是他嘴里常咬着的柴棍，是一根长柴棍，往花朵那里拨拉。拨拉了一下，又拨拉了一下，拨拉了一下，又拨拉了一下。草驴突然撅起屁股，撩起蹄子踢过来，踢到刘温下巴上。刘温给踢蒙了，直到刘瘸子一晃一颠地过来，他还呆呆地站着。刘瘸子说，这碎驴日的，你干啥呢！还真的给驴行驹呢！

刘温这才感到嘴里咸咸的、黏黏的，吐了一口，吐出一口血，还有半拉前门牙。

这以后，刘温就不给刘瘸子挡骡马了，闲来没事，就去扒拖拉机。村里有个开拖拉机的叫杨占钢，是个红脸大汉，外号叫"生铁棍"，说话不讲理，性子也烈。看到娃娃扒车，他回头就骂。骂着不顶事，他就停下车，跑到拖车后面抓，抓住了，就巴掌耳刮子地打，能打得口鼻出血。他大概是怕娃娃扒车出事受伤，但下手也太重了。为了扒拖拉机，刘温没少挨打。其他娃娃挨他一回打，一辈子都不敢再扒车了。刘温就不怕，挨了好多回打，他还是照样扒车。挨打多了，他还报复了杨占钢。

杨占钢有个独生儿子叫杨小林，和刘温差不多大。因为是独生儿子，杨占钢特别地疼爱，开车出去干活，经常放到拖拉机的驾驶楼子里拉着。杨小林坐在高高的驾驶楼里，就像电影中坐轿子的少爷一样，惹得一村的娃娃都恨他，尤其是刘温。刘温报复杨占钢当然不可能，就报复了他的儿子杨小林，报复的工具就是他头上的黄水。他乘着杨占钢不在的时候，把头上的疮疤抠烂，把黄水悄悄地抹到杨小林的头上、脸上。杨小林的头上、脸上很快长出了一些疮疤。

杨占钢看到儿子也得了癞头疮，知道是刘温使的坏，赶紧找保健员来给看。保健员能有啥好药呢，还是给抹了点紫药水。抹上紫药水，不见好。杨占钢开车方便，把杨小林捎到乡上卫生院去看了，买了点药膏，回来抹上了，还是不见好。又捎到县城医院去看了，又买了些药膏抹上，仍然不见好。杨占钢就犯了生铁棍性子，哪里都不再去看了。有一天给拖拉机打黄油，正好儿子杨小林在跟前，他顺手就给儿子头脸的疮疤上抹了些黄油。杨占钢当然知道黄油是给轴承螺丝润滑用的，根本就不是药，他实际上是没办法了，也是给那些疮疤撒气，就抹上了。没想到，过了几天，儿子头脸上的疮疤好像干了一些。他又给抹了一回，疮疤又好了一截。抹了三四回，十几天过去，儿子头脸上的疮疤竟然全好了。

杨占钢是个心里装不住事的人，也大概是为了显摆，就把黄油治疮疤的事给人说了，还慷慨地给所有害疮疤的人家每人一包黄油。黄油抹上，还真见效，害疮的十天半月全好了。杨占钢记恨刘温给他儿子惹了疮，偏不给他黄油。刘温他妈去求情，才给了。刘温的疮严重些，抹了一个月黄油，也脱了疮痂。也许是害疮时间太长，刘温头上的疮疤是好了，但还是留下了一些斑秃，头发一直长得不多，稀稀拉拉的，黄黄的。大家还是叫他秃疤疤，到他二十岁了，还是那样叫。长大了，他知道羞丑了，别人那样叫他，他心里不舒服，但也没办法。唯一的办法是戴上帽子，把头遮住。

刘温到二十岁的时候，还没找上媳妇，原因他秃头豁牙长得丑。

杨占钢的儿子杨小林倒是已经说下了媳妇，媳妇就是买谷子的女儿买豌豆。这时候的买豌豆已经不像是豌豆了，出落得水葱一样，成了村里最俊的姑娘。杨小林是独子，家里光景又好，两家就结了亲。彩礼送了，但还没有过门。正在张罗着准备过门时，买豌豆得了病，也是害疮，不是癞头疮，是毒疮，长在大腿上。一个大姑娘家，大腿上长了毒疮，不好光明正大地四处去看，只能悄悄地找偏方治。杨占钢也知道了，想起儿子的疮是用黄油治好的，也如法炮制地送了点黄油过去。可买豌豆得的毒疮和刘温的疮不一样，抹上黄油不仅没好转，反而更严重了。买豌豆连路都没法走，睡倒了。

这家的女儿，那家的儿媳妇，两家人正着急着，来了个走方的神汉，抓鬼驱狐，也会治毒疮。他说治毒疮得用"火禁"，就是把铁铲子烧红了，用舌头在烧红的铁铲子上舔一下，把带火的唾沫喷在毒疮上。每次舔火铲喷三下，每天三次，连续三天就好了。火禁治毒疮，村里人也都听说过，但买豌豆的毒疮长在大腿上，那个神医又是个男的，如何能叫他"火禁"？

还是神汉办法多，他问买谷子，女娃娃许人家了吗？

买谷子说，许了，正准备过门，谁知道害了这病。

神汉说，许了人家就好，叫你女婿来，我给他教，让他给火禁。

买谷子一听,也有道理,虽说没有过门,但终究是他的媳妇,叫女婿来"火禁",最合适。

女婿杨小林,从小被父母娇惯着,也被父亲杨占钢的火暴脾气压制着,吃不得苦,又胆小怕事。一听要用舌头舔烧红的火铲,说啥也不敢。买谷子往他家里跑了好几次,女婿就是不答应。买谷子就当着亲家的面,说了女婿几句。杨占钢见买谷子在自己家里骂自己儿子,就听不下去了,也囔了买谷子几句。两个人说着说着就囔高了,撕破了脸,还说出了一些难听的话。买谷子说,你儿子连个火铲都不敢舔,算个啥男人。杨占钢说,你女儿那地方得毒疮,也不是个啥好女子。最严重的是,杨小林还帮着父亲杨占钢骂岳父买谷子。买谷子骂又骂不过,打又打不过,气得回来,就找来媒人,说要退亲。还说出一句话,谁为我女儿舔火铲子治病,我就把女儿嫁给他。

这话本来是气话,但说出来了,就收不回去了。

刘温听说了,就自告奋勇地要舔火铲。因为家里穷,他又长得丑,找不上媳妇。听到这话,当然不会放过机会了。买谷子说出那样的气话,也没想到来的会是刘温。但说出去的话,泼出去的水,也只能任由刘温舔火铲了。

走方的神汉把火铲烧得通红,快要淌铁水了。叫刘温伸出舌头在火铲上一舔,冒出一股蒸气,蒸气里有一股很重的焦煳味,刘温的舌头几乎给烫掉了一层皮,但他眉头都没皱一下,鼓足了唾沫,向买豌豆的毒疮喷去。刘温舔火铲时,买豌豆都吓得闭上了眼睛，睁开眼睛，长睫毛就沾湿了。神汉又把火铲烧红，刘温又舔了一次；再把火铲烧红，刘温再舔了一次。当天火禁了三次，连续火禁了三天，买豌豆大腿上的毒疮就消了，不几天就真好了。

买豌豆好了，杨小林又舍不得了，给父亲杨占钢说，还想娶买豌豆。杨占钢照儿子的脸上就是一巴掌，骂他没出息。没出息就没出息，杨小林还是跑到买谷子家去，给买豌豆说，他还想和买豌豆成亲，刘温火禁的事，他不在乎。买豌豆说，她在乎，她在乎的不是被人看了大腿，她在乎的是人。杨小林就没办法了，再也不敢给父亲杨占钢说。

杨占钢心里也有些后悔，但他一辈子没说过二话，不好再给买谷子说怂话。他就给儿子说，他家的女子算个啥？我给你娶个城里女子。杨小林跟着父亲跑车出去过几趟，见识过城里女子，就不说啥了。买谷子也想反悔，刘温人长得丑不说，家里太穷，他不想叫女儿过去了受罪。买谷子把心思给女儿说了，女儿买豌豆却回答得很干脆，说跟他背上袋子提上棍当讨吃也愿意。买谷子没办法，就把女儿买豌豆嫁给了刘温。

上彩礼的时候，刘温家凑不够钱。就打算把大榆树给砍了卖钱。包产到户的时候，村上的土地都分了，大榆树占的那块地也分了。榆树长得很高大，根也伸得很远，欺得那块地不咋长粮食，别人都不想要。也是离刘温家最近，就分给他家了。种地种不成，盖房也盖不成，就那样撂着。这会儿想着把树挖了，卖钱凑彩礼，挖掉后，那块地上还可以盖房子。刘温家想挖掉树，村里人挡着不让挖，说地是他们家的，树是全村的，老祖先留下的树不能挖，挖了要招祸呢。刘温胆子大，又急着娶媳妇，才不管是不是老祖先留下的，是不是招祸。找了一把锯子，半夜里偷偷去锯大榆树。

榆树太大，锯不透，刘温就从两边往里面锯，锯进去一截，锯条被夹住，锯不动了，又从另一边往进锯。锯条又给夹住了，刘温使劲一拉，锯条断了，把他的胳膊上锯出一条血口子，血淌了一摊。他只好停手。

第二天，村里人发现大榆树被锯了，树虽没倒，但断口处有血，都说是大榆树流血了。刘温出来澄清，说那是他胳膊上的血，可村里人说啥也不相信，就说是大榆树流血了。说来也奇怪，血腥味在村里飘了好些天。

大榆树没有倒，还那样站着，但很快就没有生机了，树叶子稀稀拉拉地快褪到头顶上了，树枝杈都快要干枯了。村里也开始出现许多怪事、丑事，村里有个二杆子，其他年轻人都出去打工了，他不出去打工，就死守在村里，祸害了好几个女人，还有大伯子上了弟媳妇的炕，公公和儿媳妇睡到一起了之类的事。村里人都说，这是锯了大榆树，招祸了。

买谷子更讲这些，知道是招祸了。他预言了半辈子，到头来却不知道自己的女儿会嫁给刘温，更没想到，刘温为了凑彩礼，把大榆树给锯断了。

30. 鱼儿

村里的拦沟大坝也干了。

大坝是二十多年前打的,那时候,六指已经走了。

大坝建在村子南面的山沟里,是用夯土筑起来,外面加了石块水泥坡面,非常牢固。沟里发大水,也没有冲毁。村子缺水,建大坝的目的是把沟里的水聚起来,解决人畜饮水问题。还设想着,要用水泵把水压到山上浇地,把靠天吃饭的旱地,变成旱涝保收的水浇地。为了过上好日子,村里人那些年想了很多办法,国家也支持,修路、通电、蓄水。

水坝里蓄上了水,这才发现,水还是咸的,人没法饮用,也没法浇地,饮牛饮羊还行,洗洗涮涮也行。每年夏秋发山水,水库就蓄满了。水太多了,旁边还有个泄洪道。虽然跟预想的有些差距,但有水总比没水强。在干旱山区,水比油都贵重。

过了几年,有人发现水坝里有了鱼。谁也没有往水坝里投鱼苗,也不知道哪里来的鱼。村里人都说是眼睛看花了,可能是把柴草棍子当成鱼了。慢慢地,好些人都发现了,还有人专门到水坝上去看——尾巴划过水面,白光一闪,或者嘴巴触着水面,形成一个个圈圈,甚至鱼的整个白身子都看到了,分明就是鱼。

村里人简直想不通,那些鱼是从哪里来的。有念过书的人说，这里曾经是大海，后来慢慢变成了高山。话说得好像有些道理，这山上就有人挖出了龙骨化石。说不定这里过去就是大海，或者是大湖呢。周围有几个村子的名字就叫海子、海棠湖啥的。但大海变高山，是千年万年的事情了，那时候的鱼苗不可能存活到现在，见水就活了。也有人说，鱼是山沟里本来就有的。山沟的泉水里长着一种鱼，村里人叫狗鱼，嘴脸看着像狗，一寸多长，一指头粗细，长不大。村里人说，鱼随着水长，水浅了，鱼就长得小，水深了，鱼自然就长大了。也有人抬杠说，同样的水里面，鱼咋大的大，小的小。还有人干脆说，有水就有鱼，鱼就是水里生的。这样说，也没法叫人相信，水窖里也有水，咋不生出鱼来？

鱼到底从哪里来的，村里人也不管了。那些鱼在水坝里，村里人也不理睬，没有人想过打上来吃。村里人老几辈子没见过鱼，男人不知道咋打鱼，女人也不知道咋做鱼吃。村里的男人们出去打工，也吃过鱼，但还是不会做。村里的男人本来不做饭。再说了水坝里的水太深了，村里人又不会水，没有船，没有钓竿的，谁也不敢下去抓鱼。那些鱼就自己长着。放羊的男人，挑水的女人，看到了也就看到了，谁也不当一回事。鱼好像长大了，扑啦一下划过水面，动静很大，说不定是啥怪物。

怪物吃人呢。几个小娃娃，在水坝边上耍水，耍着耍着，一个娃娃不见了。找来找去找不见，就说是叫怪物给吃了。但过了两天，娃娃的身体漂上来了，囫囫囵囵，没有怪物咬过的痕迹，分明是淹死的。随后，又有两个女人淹死在水坝里。都是家里受气，自己跳下去的。一个找到了尸首，一个连尸首也没找见。都说是叫鱼吃掉了。鱼吃了人，就更没人想着打鱼来吃了。

水坝也慢慢没人管了，年轻人都外出打工，护坡上的水泥石头风化了，也没人收拾。水坝里的淤泥越来越厚，水也越来越浅，几乎存不住水了。鱼儿却显露出来，一群鱼儿在泥水里翻腾挣扎，看着都是很大的鱼。有几个年轻小伙子，就趴到泥水里去抓鱼。一尺多深的水，下面全是稀泥，不敢站起来，一站起来，就会陷到泥里去。陷进去就上不来了，越使劲越陷得深，只能趴着。人趴在泥水里，使不上劲，大鱼抓不住，只能抓住小鱼。

有个叫二愣的，是刘满福的儿子，实际上是刘瘸子的儿子，却抓到了一条大鱼。多大的一条鱼，有快两米长，跟人的个头一般大。二愣不知怎么抓住的，他抱不动，用绳子勒着，背回来了。鱼头搭在他的肩膀上，鱼尾巴甩在他脚腕上。他浑身是泥，简直没个人样了。鱼身上的泥却不多，显出本色来，肚子是白的，背上是红黄的，几片蒲扇大鱼鳍红得透亮，鳞片也闪闪发光。两只眼睛有茶盅那么大，一只瞅着二愣，另一只瞅着众人。

二愣背着大鱼进村，村里人看到都吓了一大跳，谁也没见过这么大的鱼。很快就有很多人聚过来看热闹，都说鱼大，都夸二愣厉害。但几个老年人看到了，说这么大的鱼，不成龙，就成精，劝二愣赶紧放回去。二愣就是二愣，根本就不听老人的话。再说了，二愣从没做过这么大的事，没有这么受人瞩目过，咋可能放回去呢？他说要宰了吃，这么大的鱼，他一家也吃不完，谁想要就给谁分一些。

二愣把大鱼扔到他家门口，到屋里去拿刀子，准备宰鱼。鱼还活着，但出水时间长了，已经不行了，张开大嘴，一会儿喘一下气，眼睛瞪着，鱼鳃张着，身子扭着，尾巴拍着，拍起一阵尘土来。二愣拿出刀子，却不知道该如何宰鱼。村里人谁也没宰过鱼，只宰过牛羊。牛羊好宰，用绳子绑住，脖子上一刀就是了，可鱼没办法绑，脖子那里本来就有个口子，那是鱼鳃，没地方下刀。很多人围着看热闹，二愣有些不好意思了。正好杨占钢跑车回来，看到了，就说，鱼不用宰，把肚子剖开就行了。杨占钢经常在外面跑，见过宰鱼的。这一下，二愣知道了，抓住刀子，就在鱼肚子上划了一刀。刀子划过，鱼肚子却没有被划开。二愣有些不好意思了，他没想到鱼鳞那么硬，那么厚。几个老人又劝他不要宰了，放回水坝里去。这鱼成精了，不能宰，宰了招祸呢。杨占钢经常在外面跑，不相信成精成怪那些话，就说，这鱼才多大点，就成精了，还有卡车大的鱼呢，人家照样吃，好好的。

杨占钢这样一说，给二愣打了气。二愣双手抓住刀子，先捅进鱼肚子里，再用力往下拉。拉开了一截，大鱼可能是感到疼了，使劲挣扎起来，一尾巴拍到二愣身上，把他拍了个趔趄，差点栽倒，刀子也顺势拔出来了，大鱼肚子上的血喷出来，周围的人吓得赶紧往后躲。谁也想不到，鱼还有血。鱼血比牛羊的血要少些，刀口处的血淌了一会儿，大鱼挣扎了几下，慢慢不动了。二愣被大鱼惹恼了，抓着刀子，又过去宰鱼。鱼肚子被划开了，一大堆内脏涌出来，铺在土地上，那么大的一堆，简直像牛的内脏一样多，看着叫人害怕。大鱼又开始挣扎，血水溅得二愣满脸满身都是。他一点儿都不在乎，这会儿显得像个与大鱼搏斗，取得胜利的英雄。二愣从没有这样英雄过。

受这种英雄气鼓动，二愣准备把大鱼剔成一块一块的，分给村里人吃。他边剔边说，见者有份，每人一块，拿回去吃去。鱼肉吃上了，人聪明。

有些人就往前凑，等着二愣剔下鱼肉来，拿一块回去。不会做，煮熟了也能吃，反正是白拿。但不知谁说了一句，水坝里淹死过人，这鱼怕是吃过人肉，才长这么大。吃过人肉的话，一下子恶心到人了。没拿上的说啥都不要了，已经拿上的也扔下走了。

围观的人，这会儿看到地上血丝糊拉的，闻到血腥味鱼腥味，也觉得不舒服，纷纷四散回去了。留下二愣一个人，一下子泄了气，也生了气，看着那么大的一条鱼，少说也有一百多斤，他拿回去根本就吃不了。二愣还没有结婚，家里就他和父亲刘满财两个人。刘满财又娶了婆姨，但只过了两三年，又走了。刘满财就把二愣抓养大。二愣长大了，刘满财却总觉得是给刘瘸子抓养娃娃，心里一直一个疙瘩，也不给二愣张罗着娶媳妇，二愣二十六七了,还打光棍。刘瘸子在旁边,却是有劲使不上,毕竟从规矩上说,二愣还是刘满财的儿子。

所以,二愣只拿了一块鱼肉,剩下的就扔在大门口不管了。村里的几只狗嗅到了血腥味鱼腥味,跑过来了,看到地上一堆肉一摊血,先远远地看着,不敢往跟前走。尤其是大鱼的两只眼睛还那样睁着,看不出死活来。村里的狗也没见过鱼,不认识鱼,就认识牛羊。村里的狗也知道,这么大一堆肉,肯定是人宰了牛羊,要用的,它们不敢动。人宰了牛羊,最多给它们点碎肉骨头啥的,不可能把一大堆肉给它们吃。狗也知道本分。可看了半天,这堆肉却没有人管,就在大太阳下晒着,散发出一股浓重的鱼腥味,还有肉味,这样的味道吸引着,一只狗忍不住了,探过去叼了一口吃起来,其他的狗看着没危险,也叼了一块吃,很快把全村的狗都引来了,一群狗在大鱼身上撕扯起来,狗多肉少,自然引发了狗咬狗,它们又厮咬起来。结果是,大鱼还没吃完,狗们就咬得不可开交,一条狗被咬死了,还有七八条受了伤。

村里人说,这不是招祸了吗?

死一条狗还是小事,可更多的祸事在村里接二连三地发生了。

杨占钢也出了车祸,人没死,腿断了,躺在家里。儿子杨小林一个人跑车,在外面挣钱。杨小林本来就心花,一个人拧着一辆大车,没人管束了,就更容易生出些花花肠子。杨小林跑车挣钱的途中,领回一个城里女子。不是县城的,还是省城的,名叫鱼儿，是一个旅馆的服务员。旅馆不大，在城边，停车住宿的那种。杨小林跑车，经常在那家旅馆住，就熟悉了。鱼儿不想在旅馆里窝着，想到外面乱游，经常搭杨小林的货车到外面疯跑，两个人就好上了。杨小林最初并没有当真，鱼儿却当真了，要嫁给他。杨占钢反对，说车马店能有啥好女子。杨小林想想也是，就给鱼儿说，他家在农村，穷山恶水的。鱼儿说，她不喜欢城市，就喜欢农村，还跟着杨小林来了一趟，看到村里的一切都喜欢，都兴奋得不得了。杨小林就没话说了。最主要的还是鱼儿人长得俊，有一双媚媚的大眼睛，跟买谷子的女儿买豌豆是两种不一样的俊，比买豌豆更受看。买豌豆嫁了刘温，是杨小林的一块心病。鱼儿把买豌豆比下去，杨小林就觉得舒坦些。

不光是把买豌豆给比下去了，把全村的女人都比下去了。她身上有着一种说不出的女人味儿，说话、走路的姿势，叫村里人想起早些年杨木匠领来的那个女人。杨木匠的女人是个野狐精，走路说话就有一股妖媚气儿。鱼儿跟她相比，身上的妖气儿淡些，媚气儿更重一些。那种媚气儿不是装出来做出来的，是从骨子里透出来的，叫人看了浑身酥软，说不出话来。村里人本来想着给杨小林说，她跟那个野狐精有点像，要提防着些。心里是这样想的，但嘴里说出来的话，却不一样了，尤其是当着杨小林的面，都夸他找了个好媳妇。还夸赞说，这是村子第一个娶进来的城里女子。村里人这样说，杨小林也觉得很受用。

实际上，杨小林还没有跟那个女人结婚，杨占钢说啥也不同意儿子杨小林娶那个女人。他第一眼看到鱼儿，就想起了杨木匠领回来的那个女人。这个叫鱼儿的，长相和那个女人不太像，但神情却很像，都有一种狐媚气儿。这样的女人看着就不像个庄稼汉女人，不会干活，只会害人。杨木匠就是被那个女人害了，他不知是走了还是死了，活不见人，死不见尸的。杨木匠是杨家人，算上是他的堂哥。杨家人祖祖辈辈都有命犯桃花的，下场都不好，他不想让自己的儿子再走那样的路。

他让儿子赶紧把女人送回去，儿子杨小林说，我也不知道她家在哪里，送到哪里去？

杨占钢说，是哪里人都不知道，你就往家里领？

杨小林不说话。

杨占钢说，你从哪里领来的，就送到哪里去。

杨小林说，我从宾馆领来的，她已经辞职不干了。

杨占钢说，那就领出去，随便到哪里，越远越好。

儿子杨小林却不这样看。他完全被鱼儿迷住了，觉得鱼儿哪儿都好。鱼儿要下地干活，杨小林不让她去。杨小林哪里舍得她下地干活呢，就让她好好在家里待着。不光是舍不得她干活，还舍不得离开她。刚领回来的时候，两个人黏糊着，杨小林连车都不好好出了。杨占钢催促着，他才不情愿地出去。鱼儿也黏他，有时还随着他的车跑出去。杨占钢拦挡了，说，开车是跟命打交道的活计，拉上个女人不吉利。鱼儿这才不坐着杨小林的车出去了。

不随着杨小林出去,鱼儿就一个人在家里枯坐着看电视。看烦了,就到外面转悠。杨占钢给婆姨说,一个女人,在村里瞎转悠个啥?他叫婆姨管管。婆姨心眼好,说,整天待在家里,谁都烦,有个娃娃就好了。女人家心软,她已经把鱼儿当成自家的儿媳妇了。杨占钢却说,生娃娃?你看她像个生娃娃的样子吗?指不定能生出个啥祸来呢!

杨小林跑车回来,杨占钢还劝他把那个女人送回去。杨占钢成了残疾人,虽然反对儿子娶那个女人,但说话却没有那样硬气了。儿子杨小林也明白这一点,父亲的脾气火暴,他一直懦弱些,父亲说啥是啥。这会儿,父亲有病了,他就慢慢硬起来了,尤其是在鱼儿这件事上,他丝毫不让步。父亲说得烦了,他干脆把鱼儿安置到旧院子里。他们家盖了新院子,旧院子一直空着,家具铺盖啥的都有。

这样一来,等于分家另过了,父亲看不到,慢慢也就不管了。杨小林回来跟鱼儿黏糊上几天,还得出去跑车,就留下鱼儿一个人在家里。在家里待不住,鱼儿就凑了几个人,在家里打麻将。

男男女女混在一起打麻将,这在村子,被看成是败坏庄风的事。村里的老人们就说出一些话来。这些话送到杨占钢和婆姨耳朵里,杨占钢不好管,就叫婆姨去说。婆姨面软,说了几句,鱼儿还是照样。杨小林回来,杨占钢又叫杨小林管管。杨小林心烦地说，不打麻将叫她干啥？

杨小林这样护着惯着鱼儿，杨占钢两口子也没办法了。鱼儿的胆子更大了，传出一些风言风语来，说她跟村上的人胡搞。还有人说，她本来就是个小姐，村里有人还睡过她。

杨小林跑车回来，杨占钢就说了这些事。杨小林说啥也不相信，尤其是见了鱼儿，跟鱼儿黏在一起，鱼儿有吸魂摄魄的能力，几句话就打消了杨小林的疑虑。他又放心地跑车挣钱去了。

这回出去，杨小林总觉得有点不踏实，身体也不舒服，瘙痒得不行，抽空到医院看了，大夫说是性病。他这才有点相信父亲的话。但他经常跑车，在外面住烂店，被褥不干净，传染上了也有可能。也找过小姐，尤其是认识鱼儿之前。鱼儿也许真是小姐。

杨小林回来，逼问鱼儿，鱼儿哭了，承认当过小姐。都是家里穷，没办法。

杨小林心软，本想把鱼儿打一顿，却下不去手，就说把鱼儿送回去。

鱼儿说啥也不回去，她说，我跟着你来，就想跟你好好过日子，你让我回去？我把一切都舍弃了，跟着你来，你就这么待我？你就这么绝情？

杨小林说，你把病传给我了。

鱼儿说，我没病。我要是有病的话，就不会跟你来。

杨小林就带着鱼儿出去检查了，查出有病。

鱼儿说，我们看病，看好了我们好好过日子。

杨小林就没办法了，就领着鱼儿看病。大医院羞着不敢进，找了个小诊所看。吃药打针的都不管用，杨小林的病却越来越重了，尿不下来了，撒几滴尿，疼得大叫。紧接着，下身长了红斑、水泡，就像叫开水烫了一样，又疼又痒，忍不住抓挠，下身和大腿根都给抓破了，烂成一片，流出脓水，身上发出一种死鱼的臭味。

这样的情况，当然瞒不住父亲杨占钢了。杨占钢把儿子臭骂了一顿，放在家里看病，不让他再见鱼儿。杨小林也害怕了，不敢见鱼儿，只能躲着不见，住在父亲家里养病。鱼儿知道杨小林在杨占钢家里，还跑来找他。杨占钢挡着不让进，鱼儿就往他身上凑。鱼儿凑到跟前，杨占钢也腿颤手麻的，简直像着了魔道。鱼儿还大声喊，杨小林，没想到你是这样的人！你把我哄了来，不管我了，我要叫你知道后果。杨占钢看到这样，就在村里放风说，儿子不要鱼儿了。

杨小林不要，有人要，二愣说他要，还有几个光棍汉也都想要。一分钱不花，白得一个女人，还那么漂亮，他们当然愿意了。但鱼儿却谁都不答应，就住在杨占钢的老院子里。杨小林不敢去撵她，杨占钢也不敢去。鱼儿却更大胆了，院子里经常有人出出进进的，一点儿都不避着人。

连二愣都给人吹嘘说，他跟鱼儿睡觉了。二愣跟他父亲刘瘸子一个德行。但很快，二愣再也不吹嘘了，他得病了。不光是二愣，村里好几个人都发现有问题了，身上瘙痒，下身红肿，严重些的起了烂疮。这还不算，男人传给女人，女人传给娃娃，很多人都得了一样的病。本来以为是黄水疮，是过去的癞疮又来了。有人到医院里检查，才知道是梅毒。

村里人这才想到是鱼儿，但谁也不知道拿鱼儿咋办。想着鱼儿是杨占钢的儿子杨小林领来的，就都来找杨占钢。杨占钢也没办法，只是一叠连声地说，报应呀！报应呀！

过了几天，村里人发现，鱼儿不见了，真像是水塘里的鱼儿，不知从哪里来的，也不知到哪里去了。大榆树也不知啥时候倒下了，鱼儿躺在树下。谁也想不通，鱼儿跑到大榆树上去干啥。仔细看，才发现她脖子上有根绳子，绳子没断，好好地拴在树干上。

也许是她想吊死在大榆树上，但大榆树被锯断了，只连着点芯儿，风吹日晒的，早朽烂了。鱼儿吊上去，大榆树就倒了。

31. 大雨

六指看了刘温家、杨占钢家，本来还想着看看二愣家，但一场大暴雨打乱了他的计划。

天气本来晴朗朗的，天上没有一丝云，也没有一丝风，一整天都很闷热。白色的太阳就在当头顶，阳光不是丝丝缕缕的，而是铺天盖地的，看不到它的痕迹，却能感受到它的威力。空气很烫，不完全是烫，还有一种抽取的力量，全身的水分像要往空气中散，要奔着太阳而去。

鸟儿们都热得飞不动了，也不出去找食吃了。鸽子、喜鹊、乌鸦之类的大鸟，钻到阴凉处，不住地挠痒痒，扑腾翅膀，显得非常烦躁。麻雀太小了，也太多了，阴凉处容不下，许多只站在树枝上，想透透气儿，但哪来的气儿？只有喘的气儿。有的黄嘴张开，红舌头也伸出来，像狗一样喘气；有的热昏了，半眯着眼睛打盹儿。

长虫在暗处发现了机会，一条绿花长虫从草丛里钻出来，爬到树上，很快就抓到了一只麻雀，往嘴里吞。其他麻雀看到了，没有飞走，也没有叫骂。六指觉得有些怪异。要是在平日里，鸟儿们看到长虫，总是边飞边叫，躲远了叫骂的，今天却一声不吱，好像等着长虫吃。长虫也似乎觉得没意思，吃了一只麻雀，就不想吃了。顺着树干溜下来，钻进草丛里去了。

　　我感觉要出啥事。

一整天啥事也没有，除了天热，村里没有发生任何大事。要说没事的话，也有一些。比如说，六指走到大门口，正好一只蛇马虫（蜥蜴）跑过来。地面太烫了，蛇马虫交换着手脚，先抬起左边的手、右边的脚，过一阵，又抬起右边的手、左边的脚。蛇马虫的每个手脚上都是五根指头。六指看着蛇马虫的指头，蛇马虫却没注意看他，或者是看到他的影子了，想躲到影子下面凉快一下，出溜溜跑到他脚下。六指收不住脚，踩到它的尾巴了。六指刚想抬脚，蛇马虫扭动着身子，一下子挣断了尾巴，跑掉了。尾巴没有跟上去，还留在六指的脚边，不住地颤动。六指知道，这是蛇马虫的计谋，危险的时候，自断了尾巴逃跑，新尾巴还会长出来，但他心里还是觉得有些不好。

进到屋里，稍微凉快些。几只鸟儿也在屋里乘凉，打盹，眼睛上的白翳拉下来了，疲沓沓的，感觉有些丑陋。还有几只苍蝇，也钻进屋里来。苍蝇却不知疲倦地飞着，嗡嗡叫着，有些烦人。六指挥手赶了几下，一只有点慌，撞到墙角的一个蜘蛛网上了，使劲地叫起来，叫声很刺耳，像一堆乱猫儿头刺。叫声惊动了藏在暗处的蜘蛛，爬过去，很快用白丝把它包裹住了，它不叫了。六指心里也觉得不好，要不是挥手赶它，它就不会死了。

一只麻雀被长虫吃了，一只苍蝇死了，一只蛇马虫断了尾巴，对麻雀、苍蝇和蛇马虫来说是大事，但对村里来说，这肯定算不上大事。

傍晚的时候，西边天上起了一块云。多大的一块云呢？最多也就簸箕大，远看以为是一只乌鸦。这只乌鸦好像会变化，展开翅膀，里面钻出一群的乌鸦来，互相缠绕着，不断翻飞着，形成一个黑团。黑团越来越大，乌鸦们抱不住了，四散飞开，也把黑云带开。一会儿，黑云就把西边天空遮住了，把太阳捂住了，连霞光都透不出一丝来。

村子一带干旱少雨,云都很少见。好不容易有了点云彩,白瓷瓷、干巴巴的,不像个有雨的样子。有时候满天都是黑云,但吼几声炸雷,刮几股乱风,云就被吹散了,只落下几滴雨水来,地皮子都湿不透。但要是西边的天空有黑云,一般都会下雨。

天早早就黑透了,风还没有起,雷还没有响,雨还没有开始下。天空鼓胀得厉害,空气也鼓胀得厉害。六指在外面站了一会儿,有一种喘不上气的感觉。不光是他,连那些鸟儿都叫不出声来,还有癞呱呱,也都不叫了。平常天黑的时候,鸟儿们叽叽喳喳地吵闹,癞呱呱也呱儿呱儿地叫上半夜,这会儿都不出声了。好像被鼓胀得空气给噎住了,好像被啥吓人的物儿给禁住了。六指也有些心神不宁,进屋点起了油灯,坐在那里,人没有动,心却很乱。回到村里以后,他一直都心里平静,很少心乱,但这会儿,由不住他,胡思乱想的。

过了一会儿,风起了,雷响了,下起了大雨,六指从来没有见过那样大的雨。应该说是没有听过那样大的雨,风响雷吼雨砸的,他就没敢出去看。晚上的雷声特别得响,咔嚓嚓的,简直像是要把山给劈开,要把藏在暗处的啥东西给收了。村里传说,要是出了怪物,或者是啥成精了,上天就要收。等下雨的时候,用雷劈,用闪电烧。村里没有人了,没人的地方容易生出精怪来,驴马畜生、野兔黄鼠癞呱呱啥的,说不定就成精了。最容易成精的是野狐子和长虫,变化成女人,成精作怪,为害一方,上天就要收掉。可六指到村里这些日子,从来就没有见过啥女人，晚上也没有精怪作祟。精怪也许是藏着。精怪一般都藏着，尤其是打雷下雨的时候，藏得很深，雷劈不透。巨大的雷声，一声接着一声，一声比一声大，一声比一声近。雷电好像发现了他家，发现了他。六指听着，雷声就在自己家门口，简直就在他头上炸响。闪电也是越来越亮，把他的院子照亮了，把他的屋子照亮了，把他的眼睛刺痛了。他下意识地抬起手，想挡住头上的雷声，想挡住眼前的闪电，没想到，闪电把他的影子投射到窑洞的墙上。他看到墙上出现一个张牙舞爪的影子，简直就像怪物一样，伸着长长的爪子，爪子上是六根指头。

六指忽然意识到，那个怪物就是自己，稍稍松了一口气。突然又想，雷电要劈的怪物也许就是自己。

我手脚上长着六根指头，我就是个怪物！

六指这才感觉到恐惧了，原来雷电就是冲着他来的，自己本来就是个怪物。父母生下他，看到他是个怪物，把他扔掉了。好在几只羊发现了他，父亲黑鹰和哑巴母亲收养了他。羊没有把他当怪物看，黑鹰和哑巴母亲也没有把他当怪物看。但村里人，都把他当怪物。尤其是，他还吃草，还不会说话，村里娃娃大人都把他当怪物。他自己最初不知道这些，等长大些，才知道自己与别人不一样，手脚上比别人多长着指头，自己就是个怪物。他跑到城里去，想着城里人不会把他当怪物，但这些年，别人看见他的手，看到他手上长着六根指头，还是把他当怪物看。六指也一直觉得自己就是个怪物。

既然是怪物，上天就要收。六指有些奇怪，上天为啥不早收了去。在村里的时候，下过雨，也打过雷，没有收他。到城里这些年，还是打过雷闪过电，还是没有收他。为啥要等到现在？这些年他一直吃苦受罪。也许就因为自己是怪物，才吃苦受罪，要等他的罪受够了，上天才会收他。虽然是怪物，但这些年，他没想过害人，也没害过人。他跑到村里来，更不可能害人，村里没人了，能害谁呢？最多是害了几只兔子的命，害一只苍蝇被蜘蛛吃了，还害得一条蛇马虫断了尾巴，也就是这些，其他的都没有。他连一只鸟儿都没有伤害，连一只鸟蛋都没有吃过。最饿的时候，他都没有想过吃屋里的鸟儿，掏它们的鸟蛋吃。屋里的长虫，他都没打过，任由着它们和自己住一个屋。它们可以证明。

屋里的鸟儿这会儿吓得噤了声，偶尔叽里咕噜地出点声，倒像是互相安慰，不像是给他作证。一条长虫蜿蜒着爬出来，好像很害怕。爬到门口了，想要出去，却又折回身子，一溜烟钻到暗处去了。这条长虫不是很大，也不是很长，不像是成精的样子。很显然雷电不是冲着它的。

  雷电显然就是冲着我的。

雷电的力量很可怕。六指当年放羊的时候，见过一棵被雷电击中的大枣树。一抱粗的大树，被劈开了半边，树枝树冠也被烧焦了半边，看了叫人害怕。枣树被雷劈，有人说是树成精了，还有人说是啥东西成精了，藏在树干里面，雷劈开树干，把藏在里面的精怪收走了。大树的生命强，被雷劈成两半，却活下来，半边焦黑着，另外半边依旧绿着。过了几年，整个树冠都绿了，看不出被雷击过的样子，只有树干上还有一块黑疤。

人要是被雷击中的话，就烧成灰了。村里流传着一个故事，说有一个媳妇，对婆婆很孝顺，家里有了细粮，都给婆婆吃，自己和孩子吃粗粮。遇上饥荒年，找来的野菜给婆婆吃，自己吃捡来的树皮。婆婆生病了，想喝点米汤。家里实在没米了，媳妇到嫂嫂家去借米。嫂嫂家富裕，却不孝。听说是给婆婆熬米汤，嘴里骂着，就给借了半把米。小媳妇看着半把米，实在是不够熬米汤。她看到院子里风吹来的细沙，粒粒晶莹，很像黄米，就抓了一把添上，放到锅里熬。熬着熬着，细沙和米粒一起熬烂了，她就端给婆婆喝。婆婆喝了米汤，并没有喝出沙粒来，反倒病好了。第二天，天上没有云彩，却打起雷来。媳妇害怕是自己给婆婆熬了沙子喝了，雷要劈她，就钻进一口缸里躲着。雷电过后，媳妇没被劈死，手上却多了一对金镯子。嫂嫂知道了，也抓了半把米，掺了一把细沙，给婆婆熬了一碗米汤。婆婆喝了，硌得牙疼，咽不下去。第二天，又是晴空打雷。嫂嫂也钻进一口缸里，等着戴金镯子。雷电过后，小媳妇过去看，嫂嫂已经被烧成一堆灰了。

六指想想,自己比那个嫂嫂还不孝。她至少还给婆婆熬了点掺沙子的米汤,自己给父母啥事都没做过。甚至连父母是谁都不知道,活该遭雷劈。

> 我突然不害怕了,就让雷劈了去,让闪电收了去才好。被雷电劈了,自己就不再痛苦了,不用东躲西藏了。他们也就用不着抓我,害我,送我进精神病院了。我们都解脱了。

这样一想,六指反倒平静了,安静地坐着,等着雷电收他。雷炸了几声,没有进到屋里来,却越来越远,声音越来越小;电闪了几下,也越来越暗了。风声和雨声却越来越响,风挟裹着雨从天而降。院子里平地起了一层水,顺着门口流出去了。这样的水汇聚到一起,就是山洪,每个沟岔里都是洪水。洪水越来越大,响声越来越大,气势滔天。这样的大洪水会把山崖冲塌了,把经过的一切都给冲走了。六指想着,把他自己冲走也好,但洪水不会冲进他家里来,他家地势高,山沟里溢满了水,也不会冲到他家里来。他好像是在一艘大船上,不会被洪水冲走。

雷不劈,电不收,洪水也冲不上。也许是自己的罪还没受够,孽还没遭完吧。

上天还不收，我只能先活着。

六指活着，麻雀鸽子却死了一大片。树木的周围，铺了一层，不知是雨水打死的，还是雷电击死的。

第二天早上，雨过天晴，太阳照常升起，好像啥事都没有发生。可六指知道，一定是发生了一些事。他出门到村子里去看，老墙墩子倒塌了。六指想到村里的传说，说老墙墩子里埋着一对金鹁鸽。六指爬到山上去看，在老墙墩子下面没有找到金鹁鸽，只有一堆碎石乱瓦块。

真正的鸽子鸟雀却死了很多，每棵树下都散落着一些。那么多的鸟雀死在树下，就像落了一层烂果子。种啥树，结啥果，树上不可能结出鸟雀来。沙枣树上还结果子，榆树、柳树、杨树上又不结果子。鸟雀落在树上，就成了它们的果子。村里没有人，麻雀实在是太多了，落在树上，简直就像是果子。一场大雨，果子落了，很多都死了。只有躲在窑洞里、巢穴里的鸟雀活下来了。它们又站在枝头上，飞在半空中，叽叽喳喳地叫着，好像啥事也没有发生。

六指忽然明白了，鸟雀们太多了，这是天收了。

天在收的同时，却又生出一些新的生命来。有一处低洼地，积成一个水塘。才几天时间，水塘里却生出了一大群蝌蚪，还有一些鱼。蝌蚪可能是藏在哪里的癞呱呱生下的。癞呱呱藏了一肚子的蝌蚪，就等着下雨，雨后有了水塘，它赶紧把蝌蚪生下了。生下就不管了,它又匆匆忙忙跳到其他水塘、水坑生蝌蚪去了。蝌蚪也急急忙忙就孵化了,比指尖还小,鼓着圆脑袋,摇着长尾巴,在水里游来游去的。鱼却不知道是从哪里来的,山上不可能有鱼,大鱼不可能藏在土里面,等着生小鱼。也许就是土里面生出来的,也许是下雨下下来的,简直叫人想不通。一种是狗鱼,小指头大小,嘴巴就像狗嘴一样,张着嘴,找蝌蚪吃,找虫子吃,就像狗一样贪吃。山沟的溪水里面就有这种鱼,长不大,一直就那样,也没有人抓来吃。溪水里的狗鱼有可能跑到山坡上来,但有一种鱼,根本就没见过,比狗鱼还小,颜色却是红的,有点像鲤鱼。它们是从哪里来的,六指想不出来。还有一种,看着像虫子,又看着像鱼,弓着身子,在水里面一蹦一蹦地游着。水面上还趴着很多的蚊虫。那一塘水,要是多存在一些天,谁知道还能生出些啥物儿来呢。说不定会有各种鱼虾、乌龟王八,还有鲸鱼啥的。

这山上生出鲸鱼来,不是没有可能,黄土里面到底埋着些啥种子,谁也想不到。

六指能想到的是,要是水塘多坚持些天的话,蝌蚪就会长大,长出腿脚来,变成癞呱呱。癞呱呱长着四只脚爪,每只脚爪上都是四个指头,不是五个,也不是六个。还有鲤鱼,也许能长成大鲤鱼,可以捞出来吃。可惜的是,只过了几天时间,水塘很快就干了。蚊虫肯定是飞走了,鱼和蝌蚪不会飞,只能拼命往有水的地方钻。最后的一点水也没有了,只剩下点湿泥,湿泥上沾了些黑黑的蝌蚪。再过一天，湿泥也干了，干泥巴上只留下点黑色的印记。那些蝌蚪和小鱼小虫，只活了几天时间，还没长大，就全都死了，比那些鸟雀活得更短，连尸首都不见了。

那些鸟雀的尸首还在，天只收了它们的生命，还有它们的魂灵儿，却把一大片尸首留下了。没有生命的尸首很快就腐烂了，散发出一股臭味。六指受不了那股臭味，也不忍看着那些鸟雀躺着腐烂。他拿了一把锹，挖了些坑，把那些鸟雀的尸首都埋掉了。死的鸟雀实在是太多了，有些死在暗处的，找不到，还在继续腐烂，散发出臭味。

村子里弥漫着一股臭味，过了好些天，都没有消散。

32. 苦布

六指中午睡了一觉起来，拿了把铁锹，正准备去翻一块地。刚走到大门口，却发现有一大群人向村子走来。鸦儿沟要建新农村，一些出去的人，又回来了。村子人莫不是也回来了？

太阳正在西面，那群人从西面走过来，看着晃眼，感觉就有些怪异。一群人几乎都穿的是白衣白衫，走得很慢，气氛也有些不对劲。六指第一感觉是见鬼了，荒村野地的，哪来一群穿白衣的人？揉了揉眼睛细看，就是一群人，一群送葬的人。

一群人抬着一个架子，架子上也许就是亡人。周围还跟着一些人，有些人跟不上，落在后面了，稀稀拉拉地往前走。他们走的方向，就是村子，看来是要把亡人埋到村里的。

埋到村里来，亡人应该就是村子人。早年间跑出去了，或者是前几年搬迁出去了，死了，想着落叶归根，回到村子来。也许是跟着儿女进城的，死了，就拉回老家来埋。谁知道呢。

亡人也不知道是谁。

一群人慢慢地往村里走，没有吹吹打打，没有哭声，更没有念经声，与平常送葬的情形不大一样。一群人似乎都有些疲乏，有些气恼，与一般送葬的情形也不一样。

六指猜测他们疲乏、气恼的原因。他们大概是从很远的地方开了车，拉着亡人来的，本想着开车进村的，哪里想到在村外很远的地方，路就被挖断了，车过不来。总不能把亡人再拉回去，那些人只能抬着亡人来村里。大中午的，天气热，走了很长的路，每个人都乏了，心里也装了些气，疲乏和气恼压住了伤心。也许他们本来就不伤心。有些老人死了，儿孙反倒高兴。

亡人不知道是谁，只能从活人身上看。认出送葬的人，就大概能推测出亡人是谁。那些人越走越近，到村口了，六指仔细辨认，看能不能认出来。六指离开村子几十年了，过去见过的人都忘了，以后出生的人，更认不出来了。唯一的办法就是观麻衣相，看身形动作。一个家族的人，一代代遗传，长相都有些像，看后辈娃娃的模样，大概能猜出是谁家的后人。不光是长相，走路的姿势、说话的声音也遗传，一张口说话，或者一个动作，也能暴露出是谁家的后代。

可那群人都穿着白衣白衫，头大都低着，看不出面目来，一时没法判断。踏起的尘土弥漫着，更看不清了。只能看出人的身形，其中有些肉脸大胖子，还有几个戴着眼镜的，眼镜在太阳下有反光，一会儿闪一下。他们感觉不像是农村人，倒像是城里人、知识分子。城里人为啥把亡人拉到村里来了？

六指在城里生活了几十年，对城市还是有些了解的。城市是活人的地方，不适合亡人。城里人多，活人都挤挤挨挨的，哪有埋亡人的地方。人活着，在城里大大小小都占着一块地方，人死了，就得给活人腾地方。活着的时候，住窝棚、住筒子楼、住平板房或是住别墅豪宅、住宫殿，死了以后，统统都得到城外去。到公墓，到陵园。城市扩大了，会把以前的墓地占了。尸骨还得挖出来，往更远的城外埋。也有在城里的，烧成一把灰，装进一个小匣子里，放在一个柜子里。那只是存放，没有入土，不算埋。城里没有土，亡人没处入土。入土为安，不能入土，就不安。

我在城里，一直心不安。活着的时候，心不安，想到死后，心里更不安。

六指一直想着，等死了以后，埋到村里来。在城里，有很多人都和六指的想法一样，在城里活着，死了埋到村里。实际上，城里有很多人也和六指一样，本来就是村里人，是从村里进城的，自然想着要回到村里。回到村里，埋进土里，和父母祖先在一起，总觉得踏实些。埋在一起的，也都是乡里乡亲，互相认识，也就不孤了。还能看到村里人说说笑笑、吵吵闹闹的，牛羊上山下山，咩咩乱叫，也热闹些。这样说，就是谈鬼了，城市里的人不谈鬼，因为城里没有鬼，人稠地狭的，鬼没地方待。城里的鬼都藏在人心里。比如说岳父老吴，妻子吴芊芊，管家周逸飞，女婿李翻身，还有合伙人张强，他们心里就装着一肚子的鬼。肚子里的那些鬼作祟，才让他们想着要除掉他。

六指跑到村里来，是要躲开他们，并不是想着，死了埋到村里来。六指还没想着死，他还怕死，怕那些人弄死他。他才五十多岁，还有很多事情没弄明白，连自己是谁都不知道，他还不想死。回到村里来，没有吃的，他就想办法吃野菜，打野兔，还种菜、种粮，想着长期住下去、活下去。

在村里住了半年，吃不饱、穿不暖、住不好，但他更想活下去。粮食种子、蔬菜种子、西瓜种子，都收好了，明年种下去，就有了收成。这么多的地，养活他一个人没啥问题。

六指听过一个故事，说村子人的老祖先出门逃荒，到村子时又累又饿，躺在地上休息。他把逃荒路上用的柳木棍随手插进土里，就睡着了。不知睡了多长时间，醒来的时候，发现柳木棍发芽了。后来就生根、抽枝、长大了，成了一棵树苗。老祖先感到很神奇，觉得这就是注定落脚的地方，就依傍着树苗住下来，在荒山上开出第一块土地，种下路上饿死也舍不得吃的粮食种子，麦子、谷子、玉米、荞麦……种子入土，一两场雨水，加上汗水，就生根、发芽、收获了，人也就活下来。第二年，寻找到附近的人家，换来不同的粮食种子、蔬菜种子、瓜果种子。还娶来媳妇，嫁出女儿，接纳新来的逃荒者。村庄有了村庄的样子，村里的人不断繁衍，生生死死的，一代又一代。有的留下来，继续生息。有的出走了，漂流到另一个陌生的地方。走出去的人，有的再也不回来了，有的还想着回来。活着回不来，死了也要回来。

这个亡人可能也是儿孙都上学、工作，到城里了，把他接到城里去，临死的时候，给儿孙说，要埋到村里。儿孙遵照他的遗愿，跑了很远的路，把亡人拉回来了。还有可能是，城里的坟地很贵，几个平方米就是十几万，比楼房还贵。有些人家就把亡人送到远处埋了。荒废的村子，没人管，正是埋亡人的好地方。

六指仔细地看着那些人，想看出他们到底是不是村里人。看了半天，还是看不出来。农村人进了城，穿上城里人的衣裳，就看不出是农村人，还是城里人了。尤其是在城里住的时间长了，吃住说话都有了城里人的味道，更看不出来了。有些人还故意隐瞒农村人的身份，比如说妻子吴芊芊，比城里人还像城里人。

那些人当中，好像有农村人，还有城里人。但他们对进村的路却很熟悉，应该是村里出去的人。他们走进村口，走过村街，径直地走向村里的坟地。他们走了很长的路，很疲乏了，但按道理来说，亡人在半路上是不能停的，不能放下来，更不能掉下来。要是停下来、掉下来，是不吉利的。这会儿看到了坟地，他们越走越快，好像要尽快卸下负担，尽快把亡人送进坟墓。好不容易挨到坟地边上，他们赶紧把抬着的架子放下来。可能是没有同时放手，架子倾侧了，棺椁好像给翻落到地上了。一群人围上去，手忙脚乱地整理，互相埋怨争吵起来。后面跟着的人，加快脚步赶过去制止，争吵的声音不大，但还有人抱怨着。

忽然，有个人干咳了一声，不是咳嗽，是专门打声，有一种阴沉的、威严的味道在里面，争吵和抱怨才都停了。干咳的声音很特别，六指好像在哪里听过。

我一直记着这样的干咳声。

六指在记忆里搜寻着这样的干咳声。忽然脑子里的一个声音出现了，是村长的声音。村里开会前，村长走到台前，重重地干咳一声，下面的人就不说话了，悄悄地等着听村长讲话。村长走过村街，看到人们在下方说话，就重重地干咳一声，其他人听到了，就知道村长过来了，不敢乱说话了。村长走进谁家里，也是先在院子里重重地干咳一声。屋里的人就知道村长来了，赶紧出门迎接。要是村里两家发生了争吵，村长来了，也是先重重地干咳一声，争吵的双方赶紧息了声，听村长发落。村长的干咳声有一种阴沉的、威严的气势，就像是老虎在低吼。

老虎的吼声谁也没听过，想着应该就像村长的干咳声。

六指听到的干咳声，跟村长的干咳声很像，气势上稍弱一些，但味道几乎是一样的。也许是离得远些，听得不真。坟地离六指家有一二百米，这样远的距离，人也看不太清。六指在人群里找村长，有两个人依稀有点村长的影子，仔细看却不是。一个脸太白，一个戴眼镜。村长是一张黑脸，也不戴眼镜。再说了，年龄也不对，村长活到现在应该有八十岁了，这两个人五六十岁的样子。他们大概是村长的儿子。

  我忽然想到，亡人就是村长。送葬的是村长的儿孙们。

村长死了！六指的心里有一种说不出的滋味，说不上是高兴，还是失落。怔怔地站了一会儿，他不由得走出家门，走向坟地。他想去看一看，看到他死了，埋了。还想去送送他，送他入土。

坟地里有几个人在挖坟坑，扬起很高的尘土。有几只鸟雀受惊了，扑棱棱地乱飞，一只黑鹰在天空中盘旋着，喳叫了一声。苶狗不知是看到了扬尘，还是听到了人声，也跑来了，在离坟地不远的地方蹲着，没有扑过去，也没有吠叫。它也许是被送葬的气氛惊住了，也许是被那样一群人吓住了。蹲在那里，有些惶惑地张望着。

六指却不害怕，他慢慢向坟地走过去。那么多人，他一点儿都不害怕。那些人好像在他眼里不存在，他只想着去看看，看村长死了，埋了，送他入土。

坟坑快挖好了，几个人在收拾棺椁，准备下葬。可能是过沟的时候摔了，也可能就是刚在坟地边侧倒，把棺木摔坏了。几个人在收拾，把亡人也抬出来了。收拾亡人身上的衣服，脸上的苫布。亡人包裹得很严实，看不出来是不是村长。

突然，苍狗飞一样扑过去，冲进人群，一口叼住了亡人。几个人被突如其来的情况吓蒙了，缓过神来，喊着打狗、打狗，几个人挥着铁锹打苍狗。苍狗一着急，扯掉亡人脸上的苫布，跑了。

亡人的脸面露出来了，六指看到，那就是村长。尽管不在跟前，看得并不仔细，但看脸上的神色，六指就能认出，那就是村长。几个儿孙忙忙地掩住了亡人的脸。亡人的脸面是不能露出来的，也不能碰见猫狗，要是碰见了，可能会诈尸。一群人有些慌乱，赶紧草草地把亡人埋了。挖出来的土没有完全填进坟坑里去，有一些新土散乱成一大片。按理说，挖出来的坟土还要填回去，就像人从土里来，还要回到土里去一样。但往往挖出来的土都没法完全填回去，剩下的就堆成坟头。他们堆了很小的一个坟头，坟头也没有踏瓷实，就急慌慌地走了。他们走的时候，看到了六指，似乎有些奇怪，但只瞥了几眼，没有问他。

六指站在坟地边上,一个人站了很久。苍狗也在远处站着,嘴上还叼着一块白苫布。

苍狗为啥会咬村长,扯掉他脸上的苫布呢?我不知道。

33. 死狗

村长姓刘,叫刘满福。

刘家是村上的大户、老户,在村里住了几百上千年了,据说村子最早的祖先就是刘家人,长城老墙就是刘家人的院子。杨姓、马姓、买姓、黑姓的人,都是外来户,要么是逃荒来的,要么是招女婿来的。正因为这样,刘姓人在村上地位就高,村长也一般是刘姓人当。刘家人大多都住在村子中间,占据着村街两边的位置。除非是像鹞子客那样,不好好干活,胡日鬼的,就和杂姓的人一样,住在村子的边上。

村长家在村子最中间,地势高,位置好。坐南朝北几间大瓦房,东西还有厢房,南面是高高的红砖院墙,整体是个四合院。村长住在主房里,儿子住在厢房里。村长明着有三个儿子,一个儿子推荐上了大学,在城里当官。一个托关系当了煤炭工人,后来当了煤老板。还有一个留在村里,接他的班,当了村支书。后来竞选当了副乡长,也成了干部。

后来的事，我不知道。

六指只知道村长有三个儿子，都比他大些。村长的儿子，自然和村里其他娃娃不一样，吃饭穿衣和别的娃娃不一样，说话做事也和别人家的娃娃不一样。村里大人娃娃见了，都有点怯。其实，他们没见有多坏，不咋欺负人，也没欺负过六指。他们都上学念书，就住在那个高墙大院子里。

六指到村里来，很多人家都进去过，但村长家一直没进去过，他心里有点怯。尽管村长家人搬走了，高墙大院子也拆了，但他心里还是有点怯，好像那个院子里随时会冲出几条狗来。

村长家养过狗吗？六指想不起来。六指从来没去过村长家，村长后来安排他吃千家饭，他也没去村长家吃过饭。对村长家的情况，他一点儿都不知道。

他想起来了，村长家好像养过狗。听说村长家养着两条狗，一条黑狗，一条黄狗，只是没见过。村长家的狗不像别人家的狗，在村里乱转，四处找食吃，啥脏东西都吃。村长家的狗就在院子里，有专门的小房子，顿顿都吃得饱饱的，用不着跑出去找吃的。两条狗用铁链子拴着，大门左边一条，右边一条，就像衙门口的石狮子一样，守着大门。有两条狗看着大门，谁还敢去村长家？所以说，他家的狗也很少有人见过。六指更没见过，只是听人说过。六指那时候不会说话，却能听话。听说村长家不光养了两条狗，还有两只猫。村里传下一句俗话"双猫双狗，不愁就有",村长家养两只猫、两条狗,大概就是这个意思。要真的养两条狗、两只猫,吃饭穿衣啥都有,家家都养了。可那时候穷,人都吃不饱,谁家还能养起两只猫、两只狗,也只有村长家养得起。村长家啥都有,还想要啥呢?

比如说村长家的猫,肯定能吃饱住暖的,但有时候还是跑出来,跟村里的其他猫一起玩。尤其猫叫春的时候,村长家的猫经常跑出来,跟村里的其他猫一起鬼混。再比如说村长家的狗吧,也吃得饱,住得暖,还想要啥呢?它们竟然还不满意,有事没事的,就汪汪地叫上一阵,铁链子拴得时间长了,还发了疯,咬了人。

咬的人叫马宗烈,是村里有名的犟头。有多犟呢?村里传着他的故事,闪闪闪,挖门槛,折耧杆。他小时候就犟,家里来客人,他妈要给客人做饭,家里没有香油,就给了他一个小碗,让他到邻居家借点香油。邻居家大方,给借了满满一小碗。他端着香油碗往回走,一走,香油碗一晃,香油就闪出来了。他慢下脚步,小心地走,碗还是晃,香油还是闪出来。走一步,闪出一点,再走一步,又闪出一些。他的犟脾气上来了,摇晃着香油碗,嘴里骂,叫你闪,叫你闪,闪,闪,闪!这样摇晃着,骂着,一小碗香油全洒光了。他妈等着香油,看到他拿着个空碗回去,狠狠地抽了他一顿擀面杖。挨了擀面杖,他的脾气还是没有改,越长大脾气也越大了。十六七的时候,他个子长高了,可他家的房子低,门框小,他从外面跑回来,进门的时候,一头撞到门框上，头上撞出了个大包来。他的犟脾气又上来了，找来个镢头，把门框给挖断了。门框挖断，一个大洞，门掩不住，冷风直往屋里钻，他父亲气得不行，抽了他一顿鞭子。江山易改，本性难移，结婚成家以后，他还是一样犟。有一次套着牛下地种麦子，耧杆有点长，套在牛身上不合适，耧尖直往地里钻。他就停下牛，把耧杆绑短了一些。谁知这样一绑，耧杆又短了，牛屁股挺着，耧尖插不进土里去。他停下牛，又把耧杆放长些，这一回又长出来了。这样折腾了几次，他的犟脾气上来了，抓过耧杆，抬起脚，几下就给踏折了。没有耧种地，只能赶着牛回来了。

他到山上去种地，回来发现婆姨被欺负了。婆姨被欺负，村里其他人就忍了，不敢声张。马宗烈脾气犟，忍不住。他就到村长家讨说法，一进门，就和村长干起来了。马宗烈长得人高马大，年轻，有蛮力，村长降不住。不知咋的，村长家的狗给放开了，扑上去就把马宗烈给咬了。两条狗把马宗烈咬得浑身是伤。

马宗烈回去，又气又羞，没有到医院去看，过了几天，就发了病，胡说胡喊、胡打胡闹的，不几天，就死了。

人死了，村长找上面的人来看了，说是马宗烈得了狂犬病。村长家的狗疯了，有了狂犬病，这才把人咬了。村长就把家里的狗抓住，用铁链子勒死，算是给马宗烈偿了命。他黑着脸，把勒死的狗扔到村外，埋了。

村长高个子，大块头，长着一张马脸，村里人私下里说驴脸。实际上说驴脸更准确些，驴脸更长些，不光是长，还黑，生气的时候拉下脸子，又黑又长。那张脸长在别人头上，肯定不好看，却最适合长在村长的头上。村里人觉得，村长就应该长那样一张脸。村长要是长着一张小脸、短脸或者是圆脸，总感觉不合适，不像是村长该有的脸。村里人甚至觉得，他长了那样一张脸，才注定要当村长。不知是因为他有那样一张脸才当了村长，还是因为当了村长脸变黑变长了，反正村里人很少见他笑过。

村长看着面相凶，其实心眼挺好，他一心想着让村里人过上好日子。那个时候，让全村都过上好日子，当然做不到，他就想着让大家过上一样的日子。都一样穷，过一样的日子，吃一样的饭，谁也不说啥了。

吃大锅饭肯定不成了，早年间吃过一年多大锅饭，开始吃香喝辣的，后来只能喝稀饭、拌汤，再后来赶上灾害，还饿死了人，上面也不让吃大锅饭了。

不吃大锅饭，还要吃一样的，村长就想了一个办法，叫每家每户同一时间做饭，每顿饭都做一样的。这样的话，也就算是吃一样的饭了。村长专门在大喇叭上通知，今天早饭吃啥，晚饭吃啥。他在喇叭上通知开始做饭，全村的烟囱同时开始冒烟。农家饭菜很简单，一会儿工夫，就做好了，全村人几乎同一时间吸溜吸溜地吃饭。一同下地干活，一同做饭吃饭，吃着同样的饭菜,村长就看着好。

这样好是好,可是因为各家的人口不一样,分的粮食不一样,口味也不一样,吃一样的饭,就有人不高兴。不高兴当然不敢说,暗地里找对策。有些人家,明着和大家吃一样的,暗中还做其他的饭吃。有些人家等到晚上,其他人睡定了,才偷着吃。对这些,村长也没办法,总不能每家派一个人一天到晚蹲守着。

村长又想了一个办法,让村里每家每户都把院墙拆了。这样一来,家家院子里干啥,谁都一目了然。偷着做饭吃饭,就能看见。邻居之间互相监督着,谁也不敢偷吃了。拆掉院墙,还有个好处,显得庄风好,敞开了院子,也没人偷东西,就是所谓的夜不闭户。实际上,村里也没啥可偷的,谁家都没几个值钱东西,没有牛羊牲口,最多就是几只鸡,有院子没院子的,都差不多。但这样一来,养在家里的鸡,就乱跑开了。有的被野狐子拉走吃了,有的被别人家抓去吃了。这就引起了一些怨言,还引发了一些纠纷。邻居之间,因为你家的鸡叨了他家的菜,他家的鸡到你家拉屎刨坑,互相撒泼骂仗的;因为发现别人家院子里的鸡毛,像是自己家丢的鸡的毛,互相打得头破血流的。只有害得村长出面,给解决问题。

村长又想了个办法,把全村的鸡都收起来,集中喂养。村里有个大院子,本来是驴圈。村里驴少了,集中到其他驴圈里,空出一个院子来,就把全村的鸡都抓去,放在那个院子里养。

鸡在各家各户，看不出有多少，一下子集中到一起，显得非常多，也非常杂乱。各家的鸡，品种不一样，有乌鸡、芦花鸡、笨土鸡、白洋鸡，还有九斤黄、朗克鸡。大小颜色也不一样，黑的白的花的，黄的红的灰的，长冠子、短冠子、圆冠子、花冠子的，啥样儿的都有。同一个村，哪来这么多品种的鸡，简直叫人不敢相信。也许各家各户从先人起，就养的鸡不一样；也许是娶来婆姨媳妇从娘家带来的鸡蛋孵出的鸡，当然也不一样。

连那些鸡互相见了，也都惊诧得不行。同在一个村，本来应该见过面的，但一般都是远远地看见了，互相避让开了。防不住撞到一起，也没有大的冲突，最多是领头的公鸡，互相打一架，获胜的一方赶跑失败的一方。随后，还是各回各家，互相没有干涉。还有些，家离得远，一群在村东头，一群在村西头，在各自的家门口土里刨食，一辈子都不相见。但这会儿，都集中到一个院子里，抬头也见，低头也见，都惊得不行，不住地乱跑乱叫。

过了一阵，没有那样惊惧了，就开始互相打量起来。鸡不会分辨品种，也不会互相欣赏毛色，主要还是掂量对方的大小和势力。看到对方强大，就赶紧低下头，看到对方弱小，就伸嘴啄一下，对方立马低头叫着跑了。尤其是公鸡，本来都是领头的，带着一群母鸡，很少见到其他母鸡。但这会儿，满眼都是花花绿绿的母鸡，难免心花，踩到别的母鸡背上去了。对方的公鸡当然不答应，就互相叨起来。先是头对着头，嘴对着嘴，晃动着脖子，互相对峙，接着就昂起头，脖子上的毛支棱起来，跳起来，互相用爪子抓，用嘴叨。鸡的嘴和爪子都很尖利，一会儿，鸡冠子就给啄出了血，鸡毛也给抓得乱飞，场面确实有些血腥。有时候，两只公鸡势均力敌，打得浑身是血，还在互相扑着、抓着。要是有一方坚持不住，转身跑了，它带着的母鸡也都四散跑乱了。

一院子几十只公鸡，这样的战争就一直没停过。有时三四只公鸡一起乱打，搅得满院子的母鸡乱跑，没法吃食，没法下蛋。过了七八天，公鸡们的打斗才慢慢平息了。几十只公鸡重新排定了座次，最壮实最厉害的一只公鸡成了头儿。就像村长一样，挺胸昂头的，嗓眼里打着咕噜声，在鸡群里走来走去，想踩哪只母鸡就踩哪只母鸡。其他的公鸡，看到它过来，都低头盯着看，却不敢反抗，只能侧身走开。

鸡好不容易安定下来，却出现了死鸡的事。最初是一两只，大概是踩死的，或者是被叨死的。喂鸡的人捡起来，扔掉了。说是扔掉，也许偷着吃掉了。接着每天死四五只、七八只，一院子的鸡接二连三地死开了。这才知道，是鸡瘟。鸡瘟流传开来，每天都死一层。不几天，一院子鸡，就死了一大半。

村长一看不行，连忙把剩下的鸡让各家各户抓回去。抓回去的鸡，大多还是死了。一时间，村里连公鸡打鸣的声音都没有了。夜就变得更长了，天也变得更黑了，真叫人担心天不亮了。好在天到时候还是亮了，太阳照常升起来了。没有公鸡打鸣，天照样亮，但没有母鸡下蛋，村里人换油换盐就没办法了，想宰个老母鸡解解馋，也没有办法。很长时间，村子里没有飘过鸡肉的香味。好在鸡蛋孵小鸡很快，二十来天就是一窝。婆姨媳妇又从娘家带回了母鸡鸡蛋，孵出了小鸡。小鸡长大，又成了一群一群的，品种花色也更加杂乱。

村长再也不敢把各家鸡集中喂养了。

村长前后想了很多办法，村里人还是没有过上一样的日子。后来，包产到户，各家各户的日子就更不一样了。

过了几年，村长也不当村长了，但他的威势还在。尤其是他有三个儿子，当官的当官，有钱的有钱，他在村上的势力还是很大。

就是他家搬走了，人也死了，好像威势还在。

六指不敢晚上去他家，只能大白天去看。他走到村长家门口，心里忐忑着，不敢进去。忽然，他听到院子里传出一声干咳声，分明就是村长的干咳声。村长死了，埋了，干咳声却还在，简直是见了鬼了。六指怕人，但不怕鬼。再说了，太阳明晃晃地照着，哪来的鬼。六指壮着胆子，慢慢走进去。院子里没有村长，也没有狗。院子拆得很乱，墙上到处是洞，地上到处是烂砖头、烂瓦块。好像不是拆掉的，而是人为破坏了的。村长在的话，谁敢这样破坏他的家呢？也许是他家先搬走了，村里人才到他家里发泄的。到处是发泄的痕迹，墙上有很多字迹，风吹雨打的，已经模糊了。墙边有放火烧过的痕迹，地上有很多粪便，村里人简直把村长家当厕所了。这些肯定是村长家搬走了，才有的。

正房的一面墙还在，墙上挂着一条狗，死狗。狗不知死了多少年了，挂在那里，已经风干了，就剩下个狗的样子。皮毛很多地方烂了，但骨架还在，狗的样子还在。尤其是狗头，还保存得很完整，皮毛褪了，眼睛变成两个大黑洞，牙齿白森森地露出来，上下牙交错着咬在一起，看着非常恐怖，叫人做噩梦。

34. 做梦

当晚，六指就做了个梦，梦见村长说，你是我儿子。

村长还是过去的样子，拉着那张黑长脸，脸上没有一丝笑意，也没有一丝恶意。他很平静地对六指说，你是我儿子。村长还说了很多话，嘴角溢出白沫子来。那些话六指一句都没记住，就记住村长说，你是我儿子。

我不相信我是村长的儿子。

梦里的话是不能相信的。六指觉得，可能是看到村长死了，看到了他的葬礼，又去他家看了，才做了那样的梦。当天晚上，回家的时候，路过坟地，他还看到了村长的新坟。月亮不是很亮，但有点光,新坟就显得很扎眼。其他的坟头经了风雨,长了杂草,与周围的地面混在一起了。包括黑鹰的坟头。黑鹰的坟头本来就没找到,谁知道哪个土堆是他的坟头。几十年没人管,也许连土堆也没有了。六指心里有些惭愧,找不到自己的亲生父母不说,连养父的坟头都找不到了。

也许是这样想了,才做了那样的梦。自己咋可能是村长的儿子呢?长相首先就不像,村长是长脸,自己是圆脸。村长是细长眼睛,像鹰隼的眼睛一样,自己是大圆眼睛,像绵羊的眼睛一样。可父子父女俩长相不像的多了,自己的女儿刘俐就和自己一点儿也不像。自己还怀疑刘俐是周逸飞的女儿,可周逸飞赌咒发誓说不是。再说了,自己和父亲黑鹰也不像,都长得像羊,但黑鹰像山羊,自己像绵羊。最关键的是,自己的手脚上长着六根指头,村长的手上就没有六根指头。黑鹰的手脚上也没长着六根指头。村长的脚六指没看过,黑鹰的手脚六指可是看过的,都是五根指头。他的六指是哪里来的,他是哪里来的,六指说啥也想不通了。

村长说,你是我儿子。村长死了,死人的话是不能相信的。真要是他的儿子,他活着的时候为啥不说,为啥要等到死了才说。当年为啥不说,要等到现在才说。

小时候,六指就听人说过,他是村长的儿子。这样的话也许就是乱说,村里好几个娃娃都被人说是村长的儿子,都是背地里偷偷说的,谁也不敢当着村长的面说,村长也一个都没认。

他就认家里的三个儿子。

黑鹰也不认他,说六指是他在放羊路上捡到的。黑鹰赶着羊去山上放,几只羊围着一个包袱,嗅来嗅去的,不走开。黑鹰过去赶开羊,就发现了一个包袱,包袱里面是个孩子。孩子手脚上的指头跟别人不一样,左手上六根,右手上六根,左脚上也是六根,只有右脚上是五根。那个孩子就是六指。村里人说,可能是谁家生了娃娃,看到长着六根指头,是个怪胎,怕招来邪祟,就扔了。还有人说,村里来的一个女知青,叫谁给糟蹋了,怀了娃,生下来扔掉了。各种说法都有,没法叫人相信。

前些天,舅舅的儿子牛蛋说,你就是大姑和黑鹰的儿子。他说得很肯定。也许自己就是黑鹰和哑巴母亲生的,父亲黑鹰身份不好,怕他受牵连,故意编出那个故事来。黑鹰看着不说话,对六指却很好。为了六指,他甘愿去坐牢。可见他就是六指的父亲。村长对六指也好,他对别人凶,对六指却并不凶。黑鹰坐牢以后,安排他吃千家饭,还安排他上学。那时候,他没办法相认,直到死了,才说出实话来。

死人是不会说假话的。我也许就是村长的儿子。

六指的心里,也许一直把自己当成村长的儿子。在城里,他的名字叫刘志。他本来应该姓黑的,但他一直都没有说过自己姓黑。上学的时候,老师给他起了个官名叫黑宝贵,他也没说自己叫黑宝贵。他实际上早就忘了那个名字。村里的娃娃，学校的同学，从来没有叫过他黑宝贵，就叫他六指。老师也许叫过，但他听了，以为是叫别人。他已经习惯了别人叫他六指，自己也觉得自己的名字就叫六指。到城里，他就说自己叫刘志。刘志是六指的谐音，他就那样说了。但实际上，他也许心底里隐隐有个想法，他不是黑鹰的儿子，而是村长的儿子。

村长真要是我父亲的话，那我母亲是谁？

35. 狐精

我母亲是个哑巴，她一辈子没说过一句话，哑得就像一块石头。虽然村里人都说我是哑巴母亲抱养的，但我认定她就是我的母亲。

村里人说，六指是捡来的，是黑鹰放羊路上捡来的，哑巴母亲抓养了他。六指不相信村里人的话。

村里人说，父亲黑鹰赶着羊去山上，半路上发现一个包袱，几只羊围着一个包袱，嗅来嗅去的，不走开。黑鹰过去赶开羊，就发现了一个包袱，包袱里面是个孩子。孩子刚出生不久，眼睛都没有睁开。黑鹰找了找，周围没人，就把孩子抱回家。这才发现，孩子手脚上的指头跟别人不一样，左手上六根，右手上六根,左脚上也是六根,只有右脚上是五根。

黑鹰打问了好些天,村里谁家都说没有丢娃娃。托鸦儿沟的羊把式问,鸦儿沟村也没有人家丢娃娃。黑鹰没办法,只能把孩子交给哑巴母亲养着。

哑巴母亲嫁给父亲黑鹰,一直都没有生养,就把我抓养大了,当成他们的娃娃。

六指觉得,村里人说的很多话都是假的。说他是羊生的,羊咋可能生出一个人来,这显然是假的。说是羊的魂灵儿附了他的体,他才像羊一样吃草,这也显然是假的。还说是村里有个姑娘,和货郎子好上了,怀了娃,生下来,不敢留着,就扔掉了。村里人还说,可能是谁家生了娃娃,看到长着六根指头,是个怪胎,怕招来邪祟,就扔了。可村子就这么大,谁家女人肚子大了,都能看见。那一段时间,没见谁家女人怀娃娃。村里还有人说,可能是鸦儿沟人生的怪胎,故意扔到村口来。说这样的怪胎,会把邪祟带到村子来。村里人叫黑鹰和哑巴把六指扔掉,不能养着。黑鹰不说话,哑巴母亲听不见村里人的话,还是把六指养大了。

村里人说,我是捡来的,肯定是假话。
可哑巴母亲为啥没有奶水,用羊奶喂我。最初是挤下羊奶给我喂,我稍大一点,会爬了,会走了,就和小羊羔一起，挤在母羊肚子下面吃奶。

她后来为啥一直没有再生娃娃？

她改嫁后，最初还来看过我，后来就不见音信了。舅舅家不让她回来看我，新的婆家也不让她回娘家来。过了几年，我才知道，她生娃娃的时候难产，死了。

难产死了，说明她能生娃娃，我有可能就是她生的。

苗老师也有可能是我母亲。

村里人还传说，村里的一个女知青，叫谁给糟蹋了，怀了娃，生下来扔掉了。这样的传说六指也不相信，哪有母亲会忍心把娃娃扔掉。哪怕是个怪胎，会给家里、村里带来邪祟，也不会忍心扔掉。除非是被人逼得没办法。

苗老师就是个女知青，她日记中说，丢了个孩子，六指也许就是她的孩子。六指倒希望她是他的母亲。可她后来回城里去了，六指也没法找到她，问她。

苗老师对六指很好，一字一句地教六指说话。她让六指看着她的嘴巴，她张大嘴巴说，啊，六指跟着张大嘴巴说，啊。她抿住嘴巴说，一，六指抿着嘴说，一。苗老师很好看，张大嘴巴，抿住嘴巴都好看。她说话的声音也好听，说啥都好听。她教六指认字，教六指说爸爸、妈妈。她要真是六指妈妈的话，就应该认出六指来，就应该认六指。哪有妈妈认不出自己的孩子,哪有妈妈不认自己的孩子?

她为啥不认我?我大概不是她的孩子。

只有一个女人认过六指,把六指当成她的儿子。她是杨木匠的女人。

杨木匠是个孤儿,父母去世早,家里就他一个人,快三十岁了,还没娶上媳妇。跟人学了点木匠手艺,经常到外面去干活,给人家盖房子、做家具。因为是孤儿,没家没业的,村上人也不怎么太管着他,挣上钱了,给村上交一点。村上分粮的时候,也给他分点。他在外面转上一段时间,回来一趟。回来就给村上的人讲山外面的事。他走南闯北的,见得多,村上的人听了,觉得像古今一样。

谁也没想到,杨木匠竟然做出比古今还离奇的事情来。有一回杨木匠回来,村上人发现,他的破屋里还出现一个大女子。破屋里突然出现大女子,这是古今中才有的事。仙女下凡嫁个穷小子,在古今中,谁都相信,一到眼前,谁也不信了。追问杨木匠,杨木匠才说了,是从山外面领回来的。但她到底是哪里人,又是咋被他领回来的,他不说。

村里人就乱猜测,有说是地主的女儿,有说是右派的女儿,说法不一样,反正都说不是好人家的女儿。好人家的女儿,咋能跟着人跑呢?咋能跑到这山沟里来呢?村里人很少见过外面的女人，都跑去看。看着也是人模人样的，比村上的女子俊俏些，还白净些，说话软声细气的，也好听，就是太细太快了，听不明白。杨木匠大概能听明白，听着那女子说话，他瘦脸上满是笑。

杨木匠高兴，可村上人不高兴。不高兴的理由是，这样不明不白领来个女子，影响庄风。更主要的理由是，那个女子长得太漂亮了。杨木匠一个穷光棍汉，娶来那样漂亮的一个女人，村里人心里都不是滋味。男人们心里不舒服，女人们心里也不舒服。

她的穿着和其他妇女一样，看不出有啥特别的地方，面料并不好，样式也很土，但那样的衣服，穿在她身上，却显出不同来，腰是腰，腿是腿，哪儿是哪儿。她站在那里不动，不说话，就显出一种风流的姿态来。她一走起来，就像风摆柳，更像一树桃花，经风一吹，每朵花儿都在颤动。还不是风吹得花枝子乱颤，而是该动的地方动，不动的地方不动。她开口说话，是软乎乎糯兮兮的，就像画眉鸟儿的叫声。她只要在村街上走过，村里的男人都在看着她，很多女人也看着她。

这样的女人似乎不该出现在村子这样的地方。她的出现，不只是魅惑男人，也魅惑女人。男人看到她，心里慌乱，像兔子跳，像猫儿抓，像毛毛挠。女人看到她，心里也慌乱，心里愧得慌、妒得慌、恨得慌、怕得慌。这样的女人，才叫男人一下子有了男人的心，觉得自己该当个男人，幸亏是个男人。叫女人觉得自己不像个女人，觉得白长了个女人身，觉得白活了。

村上人都盯着女人看，都有些不怀好意。杨木匠就不敢外出了，在家里守着女人。女人也做饭洗衣的，和村里的其他小媳妇没啥两样。只是她吃不惯这地方的粮食，喝不惯这地方的水。村子缺水，雨水少的年景，就要喝北沟里苦泉水。泉水看着清澈，但有一股咸苦味。村上的人喝惯了不管，外面的人咽不下去；硬咽下去了，还拉肚子。村子人的主食是玉米和荞麦，玉米面发黄，没有黏性，不能做面条，只能熬糊糊，做馍馍。荞麦面看着雪白，和麦子面一样，但做出来的馍馍、面条都发青。发青不要紧，外面的人吃了肚子胀。吃喝不惯，水土不服，时间不长，杨木匠媳妇就病倒了。

杨木匠开始想着，时间长点，水土服了，就好了。可不承想，她病得越来越重，吃喝更不行了，简直到了水米不进的程度。人越来越瘦，先是风摆浪，后来瘦得风能吹倒。杨木匠找来保健员看了，看不出啥病来，胡乱给了点开胃药吃了，也不见好转。杨木匠着急了，连把女人送回去的念头都有了。可女人坚决不走，说死也要死在这里。

杨木匠咋舍得叫她死呢，拿出攒下的一点钱，买了点肉给她吃，她还能吃一点。那时候在村里，一般没有卖肉的店铺。谁家要是宰了羊，有钱的人家去买一点，吃个稀罕。大多数人家，一年到头也吃不上一两次牛羊肉，最多能吃点鸡肉。鸡是自家养的，不下蛋了，或者来亲戚有事了，才宰一只鸡，也不是想吃就吃的。

养鸡的一般是女人。杨木匠父母去世早，他又经常外出，家里没人，也就没法养鸡。他只能凑钱买鸡给女人吃。女人吃上鸡肉，身体好了些，精神头也好了些。可杨木匠哪有那么多钱给她买肉吃，只能想其他办法。

那一段时间，村里突然出现了野狐子，每到晚上，就有人家养的鸡被咬死拉走了。连着好几家丢了鸡，闹得人心惶惶，村里人半夜里就等着抓野狐。人等下了，却不见野狐出现。瞌睡得不行，回去睡了，第二天早上，发现鸡又丢了。那年月，丢一只鸡，就是大事，只能整夜守着抓野狐子。人和狗一起守，守了好些天，也没发现野狐子，还是有丢鸡的。也有人说发现了野狐，是一只火红色的野狐，闪电一样抓了鸡，就跑了。那野狐子太快了，人和狗都没有一点儿反应，它就偷上鸡，跑了，简直成了精了。野狐成精的事，在古今里讲，生活中，谁也没见过。再说了，古今中也讲的是野狐成了精，就变成女人魅惑男人，没听说还偷鸡吃。

又想着大概是黄鼠狼，黄鼠狼偷鸡，比野狐子更高明，不用翻墙越户的，从地下走。黄鼠狼鼻子灵，在墙外面就能闻到鸡窝的位置，从墙外面打个洞进去，洞口直接打到鸡窝里。一嘴咬住鸡脖子，鸡来不及叫一声，糊里糊涂就被拉走了。人和狗在外面守着，当然发现不了。可几家丢鸡的，仔细查看了鸡窝，并没有发现黄鼠狼打的洞。村里人就怀疑是不是有人在偷鸡。村里人穷，但偷鸡摸狗的事却很少。谁要是偷了别人的东西，被发现了，在村里就抬不起头。落下个贼名声，几辈人都洗刷不清。所以，不到万不得已，谁也不敢偷东西。

村里丢了不少鸡，又没有发现野狐子、黄鼠狼啥的，只能想着是人偷了。人偷鸡，总会留下些蛛丝马迹，顺着痕迹，就找到了杨木匠家。在他家里，找到一堆鸡毛、鸡骨头，算是人赃俱获。杨木匠也认了错，说是他媳妇病重了，没办法，才偷了鸡，给媳妇补身子。

都是乡里乡亲的，杨木匠是个孤儿，女人又有病，村里人本来想着说他几句，叫他不要再偷了，也就是了。可看到杨木匠的媳妇，村里人的态度一下子又变了。那个女人比刚来的时候更俊俏了。不仅是俊俏，简直有些妖媚，脸更瘦了，下巴更尖了，眼睛也更细长了，模样儿神情有些狐媚。村里人看着，心里惶惶的，不敢看，又忍不住要看，眼睛躲躲闪闪的，心里抖抖索索的，身上感觉到冷一阵热一阵，手心里不由得冒出汗来，舌头也干得说不出话来。

从杨木匠家里出来，村里人才感觉不对劲。回想着杨木匠女人的模样儿，总觉得有点像野狐子。这个女人莫不是叫野狐精附体了？这样的想法一冒出来，就想多了，这个女人来路不正，谁知道是从哪里来的？杨木匠说是从外面领回来的，但到底是哪里的，他不说。说不定是半道上领回来的，领了个野狐精回来了。到底是身体弱，被野狐精附体了，还是她本来就是野狐精变的，谁也说不上。

再说杨木匠,村里人看着长大的,虽然是个孤儿,家里穷,但人很志气,从来都没有向人讨要的事,更没有偷鸡摸狗的事。为了这个女人,干出这样的事来,真是叫人想不到。肯定是那个女人撺掇着,他才这样干的。他的态度和神情,分明是后悔的。为了那个女人,他竟干出违心的事来。那女人的魅惑力有多大!不光是魅惑了他的心智,还把他的神魂也给颠倒了。本来走南闯北的,一个机灵人,这会儿迷迷瞪瞪的。本来上墙盖房的,一个麻利人,这会儿蔫头耷脑的。他本来就瘦些,这会儿好像又瘦了很多,脸皮子白刮刮的,快要脱了人形。肯定是叫野狐精夺了魂儿,吸了精血。

村子人信鬼,也信精怪,认定女人就是野狐精。

真要是野狐精的话,那就麻烦了。村里有个野狐精,就会祸害大家。吸完了杨木匠的精血,还会找人吸精血。那样的话,村里就不得安生了。得赶紧把她弄走,或者找神汉来,把她收了。

村里人找了村长,还有几个家族的族长,给杨木匠说话,叫他把女人送走,从哪里领来的就送到哪里去。杨木匠低着头,抠着头皮,说她是个好女人,不是野狐精,说啥都不愿意送女人走。村里人看送不走,只能找神汉来。

那时候,山村里神汉很多,很快就找了一个来。村长领着,到杨木匠家里,抓野狐精,后面还跟着一大群看热闹的人。看到一大群人,杨木匠害怕了,女人也害怕了,钻进屋里不敢出来。神汉念动咒语,使了法力,女人还是不出来。神汉就说,这是个千年的狐狸，功力深厚，得到跟前抓。村长领着他，就进到屋里去抓野狐精。杨木匠挡着不让进去，但哪里能挡得住。

在屋里到底是怎样抓野狐精的，谁也看不到，只听到女人在大骂、哭喊。没有看到一股黑烟从屋子里冒出来，也没有看到野狐子现了原形，跑出门去。但是据说，在杨木匠家的屋子里挖出了几根白白细细的野狐骨头，还有一撮灰黄的野狐毛来。神汉说，这个野狐精已经吸了九十个男人的精血了，再吸九个男人的精血，就修炼成功了。野狐骨头上要是有了血，就谁也治不了了。神汉还说，杨木匠的父母也是这个野狐精给弄死的。

杨木匠的父母的确是得了怪病死了，但他们死的时候，杨木匠的女人还没有来。村里人并没有这样想，只是感觉害怕，想着叫神汉尽快把野狐精给抓了。连杨木匠都有些害怕了，任由着村长领着神汉抓野狐精。

这个野狐精好像很厉害，驱了好几次，就是驱不走，也抓不住。女人刚开始大骂大喊的，抗拒着，后来就不喊叫了，还做出一些媚态来，嘻嘻地笑，吱吱地叫，人也蜷成一团，简直像是野狐子一样。杨木匠这才真的害怕了，丢下女人，偷偷地跑了。也有人说，杨木匠是被野狐精给吃掉了。

杨木匠不见了，野狐精还在，村里人还是请神汉来治。治来治去的，谁也没有看到抓住了野狐精，女人的神智却不清醒了，胡说胡闹的，衣衫不整，就在满村子乱跑。咯咯地笑着，做出很多魅惑人的动作来，比原来更加妖媚。她一眼看过去，男人们就心跳气喘,浑身战栗,不光乱了方寸,也乱了纲常。

又过了一段时间,人们发现女人怀孕了,肚子大了。不知是杨木匠留下的种,还是村里人趁她在村里疯跑,偷偷给种上的。但看着她的肚子一天天大了,村里人更害怕,怕她生出一个怪物来。不管是谁种上的,但野狐精生下的娃娃,肯定是个怪物。村里人当然要阻止怪物出生,据说是让几个女人硬生生给弄掉了。

我小时候,就听过这个故事,也见过那个女人。

她抱住我,就说我是她儿子,让我叫她娘。

女人经受了那么多的折腾,却没有死,只是精神有些不对劲儿。见了男人,她就呸呸地吐,骂负心汉。见了娃娃,她就抱住不放,说是她的娃娃,让把她叫娘。尤其是见了六指,她一把抱住,连哭带喊的,我的娃哟,你在这里呢,娘把你丢掉了,娘对不住你。娘不是个好娘。她抱住六指,哭泣着,眼泪抹得六指满脸满手都是。她说,我的娃哟,看你的脸脏的,娘给你擦。揭起衣襟给六指擦脸,又给他擦手。六指的手上有六根指头,一根指头很小,就长在小拇指旁边,又软又小,像个小萝卜。别人看到了都认为是怪胎,可她一点儿都不嫌弃。也许正因为六指多长了指头,她更认定是她的娃。她是野狐精,野狐精生下的娃娃,肯定就是个怪胎。要么长出个尾巴,要么多几根指头,就像六指一样。野狐子不知道长着几根指头，六指见过野狐子，但它总是火光一样，一闪就过了，没有注意过它爪子上到底是几根指头。女人有精神病，但她那会儿是个母亲，母亲总能看到孩子身上最细微的东西。而且，就算是看到孩子身上长着尾巴，也不会嫌弃的。她看到了六指手上的小指头，看小指头那么软，她没敢用手擦，而是含在嘴里，吮着，一直把小指头吮得干干净净，吮得六指心里麻酥酥的。六指那时候还小，不会说话，但那种感觉他还是记住了。

六指那时候还吃草，她看到了，吃惊又自责，我的娃哟，你咋在这里吃草呢！娘把你丢掉了，是娘不好，没给你吃奶，来娘给你吃，吃饱饱的，不要再吃草了。说着，扯开衣襟，就给六指喂奶。周围有很多娃娃大人看笑话，她根本就不管。一个疯女人，一个六指怪胎，本来就吸引人看。这会儿两个到一起了，疯女人给六指喂奶，当然更惹人笑闹了。大人们是笑闹，偷眼瞄着女人的白胸脯，小娃娃还不知道偷看女人，就往他们身上扔石子土块草芥子啥的，她背转身用身子挡着石子土块，继续给六指喂奶。

她实际上并没有奶水，据说，她的娃娃不足月就给打下来了，打下来就死了。她没有给娃娃喂过奶，哪里有奶水。但她觉得自己有奶水，抱着六指，给他喂奶。一边还摸着他的脸，他的耳朵。哑巴母亲也这样抱过他，但从没有给他喂过奶。六指一直吃的是羊奶。小时候是哑巴母亲挤了羊奶给他喂，长大些，六指就趴在母羊肚子下面吃羊奶。那个疯女人抱着六指，给他喂奶，虽然没有奶水，但一股从未有过的温润抚慰着六指的神志，他的脸摩挲着，嘴唇也终于找到了乳头，吮吸着，疯女人紧搂着他，另一只手抚摸着他的头发。六指的心里安宁而平静。

直到现在，六指还记得那种特别的安宁平静，这辈子很少有过的那种感觉，他似乎沉浸在一个久远的梦境中，有一声哽咽从他内心深处涌上来，眼泪也盈出来了。六指觉得那个疯女人也许就是自己的母亲。

　　疯女人也好，狐狸精也好，她要真是我母亲的话，我也高兴。我至少有个母亲。

疯女人后来咋样了，六指不知道。也许是死了，那样漂亮的一个女人死了，毕竟是叫人难过的事。她不可能死，肯定还活在这个世上。何况她还有可能是六指的母亲。

　　哑巴母亲、苗老师，还有疯女人，都有可能是我的母亲，但又没有证据证明谁是我的母亲。
　　不管咋说，我肯定是这个山村里出生的。我也许就是这山上的黄土生出来的，就像那些虫子一样，像小水坑里的鱼儿一样，是土里自然生出来的。

这里的黄土就是我的母亲。

36. 铜钱

黄土里能长出些啥,谁也不知道。黄土下到底埋着些啥,也没人知道。

在废弃的土地里,在荒草丛中,六指找到了好几十株麦子。那些麦子是遗落的麦粒长出来的,村里人把这样的麦子叫柳生麦子。还有柳生糜子、柳生谷子啥的。柳生的粮食就像是没娘的孩子,自己生、自己长。但它们还是长大了,该长叶就长叶,该抽穗时抽穗,该结籽还结籽,到了成熟的时候,它们一样也黄。六指把分散各处的柳生麦子一个个收起来,收了有半捆子。这么点麦子,用不着用碌子碾,也用不着连枷捶,六指用手就搓。搓出来两三碗麦粒,六指只抓了两三颗,放到嘴里,细细地咀嚼,品尝了新麦子的香味。剩下的,都好好收起来,装进一个小瓦罐里,留作种子。明年开春种下去,能种半亩多地,雨水好点,能收一百多斤麦子呢,半年的口粮就够了。再过一年,他种上二三亩,吃的问题就不愁了。

柳生的麦子已经收过了。西瓜也熟了。六指只发现了一株,扯了两根瓜蔓,结了三个西瓜。一个西瓜长到核桃大点,自己从瓜蔓脱了,掉在旁边,像个早产的婴孩。还有一个,长到碗口大了,不知是雀儿叨了,还是野兔咬了,上面有一个洞。六指没舍得揪掉，看它能不能长好。过了几天去看，坏成一摊了。最后一个西瓜，长得不大，也不好看，有点歪，却幸存下来，成熟了。六指摘下来，吃了瓜瓤，留下瓜子。几十个瓜子，明年种上，能种出一大片西瓜。

沙枣还没成熟。刚结上的沙枣是绿色的，外面包着一层银皮，像鱼鳞一样。沙枣慢慢长大，鳞片就散开了，成了一个个小白点。小白点有些被风吹掉了，还有些一直粘在沙枣上。沙枣长到小指头肚儿大，就慢慢变黄、变红。但这个时候，还不能吃，又酸又涩。要等到过了白露，霜杀过了，酸涩味儿就没有了，那时候吃，又沙又甜。摘下收起来，过冬能顶粮食吃。在村里，夏秋好过，粮食野菜的，总能填饱肚子。冬天就没有野菜了，只能提前准备好粮食，没有东西可以填补。春天更难过，青黄不接的，就会饿肚子。还饿死过人。粮食少的话，要提前准备点洋芋、南瓜，放在地窖里，填补着度过饥荒。

谁家搬走的时候，忘了地窖里的洋芋。洋芋却没有忘了生长，它们的芽在地下攒足了劲，冲开了地窖口，轰轰烈烈地长出来，拼了命地要找太阳。洋芋苗扯出有一两米长，看得六指心惊。这些洋芋为了活下去，发出的力量，付出的努力，叫人想不到。洋芋不光长出叶子，还开了花，下面一定又结上新的洋芋了。地窖口被洋芋枝叶蓄满了，没法看到下面的情况。只有等叶子干枯了，才能下去找洋芋。那些藏在地窖里的洋芋，要是没人管的话，它们会一年一年地长下去，长成野洋芋。六指想起村里一句骂人的话，你是吃野粮食长大的！六指现在就只能吃野粮食、野洋芋。

也有种下的。六指种了白菜、萝卜，还有一小块玉米。因为种的时候，过了季节，玉米没能长高，棒子也很小。粮食就要赶季节，提早了、延迟了，都长不好。而到了成熟的季节，它们还是结籽、成熟。六指这些年在城里，对季节的感觉很模糊。季节变换，对他来说，就是添衣服、减衣服。还有就是，看到马路两边的树木绿了又黄，黄了又绿的。季节在城里，并不引人注意，但是在村里，季节的本来面貌就显现出来了。每一丝空气中都有季节的味道，每一片树叶上都有季节的光泽，每一棵小草上都有季节的影子，粮食的种收，更与季节息息相关。

秋天到了。六指种下的玉米也成熟了，尽管棒子小，籽粒秕，熟得不饱，但玉米叶子、玉米秆都已经干枯了，只能把棒子掰了。等干透了，搓下来，拣饱些的留种子，秕些的自己吃。

我正在收玉米的时候，发现了那两个人。

六指低头掰了一阵玉米，感觉不舒服，一抬头，看到有一只鹰在天上盘旋。就在六指的头顶，六指看得很清楚。鹰是黑色的，肚膛是白的，翅膀上有花翎子。翅膀展开很大，平稳地盘旋着，越旋越低，似乎对六指很好奇，还有点逗弄他的意思。盘旋了几圈，它似乎对六指没兴趣了，一下子飞起来，向村口的方向飞去了，越飞越小，看不清了。六指的眼光落下来，就看到两个人出现在村口。两个人有点迟疑，东张西望的，很显然对这里不熟悉，不是本村人。他们的身形动作也可以看出，他们是来找人，或者是找东西。他们身上背着背包，手上还拿着家伙。手上的家伙闪着金属光泽，不像是拐棍，倒像是刀枪啥的。六指就有些害怕。拿着刀枪跑到一个荒废的村里来，还能找啥，肯定是来找他的。只是不知道，是妻子吴芊芊派来的，还是其他人派来的。

六指把玉米棒子收拾好，找了一处隐蔽的地方，躲起来，盯着那两个人的动静。两个人走进村子，边走边用手中的家伙在地上拨弄着。家伙一闪一闪地发着光，不像是刀，也不像是枪。六指不知道，那是什么东西。不是刀枪就好，六指心里稍稍放心了些。

再近些，才看清楚两个人手里拿的东西，一个长把手，前面一个圆环，就像是探雷器。两个人也看清了，都是男的，一胖一瘦，二三十岁的样子。两个人拿着探雷器，在地上慢慢地探着，探过一截，才往前走两步，好像村里真有人埋了地雷。六指心里有些失笑，一个废弃的村子，谁埋地雷干啥。再说了，自己在村子里走遍了，也没见有地雷啥的。这两个人有点太小心了。

这样小心，一定有着很大的目的。

小心地探了一阵，两个人放下手中的探雷器，拿出铁锹，在地上挖起来。一会儿，挖出一个大坑，从坑里拿出啥东西来。两个人看了看，好像不是他们要找的东西，扔进坑里，又继续拿起探雷器，边走边探。他们应该不是探雷，好像是在找东西。找啥东西，六指不知道。

他们慢慢探到村子中间，又分头向村子周围探看。要找的东西还是没有，两个人有点着急了，越走越快，更不像是探雷了。他们肯定是在找啥东西。在这么个废弃的村子里，能有啥好东西呢？六指还是想不到。他小心地躲着，一边看着这两个人到底想干啥。

那两个人把村子都探看过了，又挖出一些东西来。有的扔掉了，有的收起来，装到背包里。但装进背包里的好像还不是他们要找的东西，他们站在那里，看了看，胖些的那个向村子北面探过来，瘦些的那个向村子东面探过去。村子北面是六指的家，村子东面是一块地，就是那块叫铜钱台的地。因为那块地，黑鹰的父亲被打成地主，黑鹰就成了地主儿子。也因为那块地，村子人和鸦儿沟人打了多年的仗，失过人命，结了世仇。那块地还真有些邪门！但除了一遍又一遍播进去的粮食种子，还能有些啥呢？六指不敢多往那边看，主要盯着胖些的这个人，胖子找过来，就会发现他，发现他住的地方，六指真有些害怕了。好在胖子这会儿累了，走得很慢，探看得也潦草了，手里的探雷器，随意地晃荡着。

过了一会儿，瘦子那边尖声地喊叫起来，像是叫长虫咬到了,听听又不是,声音里满是兴奋,好像是找到虫子的公鸡一样。胖子听到了,立马有了精神,飞快地跑过去,像抢食的鸭子。

跑到铜钱台,两个人立马挖起来,挖得很有劲,黄土扬起老高。坑越挖越深,两个人的腿不见了,腰不见了,头也不见了,只看见一锹一锹的土往上飞。

看不见人了,六指这才慢慢地往那边凑过去,藏在一丛苜蓿草的后面,看坑里往出飞土。那两个人完全钻进坑里去了,只看见土一下一下扬上来,就像是野兔子在打洞。又过了一会儿,土不往上飞了。一个人爬上来,全身都是土,黄老鼠一样。他也没顾上拍身上的土,从背包里找出两个袋子,扔进坑里去。紧接着,自己也跳下去了。他们应该是找到东西了,要下去装。又过了一会儿,还是那个瘦些的先爬上来,俯下身子,拽上一个袋子来,又拽上一个袋子来。好像里面的东西还没装完,他又把两个背包都扔下去。他没有再下去,在土堆边等着,紧张地四处张望了一阵,才又弯下腰,从袋子里抓出些东西来看,看不够的样子。肯定是好东西。距离有点远,六指看不出到底是啥东西。又过了一会儿,胖子在下面喊起来,瘦些的这个才俯下身子,拽上一个背包,又一个背包。最后,胖子才吃力地爬上来。两个人显得很兴奋,还有些慌乱,点了根烟抽了,赶紧收拾袋子和背包。袋子看着很沉,背包也是。里面装的东西好像是铁或者是石头。他们跑到村里来,找石头烂铁干啥呢?

两个人把背包都背上,胖子帮着瘦些的把袋子扛上,胖子自己坐下来,借着土堆把一个袋子扛上,两个人赶紧就走。背的东西太重了,两个人走得有些吃力,弯着腰、勾着头。走出一截,步子就有些乱,走得慢下来。还没走到村子中间,两个人就放下袋子和背包,歇缓下来,喝了点水,点了根烟。烟抽完了,才又背上背包和袋子,弯着腰往前走。

六指看到他们走远了些,就跑到坑那边去。老大的一个坑,一人多深,周围是新翻上来的黄土,还有湿气,散发出一种土香味。黄土上散乱着一些铜钱,沾着绿锈,看得很明显,坑里也散落着一些。六指这才知道,他们两个是来村里探宝的,挖到了一些铜钱,背走了。铜钱过去不值钱,捡到了栽羊毛毽子用,现在听说很值钱。这些人跑到搬迁过的村子里,就是挖值钱的古物。村子里虽然没人了,但这些东西是村子里的,随便叫人挖走了,这咋能行?这块地还是六指家的,过去是爷爷的,后来归公了,分给人了,父亲黑鹰又一块一块地买回来。地是他们家的,地里的东西当然也是他们家的,不能就这样给别人挖走了。

六指看到两个人快要出村了,想拦住他们,可又不敢。他们两个小伙子,手里又拿着铁锹啥的,自己一个人肯定拦不住。他想喊一声,也不敢喊。两个人要是发现他,有可能会弄死他。

我知道了他们的秘密,他们肯定会弄死我。

六指只能眼看着他们慢慢走出了村子。他们背的东西太重了，越走越慢。这时候，要是有个帮手的话，也许就能拦住他们。苍狗这会儿不知道哪里去了。苍狗要是在的话，还是他的帮手。他学了几声狗叫，又学了一声狼嚎，想引来苍狗。这段时间，苍狗对狼嚎的声音很敏感，听到狼嚎，它也许就会出现。

六指学狗叫，学狼嚎，并没有引来苍狗，倒是引起那两个探宝人的注意。他们回头向这边张望了一下，以为是真的狼嚎，吓得加快了步子，跟跟跄跄地往前走。六指觉得他们背得太重了，谁知道能不能走出山里去。

随他们去吧。六指收拾了散落的铜钱，用衣襟兜着，拿回屋里去。这些东西值钱不值钱的，对他没有用，但他还是拿回去了。放在一个旧瓷碗里，装了满满的一碗。看着那些生了绿锈的铜钱，他想起一些事情来。那块地叫铜钱台，果然有铜钱。一块地方的名字，看来不是随便起的，是有着特别的机密在里面的。村子叫村子，肯定也是有着特别的意思，只是后来的人不知道了。那些铜钱是谁埋的，为啥埋的，也不知道了。

古人埋下的东西，谁找到谁就拿去吧，只要不来打扰我就行了。

37. 苍狗

六指没想到的是,第二天,村子里就涌来一大帮挖宝的人。

那两个探宝的人,背着铜钱出山,还是被人发现了。有的说那些铜钱被抢了,那两个人也被打了个半死,还有的说那两个人把铜钱卖了一大笔钱,跑了。都乱传着,但村子挖出铜钱的事,很快就传开了。很多人跑到村子来挖铜钱。

从大清早起,村道上就有人来了。开始还是三三两两的,都扛着铁锹,背着袋子,急匆匆走进村子,找到有挖过的痕迹了,就在旁边挖起来。紧接着,一群群的人跑来了,进了村子,随便找块地方,就乱挖起来。不光是铜钱台那块地,周围的地头上,还有满村子都是挖宝的人。到处都喧哗着人声,到处都扬起尘土,到处都闪着铁锹的寒光。

那些寒光叫我心惊。

鸟儿们也惊得飞起来,在半空中叫骂着。骂了一会儿,看到人们不搭茬,没意思了。人们低着头在那里乱挖,尘土飞扬的,它们也害怕了,飞到远处去了。黄鼠最警惕,看到那么多人来,立起身子,惊叫了几声,呼唤同伴都钻进土里去了。野兔子也是,有的赶紧钻进洞里,有的受到惊吓,一时找不到洞口,乱跑起来,有的往山上跑，有的跑错了方向，跑进人堆里去了。挖宝的几个人这会儿心里还不急，看到野兔子，呼喝起来，举着铁锹追兔子。追了半天没追上，正好有一只鹰在天上盘旋着，看到惊跑的兔子，一个俯冲，就把兔子抓住了。兔子还在挣扎，鹰使劲地叨着兔子。人们又吆喝起来，跑过去想把鹰和兔子一起抓住。还没跑到跟前，鹰抓着兔子飞起来，扇动了几下翅膀，飞高了。人们没办法，悻悻地骂了几句，又回去挖宝了。一句老话说，看到鹰抓兔，庄稼买卖没人做。但人们对鹰抓兔子的兴趣，当然没有对财宝的兴趣大。

六指知道，他们是找宝物的，不是冲着他来的，但心里还是很紧张。他悄悄地出了门，出了村，躲到一个土坎后面看着。他的菜地给挖了，他的玉米给毁了，还有他平整出来的土地，都给挖得不像样子了。他很心疼，但不敢出去阻挡，那么多人，他根本阻挡不了。他知道，一群人要是起了势，比洪水还厉害。把啥东西都能席卷了，啥都挡不住。

他只能眼睁睁地看着，看他们疯狂地乱挖。村街挖坏了，很多人家的院墙挖倒了，腾起一层尘土来，到处都扬着土，到处都乱嚷嚷的。挖的人都急吼吼的，这儿挖挖，那儿挖挖。边挖还边看着别人，听着别处的声音。时不时地，几拨人冲撞到一起了。看看还有地方可挖，才又分开了，找一块地方，又挖起来。都快挖到六指家了。六指怕那些人发现了他家里的东西，看出家里有人。好在六指的家在村子边上，那些人还没有挖到他家。

实际上，那些人根本没注意到他，也没注意到村里有没有人。这会儿，村里即使有人，住了一村的人，也挡不住他们乱挖。他们这会儿只想着挖宝，其他的一切都不管不顾了。每个人都红着眼睛，手里的锹都闪着寒光，就像是一群发了情的羝羊，晃着巨大的盘角，随时都要打起头来。

六指感觉要有事情发生，不只是铁的光，还会有血光。果然，不一会儿，就有了争执声，吵嚷声，铁器相碰的声音，叮叮咣咣的，还有了叫喊声，起哄的声音。好像是谁挖出了东西，所有的人都扑过去。大概是没有啥值钱的东西，一会儿，聚在一起的人又四散开来，各找各的地方，继续挖。到处都闹哄哄的。六指回来这几个月，没这么热闹过，就是以前村里人都在的时候，村子也从来没有这样热闹过。

那么多人，挥锹挖土，找财宝。财宝在哪里，谁也不知道，就那样胡乱地挖着，像一群没头的苍蝇，像一窝给毁了家的蚂蚁，乱冲乱撞着。

六指从高处看着，忽然有点想笑。那么多人挥锹挖着，知道的，是在挖宝，不知道的，还以为是在挖地。六指记得小时候，村里也这样挖过一次地。那时候鸦儿沟村说亩产一万斤麦子。谁都知道，山上的旱地，亩产二百斤就不错了，雨水最好的年景，亩产最多三百斤。亩产一万斤，肯定有啥窍门。鸦儿沟人介绍经验说，要深挖地。村长就带着全村的人挖地，掘地三尺，把生土都翻上来了。第二年种上麦子,就长了一拃高,亩产几十斤。跑去问鸦儿沟人,鸦儿沟人说,是他们没有施好肥,天也太旱了。村子人这才明白上了鸦儿沟人的当了,但说不出来,只能吃哑巴亏。

鸦儿沟也来了一些人,有七八个小伙子,他们不是来挖宝的,是挡着不让挖。铜钱台的那块地,鸦儿沟人一直认为是他们的,为那块地,跟村子人打了几十年。这会儿看到有人在那里挖宝,当然要过来拦挡了。可鸦儿沟的人不多,根本就挡不住。眼看着挡不住,也不能叫外人把宝贝都挖了去,鸦儿沟人也跟着挖起来。鸦儿沟人想的是,就让他们挖吧,挖不出来,就等于翻了土地了,只要挖出宝贝来,就挡着不让他们拿走。谁地里的东西,就是谁的。

六指也想的是,啥都挖不出来,他们就会走了。虽说村子给挖得不像样子了,但他还能住下去。费点力气,再平出几块地,就是了。

事情并没有照我的想法走。

忽然,又起了一声惊叫,一声呼喊,似乎是又有人挖出东西来了。也许是有了上次的教训,这次人们没有盲目地跑向呼叫的地方。所有的人都停下手中的铁锹,像被一把大手同时拎住了脖子。人们伸长脖子,看着呼喊发出的地方,侧着耳朵,听着那边的情况。突然，人们都跳起来，一圈圈、一层层地，都向那边跑去。很快就聚在一起，就是铜钱台那块地里，那边好像真的挖出东西来了，引起了哄抢。

一大群人挤在一起抢东西，场面很快就失控了。人们在互相推搡，都想挤到中间去，铁锹在互相碰撞，都想挖出东西来。挖出来的东西，被人哄抢了，抢到的，还想抢多些，没抢到的，从别人手里夺。人们抢夺、践踏、争执、打骂、哭喊，乱成了一锅粥。六指惊恐地看着，像看着一群野狗在抢食。鸦儿沟人看到真挖出宝来了，挡着不让人拿。财宝到手，谁都不愿放手，双方就打起来了。忽然，有人大喊了一声，打死人了！出人命了！喊声只是让人们呆了一下，但还缠在一起，并没有散开来，推搡和哄抢也没有停止。不知是不是真打死了人。有一个人从人群中跑出去了，不知是抢到了东西，还是打了人。跑出不远，就被一群人冲上去，摁住了，那里又缠成了一个小的人团。

山外面传来了警笛声，唔儿哇儿地响着。响声并没有变大，警车也没有开进村里来，大概也是被断路给堵住了，警笛声也像水一样，给堵在那里了，就在那一个地方打转。但声音不像水，能翻山越岭的，这里能够听见。六指听到了，那些人也听到了。惊动了警察，这个事情就大了。六指害怕，那些人也似乎怕了。争抢停下来了，有些人从人群里抽身出来，到了外围，似乎是随时准备跑。还有些人在收拾东西，也准备走了。

不一会儿，一群人跑进村子。人们以为是警察，起初有些慌张，但仔细一看，来的人没穿警服，才又稳定下来。来的人到人群边，大声喊，我们是文物执法大队的，谁挖了文物，全部交出来，文物归国家所有。私盗乱挖，是违法行为。谁挖了文物，全部交出来！喊声很大，但人们似乎无动于衷。还有些打趣嘲笑，你们早干啥去了？东西都被人挖走了，这会儿才来。还有人喊，公家人来了，散了散了，都走了。文物执法大队的人说，谁也不能走，把东西都放下。有人喊，啥东西都没弄上，我们走了。还有人喊，出了人命了，谁都不能走。

看来真有人死了，六指心里一紧。文物执法大队的人也没想到这一层，先过去看人。看了说，谁也不能走，警察马上就到了。果然，村头上出现了警察，有几十个人，都穿着制服。这一下，挖宝的人慌了，四散乱跑起来。村子就这么大，出路只有一个，跑也没处跑。有些人往山上跑。警察很快追过来，跑散的人像一群羊，被赶拢了。几个往山上跑的，警察眼看追不上了，就鸣了枪。几个人乖乖地下山，回去了。

枪声不光是把人吓住了，还把麻雀鸽子吓得乱飞，把野兔黄鼠吓得乱跑乱叫。最关键的是，枪声惊动了苍狗，还有它的一窝狼崽子。母狼和狼崽怕人，长嚎了几声，没敢现身。苍狗听到枪声在村子，发现村子聚集了很多人，就跑到村里来了。进了村，大概是发现不是村里人回来了，而是一群陌生人，就乱扑起来。

突然出现一只狗，把人们吓得边跑边躲，有胆儿大的，拿了铁锹打狗。苍狗一点都不怕，继续扑着吼着，把人追得乱窜。人太多了，苍狗不知要追谁，也认不出警察来，就乱扑乱咬，咬到警察跟前了。警察毕竟胆子大，一边躲一边呵斥，站住！谁的狗！站住！苍狗听不懂警察的话，还是不住地扑咬。警察喊，谁的狗！赶紧拉住，不然我们开枪了！

　　警察手里有枪，黑乌乌的，六指远远地就能看到。苍狗当然不认识枪了，以为就是个黑棍子。狗都有个毛病，谁手里拿着棍子，反而会扑向谁。看警察手中拿着家伙，苍狗就向警察扑着吼叫着。好几个警察跑过来，围住了苍狗，枪口对着苍狗。苍狗被围住，有点急了，吼叫的声音更大了，左冲右突的，差点扑倒了一个警察。六指的心提到了嗓子眼儿，要是真的伤了警察，警察肯定会开枪。

　　我怕警察打死苍狗，就喊了一声，苍狗，快跑！

　　六指不知是被吓住了，还是好长时间没说话了，他喊出来的声音很小，苍狗根本就没有听见，还在吼叫着，扑咬着。一个警察瞅准机会，一枪管抡过去，把苍狗打倒了。几个警察围过去，刚想摁住它。苍狗挣脱了，跳起来，跳出老高，扑到一个警察的头上，嘴张得很大，向着警察的脖子咬过去。

　　我一看，苍狗失情了。

狗呀、猫呀，马呀，还有驴子，这些动物，要是失了情，就野性大发，见谁咬谁。就是绵羊失情了，都会红了眼睛，跟人搏命。苍狗这会儿是失情了，野性完全控制了它，向着人的脖子咬了，是要置人于死地了。好在那个警察一躲，算是躲过了，只是衣服被撕破了。其他警察看到苍狗那样，也都提起枪，对着苍狗，眼看着就要开枪了。

六指看不下去了，赶紧从藏身的地方跑出来，向人群那边跑过去，边跑边喊，不要开枪，那是我的狗，不要开枪！他的喊声还是太小了，那边根本就没有听见。倒是六指听到枪响了。听到枪响，他反倒不怕了，一点儿都不怕了，不怕人，也不怕枪。他只是怕苍狗被打死。

苍狗还是中了枪，栽倒在地。可能是后腿受伤了，它扭着身子，转着圈儿，似乎是想把袭击它的东西咬出来，或者是要舔伤口，却怎么也够不着，就那样转着圈儿，感觉是在咬自己的尾巴。转了几圈，才又发现，肩胛也受伤了。六指也看到苍狗肩胛上流出血来，后腿上流出血来。血洇开了一片，毛梢子上也滴着血。几处都在流血，看样子伤得不轻。苍狗跳不起来了，但还在向警察吼叫着。几个警察举着枪，对着苍狗，还要开枪。六指扑上去，挡住了苍狗。大声喊，我的狗！苍狗，快跑！苍狗看到六指，呜咽了几声。六指喊，快跑！苍狗看着六指，不想跑。六指又冲着他喊，快跑！苍狗迟疑了一下，疼得像猫一样弓起身子，龇了下牙，向山沟里跑了。虽然跑得很吃力，但它学会了躲避危险，跑进山沟里，看不见了。苍狗虽然和一只母狼好上了，还生了一窝狼崽子，但六指还是把它当作伴儿，唯一的伴儿。苍狗看不见了，他还冲着一个高个儿警察嚷嚷，为啥打我的狗！

警察不说打狗的事，反倒质问他，你是谁？偷挖文物，还领着狗伤人？

六指说，我没有挖。

警察说，没挖你在这里干啥？

六指一慌，说了实话，我就住这个村。

警察说，骗谁呢？这个村早就搬空了，你住这个村？

六指说，我就住这里。

警察问，你叫啥名字？搬出去，为啥又回来了？

六指不说话了。

旁边一个胖胖的，穿着西装的人说，这个人老了，看着不像挖文物的。警察看了六指一眼，这才相信。转身冲着人群喊，都给我站住！身上的东西全掏出来！挖宝的人刚才只顾着看警察打狗了，忘了跑，这会儿不敢跑了。警察又喊，都过来，把东西掏出来！有人带头掏出一把麻钱子，扔在地上，接着又有人不情愿地掏出了麻钱子。警察盯着，人们一个个地掏出东西来。掏完东西的就要走。有人喊了一声，谁都不能走！还打死人了。打死人你们不管，就管几个破麻钱子！警察这才看到，人群后面还躺着一个人。六指也看到了，是个毛头小伙子，长长地躺着。人死了,显得特别长。他浑身是土,嘴角上有血,早没了气儿,脸色苍白,一脸惊愕的凝固住了。不知是给打死的,还是踏死的,身子不动了,一绺头发被风吹着,还在动。一个二十多岁的小伙子,在跟前守着,可能是他的弟兄或者亲戚。那个人高颧骨,宽脸膛,鹰钩鼻,六指感觉在哪里见过。他突然想起来,好像是那个鸦儿沟放羊的小伙子。大个子警察说,是谁干的?站出来!没人站出来。警察又问那个小伙子,是谁打的?那个人说,不知道。一群人呢,我也没盯住。他们跑到我们的地里乱挖,还打死我们的人,人死了,我回去咋交代呀!说着,呜呜地哭起来。警察说,不要哭!他还继续哭。警察没有再制止,回头说,谁也不准走,都带回去审。

警察带着一群人,文物执法队的人把地上的麻钱子装起来,背上,都走了。打死的小伙子也被抬走了。警察在村里找了块旧门板,让几个人抬着小伙子。门板太短,小伙子的头和脚都在外面耷拉着,软软地摇晃着。

我看着,心里不是个滋味。

为几个破麻钱子,死了一个人,还伤了苍狗,六指心里不好受。

大中午了,太阳明晃晃地照着,一群人灰头土脸地走出村子。看着人们走远了,六指折回去看苍狗。

38. 陶罐

六指下到山沟里，沿着血迹一路找。到一个拐弯处，血迹消失了，却没有苍狗的身影。六指仔细地找，没找到血迹，苍狗的踪迹也没有了。六指知道，野狼、野狐、野兔啥的，那些野物儿，受了伤，都会找个隐蔽地方藏起来，慢慢养伤。等伤好了，才出来。要是伤势太重，好不了，也就悄悄死了。野物儿死了，一般都在隐蔽的地方，尸体都很难找到。狗也是，很少死在家里，死在人能看到的地方。老了生病了，或是受伤中毒了，就会不声不响地离家出走，跑到村子外面，找一个地方，从容赴死。除非得了暴病，或是受了重伤，走不动了，才会死在村街上。那样死了的狗，叫人看不起。村里人骂人死狗，就是说这人赖皮，没有尊严。

找不到苍狗，六指心里不踏实，不知道苍狗是死了，还是跑了。他想着，苍狗能活下来。上一次，受了那么重的伤，它都活下来了。这一回，肯定也能活下来。

这样想着，他就回去了。不想吃东西，躺了一会儿，听到村里又有了人声。他出来看，果然又来了十几个人，在铜钱台那块地里挖着。仔细辨认，不是乱杂人，好像是文物队的，有些穿着制服，有些是便衣，穿西装的那个胖胖的人也在。他好像是头儿，指挥着其他人挖。

公家在组织挖,六指更不可能出去拦挡。他只是觉得,这样挖着,村里再也不会安生了。他担心,在这里住不下去了。

村里住不下去,我就没地方可去了。

六指的担心不是多余的。第二天,文物队的人搭起了帐篷,住下来,看样子要挖些日子。军绿色的帐篷搭了两顶,每顶都有两三间房子大小,有门有窗有炉灶的,简直就像是要住家。帐篷是用卡车拉来的,还有一辆黑色的小车,看样子连断路都修好了,车都能进出了。这是要拉开架势挖了。

铜钱台那块地里真有铜钱,六指没想到。已经挖出来一些了,地里还有吗?哪来那么多的铜钱?谁埋在那里的?啥时候埋的?埋在那里干啥?这些事,六指更是想不到了。他只是忧心地看着那些人搭帐篷、挖土坑。土坑挖得很大,周围用彩绳拉了警戒线。这野山荒村的,没有人,拉那个不知干啥。防谁呢?

防我?他们知道我住在村里?

六指忽然想起,他给警察说了,他住在这个村里。那个胖胖的干部模样的人就在跟前,听到了。那个人还替六指说话,看样子是个好人。好人坏人的没关系,他知道六指住在村里,这就是坏事。

果然，到吃下午饭的时候，胖胖的干部带着一个精瘦的小伙子，找到他院子里来了。胖干部一见他，圆脸上带着笑，跟他打招呼，你好，大……老乡。他本来也许想称呼大叔、大爷的，但看着六指年龄不大，那样称呼不大妥当，舌头灵活，话到中途拐弯儿了，改叫老乡。叫老乡，多大年龄都合适。胖干部自己也四十多岁了，圆脸，卷发，皮肤有点黑，麦子色的。

胖干部看了看院子，说，你就住这里？

六指看到是他，就点头，嗯了一声。

胖干部又问，村里人都搬走了，你没搬？

六指摇头。六指不想多说话，说多了容易暴露。

胖干部问，是搬出去又回来了？移民村有水有电的，为啥又回来呢？这边有啥扯心的。

六指摇头。

胖干部问，孩子呢？在哪里？

六指没防住，说，在城里。

胖干部说，孩子在城里，你咋一个回来了？

感觉到说漏嘴了，六指不说话了。

胖干部说，我就看着你不像个农村人。

六指说，我就是村里的。

胖干部问，你贵姓？

六指真不知道该说啥了。他父亲姓黑，他上学的时候，起了个官名叫黑宝贵，除了老师叫过几次，同学一直都叫他六指。

他这些年在城里，一直都叫刘志。

我自己都忘了我官名叫黑宝贵。

胖干部很识眼色，知道问不出啥来，就说，你吃饭了吗？

六指老实说，没。

胖干部说，我就是请你去吃饭的。我们的饭熟了，去我们那里吃点饭吧。

六指说，我不吃。你们吃。

胖干部说，我是文化局的，姓马。

精瘦小伙子说，这是我们马局长。

马局长笑笑说，我们来村里，打扰你了，请你吃个饭，没别的意思。

六指还是那句话，我不吃。你们吃。

六指说啥不去，马局长和小伙子就走了。

过了一会儿，小伙子端了一大碗饭菜来，说，马局长让我给你送饭来了，快吃吧。饭菜飘着香气，直抓人胃，但小伙子看着，六指不吃。小伙子也机灵，说，我走了，你慢慢吃。

小伙子一走，六指就被香味拉到饭碗前，忍不住，吃了几大口。有些担心有毒，有人害他，停住了，但看了看，又忍不住了，一口气把一大碗全吃光了。很普通的一碗饭菜，野外做的，很粗糙，比起他这些年吃的东西来说，简直不算饭菜，但六指却感觉从来没吃过这样香的饭菜。大概是因为，回来几个月了，他没有吃过像样的饭菜。仔细感觉又不全是这样，他心里还是希望能吃上正常的饭菜。那个马局长，每顿饭都派人给他送，六指也没有再拒绝。他甚至想着，马局长要是再来请他过去吃饭的话，他就去，和那些人一起吃饭。

还有，那些人住下来，他一方面有些担心，有些拒斥，但另一方面，他也觉得，有些人在村里住着，他心里安稳。白天，那些人在干活挖东西，六指就偷偷地看着。干活的时候，他们不说话，停下来休息的时候，他们就互相说话，开玩笑，打闹。六指就觉得，那样挺好的。吃饭的时候，他们大声说话，大声地笑，六指也觉得挺好。尤其是晚上，发电机嗡嗡地响，帐篷里有灯光，是电灯的光，比油灯的光亮多了。帐篷外面的几个大灯，把铜钱台那块地，也把半个村子都照亮了，六指也觉得好。

> 我大概还是想过正常人的生活，跟人一起住，一起吃饭，一起说话。

那个马局长又来六指家一次，这次没有问他的情况，而是问村子的情况。

马局长问，村名为啥叫村子？

六指说，不知道。这回是真的不知道。

马局长问，老辈人说过吗？

六指说，老辈人也不知道。

马局长问，你们村的人到这里多长时间了？

六指说，不知道。

马局长问了些问题，六指几乎都不知道。马局长似乎有些失望，但一直都笑着。他又问，村里有些啥传说？问到这些，六指还知道一些，村里流传着很多古今，他小时候听过，有些忘记了，有些还记得，都给马局长讲了。马局长边听边记，显得很感兴趣。

马局长对村里的一切似乎都感兴趣。这些天，他一边指挥手下的人挖文物，一边在村子周围转，看长城老墙，拣石头瓦片，晚上回去，还做一些考据研究。

由于移民搬迁、农民进城，很多村子都拆毁了，村名被废弃了。不光是这里，各地都有这样的情况，据说每年有上万个古村落消失。现代化的进程不可逆转，但那些村落、那些村名消失了，真有些可惜。

地上的东西破坏了，人也没有了，只能从地下找答案。马局长指挥着，扩大了挖掘的面积，铜钱台那块地挖过了，又在其他地方挖。挖出来许多很有价值的东西，有铜钱、铜器、陶罐、瓷器等，登记造册、分门别类地都运回去，慢慢陈列、研究。

这样一来，他们就在村里多住了一些日子，从草绿一直住到草黄。

六指在村里住了有些日子了，他早就忘了时间。能看出草死草活、花开花落，就能看出季节变化。他不需要记时间，来村里多长时间了，他都忘记了。他甚至感觉一直就住在村里，从来都没有离开这个村子，也没想过离开这个村子。马局长和文物队的人却说，他们快要挖结束了，就要走了。

他们这样说，六指竟有些不舍。这些天，他们在村里住着，给他送饭，六指慢慢和他们熟悉了。

熟悉了，六指到挖掘现场去看。那些人并不是胡乱地挖，而是一层一层、一点一点地挖，坑道方方正正、层层叠叠，就像是在做一个漂亮的工艺品。一层层地挖，由浅入深，感觉要挖到地底下去。不像那些偷着挖宝的人，乱挖一气。六指有点不解，就问了。他们说，一层就是一个时代，每层出土的东西都不一样。六指数了数，有二十多层，这就有几千年了，真叫人想不到。几千年的东西，都埋在地下面，六指也想不到。更想不到的是，那些东西在地下埋了几千年，还没有化掉，还在土里。那些人挖到有东西的地方，就不是用铁锹，而是用毛刷，慢慢地刷出一个个东西来。

挖出的东西不光有铜钱，还有石块、骨头、铜器、瓦罐之类的。瓦罐有灰蓝的，有胶泥色的，还有些上面画着画，涂着彩，黑红的颜色很显眼，就像新的一样。有的瓦罐上画的是水波纹，有的画的是花草纹，还有的是说不出的纹路。新挖出了一个瓦罐，放在坑沿上。瓦罐上画着一只青蛙，长腿细身子，圆头大嘴巴，一看就是青蛙。六指还注意到，青蛙的爪子上画着六根指头。六指总是会注意到这个，他心里一动。六指不知道青蛙到底有几根指头。村子没有青蛙，只有癞蛤蟆，癞蛤蟆像青蛙，可肚子要大些，绿皮子上还有些疙疙瘩瘩的东西。癞蛤蟆好像是四根指头。青蛙好像也是三根或四根指头。六指在电视上看到过，记得青蛙没有六根指头。本来三四根指头，为啥要画成六根指头呢？是画的人不知道，还是故意那样画的，六指不知道，但他又觉得好像与他有点关系，那样画是专门要他看的。他盯着那个瓦罐，盯着那只青蛙看，突然，那只瓦罐裂了一道缝，青蛙的身子断成了两截。裂缝越来越长，分了岔，长虫一样在瓦罐上游走，还发出细小的吱吱声，眨眼间，瓦罐破了。六指心里咯噔一下，有点吓呆了，不知该咋办。

马局长也发现瓦罐破了，赶紧跑过来，小心地收拾着。六指说，不是我，我没动它。马局长说，不是你，是风。地下挖出来的东西，要保护好，保护不好，有些东西见风就碎了。太可惜了！他又转声给其他人说，都注意着点，挖出来的东西赶紧保护起来，别把东西弄坏了。弄坏文物就是犯罪！

六指觉得，那个瓦罐就是他看坏的，心里就有犯罪感。

六指小心地问，你们挖这些东西干啥呢？

马局长说，这些都是文物，有很高的研究价值。

六指问，研究啥？

马局长说，研究这个地方的历史，研究我们的祖先怎么生活。

六指又问，研究这些有啥用？

马局长说，用处大了。能知道我们是谁，从哪里来，到哪里去。

能知道我们是谁，从哪里来，到哪里去。这句话一下子触动了我。

六指一听这样，就说，我那里还有几个，都给你们吧。他回到屋子里，把上次捡到的一些铜钱，还有平时捡到的，都给了马局长。他希望马局长好好研究，真能知道自己是谁，从哪里来，到哪里去。

马局长他们知道到哪里去，挖了些日子，眼看着天气冷了，就扯了帐篷，卷了行李，回去了。临走的时候，给六指放下了些米面蔬菜。马局长还劝他早点回去。六指嘴里应着，但他还是不想回去，就一个人在村里住着。

剩下他一个人，忽然感觉孤得慌。在村里住了大半年，他从来都没有这样孤过。

周围很静，静得他耳朵里嗡嗡响，就像有只虫子钻进耳朵里了。他用手掏，掏了半天，啥也没有。掏过了，好像是把虫子给惊醒了，叫得更厉害了。他说话的时候，自己能听到回声，就像村子里也有了崖娃娃。崖娃娃一般在山沟里，人说啥，他跟着说啥。六指记得小时候，跟崖娃娃说话。他说，崖娃娃，你是谁？你妈穿的是靴子么鞋？崖娃娃不会回答，跟着说，你是谁？你妈穿的是靴子么鞋？有时候生气了，故意骂崖娃娃，崖娃娃又给原话骂回来了。

崖娃娃到底是谁，长啥样，谁也没见过，是虚的。

六指耳朵鸣响着，眼睛就有些模糊，他看村子也像是虚空的，不真实的，就像不存在，一直都不存在。六指感觉并没有在村里住了大半年，甚至觉得小时候就没有在这个村子里住过。他在每家每户点亮油灯，看到了一些东西，想到了很多事。但这会儿，好像那些人、那些事也是瞎想出来的。他走在村子里，想再看出些啥来，却看不出来。他只看到了自己的影子。从到村里来，他从没看到过自己的影子。这些年在城里，他也没有看到过自己的影子。

我真没注意过自己的影子，我也许没有影子。

六指这会儿看到了自己的影子，他走到哪里，影子就跟到哪里，一会儿长，一会儿短，一会儿深，一会儿浅，变着花样跟着他，好像是在给他做伴，但六指却觉得那是在提醒他，没有别人，就他一个人。这让他有些气恼，想踢开影子，却不能。直到晚上，村里完全黑下来，影子才吓跑了。

到了晚上，六指也有些害怕了。屋子里的鸟儿大多起秋了，飞走了，留下很少的几只。燕子们聚起来，飞到南方去了。还有咕噜雁，排着队，伸长脖子，咕噜咕噜地叫着，向南飞走了。

它们一年两头跑,半年在南方,半年在北方。说不清它们家在南方,还是北方。应该是在北方,它们是北方生的,哪里生的,家就在那里。六指有些想家了,却不是城里那个家。

我真的有些想家,但又觉得,这里才是我的家。

鸦儿沟那边盖了些新房子,修了新路,有些搬出去的人又回来了,村子人也许也会回来。要是回来一些人,就不孤了,就能住下去了。六指等着,他还不想走。

有些鸟儿也不走,一直守在村里。麻雀、乌鸦、鸽子都还在,但性情却有些变化,老鸟儿们不交配,不孵小鸟了。小鸟儿长大了,不好看了,声音也变粗了。明明是鸽子,半夜里却好像变成了乌鸦,突然哇哇地叫几声,就把六指吓醒了。长虫们偷不上鸟蛋、小鸟吃了,显得有些惶急,也不避着六指,在屋子里、院子里爬出爬进的,六指有些害怕。

村子里也叫人害怕,村头的大榆树上挂着黑鹰,还有那个女人。女人头发散开着,看不出模样来。说是马德仁媳妇,三十多岁,上吊了。马德仁也去了,不哭也不喊,袖着手,站在那里,说,你还寻死呢,我也不想活了。他一遍又一遍地说,我也不想活了。马德仁最后并没有死,女人就那样死了。为啥死的,村里人说,日子太苦了,活不下去了。

不光是树上,涝坝里、水窖里、沟坎下、房梁上都死过人,好像每一棵草根下面都死过人。六指走在村里，感觉每一个黑影都叫人害怕，每一点响动都叫他心惊。他想起了苍狗。苍狗要是在的话，就能给他做伴，给他壮胆。

六指没有等来苍狗，却等来了狼。一天晚上，他听到几声狼嚎，感觉离得很近，好像就在村里。过了一会儿，院子里有了簌簌的脚步声。六指熟悉羊的脚步声，狗的脚步声，兔子的脚步声。他听着院子里是狗的脚步声，想着也许是苍狗回来了，但脚步声似乎有点杂，不是一条狗，而是好几条。六指想到了狼，是一群狼到村里来了。大概是村里没有它们能吃的东西，闻着味儿找到六指家里来了。

六指知道，凭他一个人，想打败一群狼是不可能的。真是一群狼的话，他只能等死了。六指悄悄在屋里藏着，指望狼听不到，找不到他。狼也许会闯进屋里来，屋门很简单，是找来的一块旧门板，只有半截，上面开着。本来是为了方便鸟儿们进出，这会儿狼要进来，更方便了。他不敢朝外看，只是静静地等着，看狼的头啥时候出现在门板上面。这样等着也不行，还得想办法。据说狼怕火，六指点起了油灯。油灯只照亮了半个屋子，可能照不到外面去，没能把狼吓退，脚步声还是窸窸窣窣的，也许它们准备冲进屋里来了。

忽然听到了低低的呜呜，那是狗的声音，是苍狗，没问题，苍狗的声音他能听出来。意思也能听出来，苍狗这是给他打声，意思是它回来了。苍狗还活着，它回来了！六指说不出的高兴，赶紧打开门。六指打开门,没看到苍狗,却看到好几双绿森森的眼睛,分明是一群狼。狼群看到六指出来,往后退了一点,紧接着往前扑了一大截。六指正要往门里退,传来一声低吼,是苍狗的吼声。苍狗的声音他能听出来。苍狗低吼了一声,几只狼又退回去了。苍狗向六指走过来,后腿有点瘸,走路有点摇晃,可能是枪伤留下的。中了几枪,能活下来,简直就是奇迹。六指往前迎了一步,苍狗走到他跟前,用头和脖子蹭了蹭他的腿。苍狗不会撒娇,它表示亲昵的举动就是这样。这一次,它蹭的时间更长。蹭完了,回到狼群那里去,在每只狼的头脸上蹭了蹭,一共是五只,一只大的,四只小的,小狼快和大狼一样高了。六指忽然明白了,这是苍狗的一家,是它的妻子和孩子。它的妻子是一只狼,孩子也完全像狼,不像狗。苍狗在它们头脸上蹭过以后,看着六指,意思是把它们介绍给六指,也把六指介绍给它们。几只狼小心地往前走,看着六指,却不敢近前。六指看着它们,也有些害怕,希望它们不要过来。苍狗却有些不满了,低吼了几声。大狼领头带着小狼走过来,没有蹭六指的腿,只是在跟前使劲地嗅了嗅,好像是要记住六指身上的气味。人的气味轻,狼的气味很重,是一种野性的、膻腥的味道。闻到狼的味道,六指身上缩紧了,感觉汗毛都竖起来了。好在几只狼没有太靠近他,很快就嗅完了,又回到苍狗那里。苍狗看了看它们,又看了看六指,大概意思是,这是我家人,我以后要和家人在一起了。看着六指,苍狗迟疑了一下,转身走了。

几只狼也跟着走了。走了一截,忽然发出一声长嚎。有点像狼嚎,又有点像狗叫,那分明是苍狗的叫声。它还没有完全学会狼嚎。接着,几只狼也发出了嚎叫。嚎叫声越来越远,它们走了。

六指这才明白,苍狗是来向他告别的。苍狗成了一只狼,它不再回来了。

从今往后,我只能一个人住在村里了。

六指在村里也没法安生住下去。马局长把六指住在村里的情况,给乡镇上说了。乡镇上知道了,派人来查看了他的情况,要把他接出去。乡镇上怕六指冻死了,饿死了,或者被啥野物儿给伤害了。死了人,事情就大了。虽说村子搬迁了,六指也不是本乡镇上的人,但在本乡镇地面上死了,还是要担责任的。

六指说不走,来的人就走了。

39. 浴火

六指知道,他在村里住不下去了。公家的人,迟早还会来,把他接出去。虽然在村里住着有些孤,有些怕,但他还想住下去。

这里是我最后的栖身之地,我不知道还能到哪里去。

果然，乡镇上又派人来了。挖文物的人把路修通了，乡上的人开着车，来了四五个人。看那架势，是硬要六指搬走了。

他们给六指做工作，给他许了很多条件，六指死活不走。他们就走了，说回去给领导汇报，过两天来，强制把他搬出去。

六指知道，在村里住不下去了。

上次跑出村子的时候，他因为害怕，没有多少留恋之情，但这次不一样，虽然这次来，只住了大半年时间，但他却觉得住了很多年了，甚至是从来都没有离开过村子。这会儿要走了，他感到非常不舍。舍不得他翻出来的土地，舍不得他留下的粮食种子，舍不得那些留守的鸟雀，甚至舍不得那些塌墙土院子。到了晚上，他就点起油灯，一家一家地看。原来想着，他要在村里长期住下去，就慢慢地看，每天晚上看一家，但这会儿时间紧了，一个晚上要看两三家。看了几天，还有很多人家没有看。

最后一天，六指在每个院子里都点上了灯，油灯不够了，就用木棒缠上破布条，沾上油，做成火把，火把把每户人家都照亮了。

傍晚的时候，六指看到了一大群乌鸦。一大群乌鸦在野地里啄食。这时节，土地冻瓷实了，没有虫子，也没有种子，乌鸦不知在吃些啥。据说乌鸦是在吃石子，乌鸦与其他的鸟不一样，有个化石胆，能消化石子。据说乌鸦还能招风。本来没有风，乌鸦在地面上啄一会儿，就扇动翅膀飞起来。起起落落的，风就刮起来了。乌鸦最爱迎风飞，有风的时候，乌鸦显得非常轻盈，舒展开翅膀，身子就优雅地飘起来。优雅这个词用在乌鸦上，似乎有些不妥，但见过乌鸦迎风而起的样子，你就会觉得，除了这个词，再没有更准确的词语来形容。乌鸦在风中飘起来，似乎要被风吹离地面，没法落下去了，它只能收束了翅膀，这才落下去，在地上啄几口，身子又一次飘起来。一大群的乌鸦在那里飘飘落落的，那情景，看着像是它们在迎风起舞。但老人们说，那是乌鸦在煽风点火。

我一直觉得，乌鸦好像与火有关。

乌鸦是黑色的，远处看，它通体乌黑，没有一根杂色的羽毛，就像被烧焦了。要是能近处看的话，就会发现，它身上的羽毛并不是纯黑色的，而是透出一种蓝，还闪着金属般的光泽。要是能再凑近了看，比如说，乌鸦的一根羽毛掉了，捡起来，在太阳下看，才会发现，黑色中不光透着蓝，还有绿色、紫色，有五彩的光在流转。如同太阳的光，表面看是白色的，其实融合了赤橙黄绿青蓝紫七色。乌鸦的黑色也是五彩杂糅而成的，与太阳光一样。至黑至白原来都是多重颜色杂合的，这一点叫人感到惊异。而要把多重颜色合为纯粹的黑色或白色，只有煅烧，而且是经过千万次的煅烧，经过真火的煅烧，才会形成。

乌鸦的确是经过了真火煅烧的。据说太阳中就有个三足乌鸦。后羿射日的神话传说中也说，本来是十只金乌每天一换，轮流当值,可是,这样的日子过长了,这十个乌鸦就觉得无聊。他们结伴而出,一起周游天空。这一下,大地上草木焦枯、河流干涸,树木庄稼和房子都被烧成了灰烬,人们在火海中苦苦挣扎。后来,有个叫后羿的,用弓箭射掉了九个,就剩下了一个。

天上剩下一个,地上的确很多,长相也不一样。村子一带,乌鸦的嘴和爪子是红色的。不是普通的红色,是赤红。通体的黑色中有那么一点赤红,感觉就像是乌鸦衔着一点火苗,那大概就是乌鸦用来点火的。

> 我小时候就听老人们口传,乌鸦是会招风引火的。

本来冬天风多,刮风的时候,容易发生火灾。堆在大门外的柴草,场院上的粮垛,有时连屋顶上的苇草,都无缘无故就着火了。风高放火天,似乎是有人放的火,但查来查去,就是查不到放火的人。柴草、粮食、屋子被烧了,总得找一个罪魁祸首,安抚人心吧。这就找上了乌鸦,就说是乌鸦引来的风,点着的火。

乌鸦这会儿并没有点火,是六指点的火。

村子里每家都点上了灯火,整个村子都亮了,整个村子都活了,全村的人都出来了。

杨占山赶着一对老牛,像是要去耕地。他总是村里最早下地干活的,一对老牛甩着尾巴,很顺从地走着。旁边是杨占山婆姨，肩上扛着把榔头。杨占山犁地，她就跟在后面，用榔头把大土块敲碎。她面色红润，看着不像有病的样子。还有刘鹞子，也回来了，手上却没有托着隼儿，只是抬头看着天空。天上也没有飞着他的隼儿，天空一片漆黑。地上的火光并没有把天空照亮，反而感到更黑了。接着是牛虎，驾着一只苍鹰，苍鹰的眼睛绿莹莹的，看到火，有点惊慌，却并没有飞走。却没看见买谷子。他大概是个子太小了，挤在人群里，看不见了。也许还有其他原因，都说这一世看透的人，到下一世就是瞎子，谁知道呢。

连死去的人都出现了。

六指看到了黑鹰，模样一点儿都没变，还是那样高高瘦瘦的，腰却抬起来了，头也抬起来了，脸上带着笑。活着的时候，六指几乎没见他笑过。这个一辈子没笑过的人，这会儿笑了，一脸的高兴。还有哑巴母亲，跟黑鹰走在一起，也有说有笑的。她竟然也开口说话了。六指听不见他们在说些啥，但能看出来，他们说得很开心。六指想走过去，和他们说说话，问他们一些事。

他还看到村长，他的脸还是那样长，只是脸上的神情却变了，笑眯眯的。还有刘瘸子、杨占钢、二愣，很多村里人。六指见过的，没见过的，好像都出来了，它们的脸上没有一点儿悲伤的样子。

忽然又走出一些不认识的人来，穿着打扮很怪异，看着不像是这个村的人，但他们似乎对村里很熟悉，很自然地走出来，很坦然地走在村街上，走着看着说笑着，好像这就是他们自己的村庄。

村街上走过一个女人。六指一眼就看到了她。不只是六指，很多人都一眼就看到了她。那是一个妖娆的女人。她的穿着和其他妇女一样，看不出有啥特别的地方，面料并不好，样式也很土，但那样的衣服，穿在她身上，却显出不同来，腰是腰，腿是腿，哪儿是哪儿。她站在那里不动，不说话，也看不清眉眼，就显出一种风流的姿态来。她一走起来，就像风摆柳，更像一树桃花，经风一吹，每朵花儿都在颤动。还不是风吹得花枝子乱颤，而是该动的地方动，不动的地方不动。她要是开口说话，肯定是软乎乎糯兮兮的，就像画眉鸟儿的叫声。可惜这会儿她没有开口说话，就那样走过，村街上很多男人在看着她，好几个女人也看着她。

这样的女人似乎不该出现在村子这样的地方，但在农村，即使像村子这样偏远的地方，还是会出现这样的女人。她们出现，不只是魅惑男人的，也魅惑女人。男人看到她，心里慌乱，像兔子跳，像猫儿抓，像毛毛挠。女人看到她，心里也慌乱，心里愧得慌、妒得慌、恨得慌、怕得慌。这样的女人，才叫男人一下子有了男人的心，觉得自己该当个男人，幸亏是个男人。叫女人觉得自己不像个女人，觉得白长了个女人身，觉得白活了。

她有点像杨木匠的女人，但仔细看，又有些不像。也许是那个叫鱼儿的，六指没见过鱼儿，不知道她到底长啥样。她是谁，是杨木匠的女人，还是那个叫鱼儿的？这样的女人又似乎每个时代都会出现，只是模样不一样，穿着打扮不一样，骨子里完全一样。

六指想看到荞麦，却一直没有看到。她也许是躲在人群里，不让他看见。六指从女人堆里找她，看不见。又在其他地方找，还是看不见。也许是躲在树后面，墙后面，谁家的大门后面了，六指仔细地看，留心地找。

忽然，从一棵柳树里走出一个女人，身子柔软，走路轻盈，像风吹动柳枝一样，这样的女人，在村子每个时代都会出现。一棵沙枣树里，也走出一个女人来，衣着破旧，头发凌乱，邋邋遢遢的样子，这样的女人在村子随处可见。从一棵榆树的树干里，走出一个高个子的男人，他真的长得像榆树一样高大、威严，就像村长一样。从一个烟囱里钻出一个人来，身形瘦小，脸色黝黑，脸上却笑呵呵的。从一堵墙里也走出一个人来，身板结实，神情憨厚，走路稳稳当当的。从天上飘下一个小姑娘，轻盈地落到地上，还有几个孩子跟着落下来，在地上奔跑着、嬉闹着。他们的背上并没有小翅膀，却能从天上飘下来，六指有些吃惊。

紧接着，更多的人出现了，从意想不到的地方出现。每一寸土地上都冒出一个人来，每一棵草根上都钻出一个人来，每一片树叶上都飘下一个人来，甚至每一丝空气中都出现一个人来。那些人长相一点儿也不像，穿衣打扮也各不相同，有的短衣，有的长衫；有的束发，有的光头；有的留须，有的素面；有的低额头、宽面目，有的高颧骨、细眼睛；有黄皮肤、黑皮肤、白皮肤的，有黄眼珠、黑眼珠、蓝眼珠的。那么多人，简直不知道是从哪里来的，要到哪里去。他们好像哪里也不去，就在这个村子里转着、走着。那么多的人，看着挨挨挤挤的，村子里根本容纳不下，根本无法走动，但他们却走得很轻松，谁也不挨着谁，不挤着谁，每个人都走得很自如。

我看得目瞪口呆。

忽然，有一户人家大亮起来。六指仔细地看，不是油灯的光，而是火光。不知哪里的火，烧起来了。从一家开始，接着是另一家，不一会儿，整个村子都燃烧起来。

六指知道，也许是放在哪家的油灯倒了，点着了旁边的柴草，引燃了院子里的枯草。枯草容易着火，很快就燃烧起来。六指想跑过去救火，一看来不及了，火势蔓延到各处，好几个人家都烧起来了。他一个人根本没法扑救。

村子里的那些人，也没有一个出手救火。他们看着火在燃烧，没有一点儿惊慌的意思，好像他们早就知道会有这样一场大火，他们出来就是看火的。火烧起来，风也大起来了，火苗呼呼地乱窜，他们也没有躲避的意思，他们好像一点儿都不怕火。人们脸上还都带着笑，看着火苗横扫着村子，每家每户都烧了，他们也不管，好像那些火烧的不是自己家，好像经过燃烧以后，就会有个新的家，新的村子。

整个村子都燃烧起来，连最边上的六指家都烧起来了。六指有些慌了，大声喊，着火了，救火呀！他的呼喊声没有得到回应，那么多人谁也没有应一声。六指焦急地看着，却看到村子空了，那些人一个都不见了，像忽然出现那样，忽然消失了。

一股股的火苗腾空而起，一股股的浓烟腾空而起，村子被火光照亮了，天空却显得更暗了，连星星都看不见了。鸟儿都给惊醒了，杂乱地叫着。草丛里的野兔、黄鼠啥的，也飞窜出来，跑到远处，才回头看着。六指还听到了几声狼嚎声，大概是苍狗一家吧，只听到叫声，看不到它们的身影。一大群乌鸦却腾空而起，在火光中飞着、叫着，显得有些惊慌，也有些兴奋。它们嘴里衔着火苗，似乎是到处点火，又似乎是衔着柴草，往火里扔，让火烧得更旺，火中腾起一片片的火星来。

据说凤凰涅槃重生的时候，就是乌鸦给帮着衔柴点火的。凤凰能浴火重生，村子能重生吗？六指不知道。

大火烧了一阵，熄灭了，天空亮起来，整个村子却黑下来。六指这才感觉到坏了，他把村子点着了，把自己的家烧了，把最后的栖身之地烧掉了。

"我把村子烧掉了，我到哪里去呢？"六指急得喊叫起来，把他自己叫醒了。